头子并未提防，她两手猛可的一下，将老头肩膀搂住，咄的一声，尖出嘴来在老头子左腮上亲了一下。接着两手捧了老头子的头，向怀里一拖，"咄咄咄"一阵响，又在他脸腮上、鼻子上、额角上，乱吻了一阵。当然，时间比较长些，这位老爷就连连地推了几下，没有把她推开。直等她工作完了，她两手一扬，又喊着："回南京去了！回家了！"再跑上了街心去。

那位青年太太站在旁边，气得两眼笔直、周身发抖，一个字哼不出来。这一下子，那些站在街边笑我的人，移转了视线，一齐对着这两位少妻老夫拍手大笑。我对于这两位，本可以报复一下。不过我想着，这空气太紧张了，应该找一点小笑话来松懈一下子，就随他去吧。好在这马路上，又来了一群学生，各人手上举着纸旗子，口里唱着"打回老家去"的歌。街上的民众，随了这歌声，热烈地鼓了掌。我就借着大家那起哄的劲，随了拥过马路的一阵人潮跟了走去，向前走，更是热闹的街市。

自我到重庆来以后，很经过几次大节令，没有看到街上有今天这种热闹，繁荣的马路，都让来往的人挤得满满的。在高坡子向前看去，只见一片黑点，在街头上浮动。断续爆竹声里，一阵一阵地涌起着人的喧哗声。那声音像是远处听着海潮，又像是近处听着下起掀天大雨。我心里想着，这是全市民众高兴的一天，在这人潮中，谁对谁闹点小乱子，都不足介意。这没有什么可看的，还是回去吧，于是我在人家屋檐下，一步一步地移着向前。不多远，看到两个穿西服的少年，左右夹着那个老疯妇走回来。她两手虽然被人握住了，然而她那身子，还不肯安静，一步一声，口里依然喊着："回家了，回南京了！"

我闪在一边，看这疯妇过去，倒为之默然，觉着她这一个剧烈的反映，绝不是偶然的。于是我就把这问题扩大起来，这满街上人山人海的民众，岂不是一种反映？再把这些人，每一个个别地观察起来，当然也不外乎是一种反映。正这样看出了神，带了思索走路，却有一张报在我眼前一扬。看时，半空里飘飘扬扬，正飞舞着传单。我以为这是哪家报馆，又在散着胜利的号外，我也和其他的走路人一样，在别人头上抢过来一张，看时，前面一行大题印着"预言果然全中"。

我想，这是哪个报馆里编辑先生闹新花样？在号外上，竟会印着这样卖关子的题目。再看下文的小字是："抗战必胜，及最后胜利必属于我，人人皆能言之，而不能举出确切简单之理由。山人自幼得名师传授，熟悉易理，曾推算日本命运，至今年告尽，于三年前，即出有《日本必败论》专书一本问世。今日号外与该书所言'将来必有此日'完全符合。对国事推算精确，对个人穷通天寿之推算，其能丝毫不爽，更可待论？兹值抗战胜利，凡我同胞，均当有一种做新国民之打算。其有不明何去何从者可速来本命馆问津。山人为庆祝胜利起见……"我扑哧一笑，把传单丢去，就不必向下看了。我又想着，这也不能怪算命的。我和我的朋友，都在今日以前说过这种话的，难道就不应当表白一番？

我这样想着，我面前就站着一个人，长袍马褂外，在纽扣上挂了一只特等机关的证章，叫了一声"老张"，满脸是笑。我看他面团团的，带了红光，嘴唇上有胡无须的，带了一点黑影，神气十足。我仔细看那人，有点熟识，却又不敢相认，因为把他的姓名忘记了。他见我犹豫的样子，似乎明白了我的意思，便笑道："我是沈天虎，二十年的老朋友，隔了几年不见面，就不记得了吗？"我笑道："原来是沈大哥，难为你倒记得我，我常在报上的《要人行踪》里看到你的大名，我想不到你会在大街上走。今天怎么没有坐汽车呢？"天虎不答复我这一问，他又问道："我的预言完全中了。前天我在报上发表的那篇论文，是我三年来得意之笔，你应该佩服吧？你看，现在日本败了。明后天我又要发表两篇惊人的论文！"我笑着说"是"。他道："你来四川五年。现在可以回南京做斗方名士去了。"

我笑道："哦，你也知道我在四川五年了，你来了多久？"天虎道："我来了三年多，我早知你在重庆。田处长说，二十年的老朋友，只有我们三人在重庆。"我说："哪个田处长？"他说："田上云呀！在北平同住公寓的朋友。"我说："你们常见面吗？"天虎笑道："天天在一处玩。"我道："当处长的老朋友，天天在一处玩。而我这穷蛋……"他红着脸说："我现在不便和新闻界来往，你住的地方不好。"说着，他忽然转一个话锋道："这次回南京，我要出十本小册子。我以前推断日本必败的文章，现在用事实来对照，你看，哪一句不能兑现？最后胜利，必属于我们。人人能说，那全是盲从。应该把我在报上作的论文，当了圣旨读，中国人才有希望。"他说着，微微地挺起了胸脯。我说："你这些论文，是谁送到报馆里去的？"天虎道："送去？报馆里人，不登门求我三次，我不给他稿子。"我笑道："然则你刚说不敢接近新闻界，是对我一个人说吗？"他道："老张，你变了，你会穷死！穷得又像当年上北平去读书一样，穿别人不要的坏皮袍子过冬，再会再会！"说着，他走了。可是走了几步，叫声"老张"，回转身来，又向我招招手。

我迎上前笑道："沈大人，还有何见教？"这是我们十年前的老玩笑，他倒不介意，笑道："日本军队总崩溃的消息，昨天晚上我就知道了。你什么时候才知道？"我说："我看了号外才晓得，我一个穷记者，怎能比你们参与机要的阔人呢？"沈天虎道："我是为国家，我阔什么？你们干这种自由职业的人，那才是阔呢。"说毕，他点了个头，算是真走了。

我站着倒有点出神，心想，阔的朋友到了四川以后，更阔。而穷的朋友呢？到了四川，也就更穷。这样看起来，贫富始终是个南北极。现在要回南京，看这情形，还是那样。王老板要抢回南京去开更热闹的大店，沈天虎要回南京去出十本小册子，就是那个算命的山人，也要宣传曾出力抗战，向社会索取代价了。我在出神，而大街上走来凑热闹的人，却是越来越多，我被人拥挤着，不知不觉地，只管向热闹的街上走。

这时，又换了一个情景，满眼是国旗飘扬，爆竹比以前是更热烈，仿佛成了大年三十夜。硫黄气味，不断向鼻子里袭着。想到过年，真也有人满足了这个情调，路边一家绸缎公司，"咚咚呛呛"正敲着过年锣鼓。我抬头看时，那铺子门口，由屋檐下垂了两幅丈来长的白布，一幅上面写着"本号即日还京存货大甩卖"。又一幅写着"庆祝抗战胜利空前大廉价"。我觉着，做商人的脑子都是寒暑表的水银管，一遇到热，水银立刻上升，反过来，立刻下落。此风一长，庆祝抗战胜利的热心商人，大概不多。于是我在回旅馆途中，更留心地向街两边张望。

果然，照这家绸缎公司出花样的，倒很有几家。有两家手法最妙。一家是江苏小吃馆，在门口贴了红纸条，上写"庆祝抗战胜利，欢迎顾客，奉赠白饭一碗。并新出胜利和菜，每席三十五元，可供四五人一饱"。又一家是理发馆，在玻璃窗户上，贴着格子大张纸条，上写着"启者，抗战胜利，全国欢腾。本馆主人，向来提倡爱国，犹不敢唯有五分钟热度。早知必有今日，现在果然胜利，本馆主人，亦有微功哉！现为表示起见，欢迎诸公理发，刮脸全洗分发等等，一律照码九五折，并奉送电机吹风。本馆主人沈天龙谨白"。我看到最后一句话，倒吃了一惊，这老

18

板怎么会同我的朋友政论大家沈天虎名字仿佛，莫不是他兄弟行？转又一想这广告除了欠通，还有几个别字，沈天虎也不会有这样的兄弟行。随着，我又发现了自己的思想有点奇怪。我怎么丢了正事，只管在街上跑？打算向哪里去呢？这一醒悟，我才转身回向旅馆。

刚一进门，有人迎了我笑道："张先生，消息很好呀！"说着，伸手和我握了一握，原来这是老友牛博士。他穿了一套笔挺的西服，在手臂上，搭了一件细呢大衣。身后站了一位二十上下的女郎，脸上胭脂涂得红红的，绞丝般的长发披在肩上。身穿一件束腰的咖啡色呢大衣，露出领子里一幅大花绸绢。牛博士便向两下介绍道："这是张先生，这是琳琅小姐。"琳琅听到张先生上面，并没加以处长司长的形容词，只淡淡地向我一点下巴。我倒很恭敬地鞠了半个躬，因为她是话剧明星，我早已久仰了，但也不敢对她久看，因向牛博士道："达克透牛很忙，有工夫到此地来玩？"他道："不，我临时要在这里找间房子，准备一夜的工夫，写好一个剧本，今天不过南岸了。"我说："这样急，一夜要赶起一个剧本来？"牛博士道："我们定下星期六起，作为庆祝胜利戏剧周。抗战以来，我对于宣传上，尽了最大的努力，大后方的大都市，我都跑遍了。对得起国家，对得起社会，也对得起我所学。这一周戏剧，要结束我这三年以来的生活了。"他说着这话，把头微微昂起。

我道："达克透牛，又要跳出政界来了？"他摇头道："唉！难说。我实在无意做官，我不必提此公是谁，你也知道。某部长他少不了我。"说到这里，牛博士就透着得意，正要跟着向下说，琳琅女士就一扯他的衣襟说："阿根来了。"随着这话，一个勤务兵装束的人，走来面前站住。牛博士皱了眉道："找了你半天，

19

哪里去了？"说着在身上掏了一张五十元钞票，交给他道："到糖果公司去买一盒糖果来。琳小姐每次吃的糖果，你知道吧？"阿根说"知道"。琳琅道："那糖果平常是三十块钱一盒，今天减价了，可以打个八折，不要糊里糊涂。"阿根道："是，还买什么吗？"琳琅道："买一盒鸡蛋糕，买一听纸烟，钱不够嘛，你先垫上。"牛博士又掏了一张钞票交给阿根道："索性带些水果回来。"我有点不愿意看这种情形，和牛博士告辞而别了。

身后有人叫道："有了一角了，有了一角了，来来！"又一人道："别开玩笑，他不会打牌。"我回头看时，是蔡先生夫妇，我们是老同学而又同住一家旅馆。他们在房门口向我笑。蔡太太笑道："我们三缺一，请你凑一席吧。"我说："蔡先生已经代我声明了。"蔡太太道："庆祝抗战胜利，今天不打牌，那太岂有此理？"我笑道："我记得武汉失陷的那几日，你们也是说不打牌岂有此理，过一天是一天。现在……"蔡先生将我牵到他屋子里去，笑道："不一定要你打牌，有话商量。"我进去看时，果然还有两位朋友同在候成局面，正捧着号外看，研究时局。

蔡先生把我拖到睡榻上并坐下，低声向我道："我在南京的两所房子，是租给同学住的。当时为了同学的面子，我用最低的房价租出去。南京的房子都加了租，我的房子，除了一文租钱加不上去之外，又为了同学换纱窗，安自来水，修理院墙，栽花木，多投资一千多元。"我笑道："这是过去的事，你提它做什么？"蔡先生道："自然要提呀，托福托福，我那两所房子，敌人没有给我破坏。据南京来信，是两个日本医生，把我的房子占了。不但一切如旧，就是破碎的玻璃，也给我一块块地给修补了。现在南京的房子，烧的烧了，拆的拆了，新房子一时盖不起来，我敢断言，这次抗战胜利，大家回南京去，住的问题一定要

20

大闹恐慌。房价不成问题，是要涨起来的。你也是同学会常务理事之一，我和你商量，找几个在川的同学，把这房子退给我吧。在'八一三'以前，同学会还差我三个月房钱，除了押租，总还差我一个月的钱，我不要了。"我笑说："啊！重庆房东先生的本领，让你学了去了，靠这两所房，你要找出个生财之道来。"蔡先生红着脸，没有答复。

蔡太太原和两位来宾在谈牌经，这就掉过脸来插嘴道："鸟向亮处飞，谁看到有捡钱的机会不捡呢？眼见得南京的房子要俏起来，我们那两幢房子，还要半送给同学吗？四年以来，我们几乎穷死在四川，同学当这个长那个长，这个委员那个委员，也不拉我们一把。"我笑道："嫂子，我是和二哥说笑话。这次回到南京去，同学像我们这样的，已是穷得落在泥沟里。得了法的同学呢，又早爬在云端里了。这样两极端情形，同学会根本不会再组织起来，你那房子就是再送给同学会也没有人住。话倒是归了本题，我这次回南京去，少不得要用几间房子，我先定下，你租给我一幢吧？真话！"我说着，把脸色正起来，还向他夫妇一点头。

蔡先生不敢答复我的话，望了他夫人。蔡太太点了一支卷烟吸着，微笑道："你府上人口多。"我说："唯其是人口多，所以先要把房子定下。"蔡太太头一撇道："老朋友，还不好商量吗？将来再说吧，不过了为了便利回南京的朋友起见，房子我们要拆开来，一间一间租给人。"我见她显然在推辞着，索性逼她一句，站起来问道："那么，每间要多少钱一个月呢？"蔡太太鼻子里哼了一声，笑道："民国十七年的旧账可查，一间房子租一百块钱还算多吗？"

我吸了一口凉气，望了天花板，正在出神，却听到窗外又有人叫着"号外号外！"随了这号外声音，有人叫道："回家，且慢欢喜！捆行李的绳子，突然涨价，三块钱一根，大网篮也卖到二十块钱一只，到宜昌的船票，恐怕要卖到五百块钱一张了。不等家里卖了田寄川资来，我们怎走得了？天下事，无论好坏，一切是小人的机会，一切是正人君子的厄运。"

我在号外声中混了半天，觉着所见所闻，都有点出乎意料，正没法子理解。当屋子里的人脸色一变之下，这个人最后两句话把我提醒了，而人也提醒了！

第八梦

生财有道

在东川，不容易遇到好月景。这一晚，有了大半轮的月亮由山顶上斜照过来，引起我一种欣赏的兴致，悄悄地在山坡上的石板路上走着。天上没有云，深蓝色的夜幕上，散布了很稀落的几粒星点。这样，那月盘是格外像面镜子，月光撒下来，山面上轻轻涂了一层薄粉。山上稀松的树，在水色的月光里面挺立起来，投着一丛丛的暗影。再向远处的山谷里看着，是峰峦把月光挡住了，那里是阴沉沉的。山谷里正有几户人家，月光地里看去，反是不见轮廓。只有两点闪烁的灯光在那山的阴暗中给人一种暗示，倒有点诗意。这让我想起月夜在扬子江下游航行，水天一色，满眼白茫茫的，有时在水面上浮起两点渔灯，觉得人生是这样的缥缈。因为水面的那一点火光下，那里也有家人父子。江船载着千百人在水面上夜航，我们还不免嫌着孤寂，渔船或渔村这一点灯火，闪烁在清凉的境地里，有更少数的人团聚在灯光下，这滋味我理想不到，我的思想有点玄幻了，由李白低头思故乡的诗句里，更觉得久不见面的月色，给予我一种很浓的愁绪。于是坐在路边一块石头上，随手摘了石缝里一根野草，在手上盘弄。

远远地有两个南京口音的人，说着话过来。在南京住家时，总觉得新都人的口音，比起旧都的语言，实在有天壤之别。可是到了四川，不知是何缘故，一听到南京人讲话，就让人悲喜交集，颇觉得多听两句话就好，因之我就听下去了。一个南京人说："你在大学教书，教授也罢，讲师也罢，每月总可以挣三五百元，为什么要去当一个公司里的运输员？"又一个人道："你要晓得，现在是资本主义的社会，无论干什么，你应该打打算盘能不能发财？能发财，就到俱乐部去当一名茶房，那又何妨？前十年，上海的八十八号，是很有名的俱乐部吧？有一个人在里面当了茶房出来，坐汽车，住洋房，人家一般称他作先生。"先那个人问："难道当运输员能发财？"这个人答："那也看个人的手腕。但是无论怎样的笨家伙，一搭上了这发财的船，多少也可以啃一点元宝边。"

那两个人说着话，慢慢地由我身边经过。直等他走到了很远去，我还听到他们左一句发财，右一句发财，把这好听的名词送了过来。我就想制件新蓝布大褂，有了三个月的设计，还未能实现，实在有发财的必要。我为什么不找一个机会发财去？难道我的身份胜过这位大学教授？想到这里，我把手上玩弄的那根野草，搓了个粉碎。高声念着那煞风景的诗："自从煮鹤焚琴后，背了青山卧月明。"这十四个字，转变了我对明月的留恋，真个钻进草屋去卧月明了。

我刚躺在床上，却有人大声喊道："老张，快来快来！帮我一个忙。"我迎去看时，是一位远亲邓进才。这人多年不见，仿佛还听说他在某县县公署当科长，已经死在任上了，却不知怎样在山村里会见面。然而这个念头，我也是一闪就没有了，便迎出门口上前去握着手。见他穿一件四个大口袋的草绿色短衣，同色的长脚裤，踏着尖头皮鞋，却擦得乌亮。手里拿了盆式呢帽，在胸前当扇子摇。在他身子前后，却放着两只手提皮箱。我说：

"久违久违，有何见教？"邓进才在裤子口袋里摸出一张纸，擦了额头上的汗，笑说："这两只箱子我拿不动了，请你叫用人把我送回家去，我送三分邮票他吃茶。"在街市上邮票也可以当辅币用。我身上这三分邮票，就是买长途汽车票找下来的零头。我又觉得他家不远了，笑说："主人是我，用人也是我，我替你拿一只，你自己拿一只吧。"

他倒是很客气，提了一只较大的箱子在前引路。我提了箱子在后跟着，才明白他满头大汗，大有缘故，那箱子里简直装的是一箱子铁块，我只提了十多步就很吃劲了。看到邓进才把箱子扛在肩上，两手扶着走路，也跟了他这样子，把箱子扛起。他见我穿一件灰布长衫，晃晃荡荡走，扶了箱子的手，细白而没有粗糙的劳动皱纹，透着不过意。回头向我笑道："大时代来了，我们必定练习到脚能跑，手能做，肩能扛，以备万一。斯文一脉，怕失了官体的人，应该在淘汰之列。你这样肯劳动，很对。"我想，我怎么会不对呢？就替你省了三分邮票。但我累得周身臭汗，实在喘不起气来答他的话。

到了邓进才家，他首先抢进门去，叫道："快来快来接东西。"于是他的太太笑嘻嘻地出来，把箱子接了进去。邓先生住的也是国难房子，竹片夹壁，草棚盖顶，外面一间屋子，阔宽不过一丈多，里面摆了一张白木桌子，两只竹凳。再看到邓太太一件蓝布长衫已经绽了好几个大小补丁，他们的境遇大概是相当的困难，为此，我也不愿受他的招待，转身就要走。邓进才一把将我拉住，笑道："来了连烟也不抽一支就走，未免太瞧不起亲戚了。"我听到他说"瞧不起"三个字透着严重，只好坐下来。

他说请我吸烟，并没有送出卷烟来，只是邓太太送出两只粗泥饭碗来，里面装着滚热的白水，这样，我倒对他们的生活更表示同情。邓进才搬了方竹凳子靠我坐下，笑道："你猜我这两箱子里面装的是些什么东西？"我说："真有相当的重量。当然，你这里不会有五金用品，大概是两箱子书吧？"进才笑道："你也并非外人，我也有事相商，不能瞒你，这里面都是西药。"我说："西药？现在一小瓶西药，也要值好几十块钱，你这两箱子……"他向我摆摆手，低声道："请你不要高声。"说着向屋子左右两旁指指，那意思显然是怕邻居听到。我就笑了一笑，问道："哪里弄到许多的药品？"

他道："凡事只要肯留心，总会想出个办法来。在汉口撤退的时候，我身上还有几百块钱，我心里就想着只凭这几百块钱，要过这遥远的长期抗战生活，当然是不可能，总要找个生财之道。以便将这几百块钱，利上生利。依着内人就要换金器，可是那个时候，金子已相当的贵，将来纵然涨价，那也涨得有限。我就临时心生一计，把几百块钱钞票揣在身上，满街去张望，打算看到有什么便宜货就买什么。其实，我这也是一个糊涂算盘，街上要关门，便宜出卖的东西，满眼都是，哪里买得尽？无意中，我站在一家小小的西药铺门口出神，回头一看，他们玻璃架子里东西都空出来了，只是地面上放着两只网篮。店东走了，有位年老的伙计在那里收拾细软。我闲问：'你们要走了，药还卖不卖？'他倒说得好：'怎么不卖？卖一文是一文，我们要下乡去了。'"我插嘴笑道："你一定捞了一个大便宜，把两篮子药品去买过来了。"

进才道："怎么是我捞了大便宜，实在是那老伙计捡了我一个大便宜。那家西药店的老板走了，这些东西交给老伙计看守，就算是不要的了。你想那老伙计有这样好的事，卖了钱还不逃之夭夭吗？所以我逼他把账本拿出来，对了网篮子里的药品，照他

26

买进来的本钱，打了个对折收买。两篮子药品累了我查对半天。买回来，我内人倒埋怨我胡来。可是到了宜昌，局面稳定些，打听药价，就有个小对本利。因之我咬着牙把这东西带进川来了。"我说："你当然想到此地更俏。"他笑说："我一路装病人打听药价，到了重庆，知道药价都有个三四倍利钱。第一天打听明白了，打算第二天送一些药到药房里去卖，事情一耽误，第三天才去，一问价钱，又涨了好几成了。商家看到我提个皮包，不知道我是卖药的，他说要买快买，不然，明后天又要涨价了。我听了这话，把原药品又带回了客栈。"我说："你川资还够吗？"进才犹豫了一阵，笑道："好在同乡很多，钱完了，十块八块，向同乡借了来用。只要我熬得住，药放在家里一天，就涨一次价，我实在舍不得卖出去。钱借不到了，天气慢慢暖和，我就把衣被行囊摆在街上，冒充难民出卖。"

说到这里，他太太出来了，红着脸道："进才，你怎么信口胡说。好在张表弟不是外人，要不然，说我们无聊。"进才头一昂，脸上现出了得色。笑道："你妇道之家，懂得什么？我向表弟说这些话，正是表示我能艰苦奋斗。妇人家眼皮子浅，看着物价涨五倍的时候，你就吵着要卖掉，现在怎么样？"她听到药价高涨这句话，心窝里一阵奇痒，也嘻嘻地笑了起来。我道："表兄和我说这些实话，当然是有什么事要我帮忙，我还可以自食其力，绝不揩你的油，可以尽力而为。"表嫂高兴起来了，说了一句大方话，眉毛一扬，笑道："照码子算，也不过六七百块钱东西，值什么？"她这句话倒提醒了我，心想七百块钱本价，照码加二三十倍，是两万元了。她还未必是实话，这两只破箱子，竟要值好几万。

我一犹豫，进才明白了我的意思，笑道："这箱子里，也不

27

完全是值钱的药，奎宁丸就有两千来粒。"我说："那也不坏呀。现在奎宁丸价钱很贵。"进才道："当然是比平常值钱得多，可是把药熬到现在没有卖出去，我夫妻两个，也很吃了一点苦，没有钱花。在街上当了两个月难民。最近我看到时局要好转了，才卖了一点药撑起这个破家。刚才我是送药品给人看，他也说不敢全买，怕快要跌价。你在新闻界，消息当然比我灵通，你看我们还要抗战多久？"我想他们发财之心太甚，故意和他们别扭一下吧，笑道："表兄一见面，我就要告诉你这喜讯的。因为正听你说这有趣的故事，没有告诉你。昨天我得着极端靠得住的消息，日本在这几天之内，要发生总崩溃，不出两个月，抗战就要结束。"表嫂听了这话，脸色一动，因道："不会这样快吧？"我说："我们是中国人，就希望中国很快地胜利，纵然没有这样快，也做过这样快的打算。"进才道："那自然。这样说，我药品趁早卖了吧。"我微笑着，没有作声。

正在这个时候，看到一个蓬着短头发、面黄肌瘦的人，坐在对面敞地的石头上晒太阳。单裤子外，露出两条黄蜡似的瘦腿，身上穿的一件破棉袄，向外冒出好几块黑棉絮，鼻子里哼哼不断。表嫂道："讨厌，这死老王，天天到我们门口来哼着。"那个人哼着道："哎哟！看在同乡分上，在这门口晒晒太阳也不要紧，何况俺在府上做了两个月工。"我听那人说了一口皖北话，就走出门来，向他问话道："你是哪县人，怎么弄成这副形象。"他听我也说着乡音，露出尖嘴里几个惨白的牙齿，向我笑了一笑，点个头道："先生，俺本来是个好小伙子，在这里和几家下江人挑水，一个月也可以挣百十块钱。原住在令亲厨房里，和他老人家也挑着两个月水，他不给工钱。俺不给房钱，不想弄了一个三天一次的脾寒，一个月来，弄得俺一点气力没有。"我说："你不会

28

买两粒奎宁丸吞吞吗?"他摇摇头道:"吞不起!一块钱买不到几粒。一天要吞好几粒。"我就联想到进才箱子里有两千多粒奎宁丸。凭着老王是千里相依的同乡,也应该送他几粒丸子,何况还帮过两个月的工呢?我有这种亲戚,我是一种耻辱!我想到这里,我忍不住气了,扭转身就走开。

还没有走到五分钟,那老王在后面叫着,晃里晃荡追了上来。我站住问他道:"你还有什么事要找我吗?"老王哭丧着脸,皱了眉头道:"照说,我不应该向你先生开口。不过我看到你先生这样子,是个仗义的人,总可以⋯⋯"我道:"你说吧,在我的力量上做得到的,总可以。"老王道:"我有个本家兄弟,在公路上服务,我想去找找他。他们常跑昆明仰光,应用的西药很多。"我道:"我明白了,你需要多少钱川资?"老王道:"我只好慢慢走了去了。一天走不到,走两天,有两天的店伙钱就可以了。"我并不是那样豪侠的人,但我也不是那样悭啬的人,就掏了两元法币给他,我心里还想着,这实在无济于他的病,这还不够买四粒奎宁丸的,可是他不忙接法币,竟在石板路上跪了下去,十指叉住地面,向我磕了一个头。我哎哟连声,这还了得,他站起来,在黄蜡似的脸上,垂了两行泪。他道:"先生,在今天,两块钱不算多,但是我们萍水相逢,难得你肯帮忙,这里熟人多了,我天天去求人,漫说给钱,一见我就板着脸子。"我说:"你每日三餐饭由哪里来?"他叹了一口气道:"哪里还能论餐?讨一日,吃一日,讨不着就饿。我在家也是一个壮丁,多少可以做点事,谁叫我跑到四川来的?"我道:"这样说,大概你今天没有吃饭,我再帮你一点忙。"因又加了一张五角的角票,笑道:"你去买两斤红苕吃吧。"说着,把钱都交给他,我就走开了。

当然这样一件小事,我也不会放在心上,我也没有考虑到这老王拿了二块五角钱的结果是怎样。过了两个月的样子，一天，我由城里搭长途汽车下乡。这汽车夫在登车之前，就和同志们咕噜着说："早就有话了，调我跑两趟昆明，还是要我开这短程。"我心里就想着，太勉强他了，恐怕会在路上出乱子。果然，汽车开出去十公里，抛了锚了。据司机说，机件还是无可救药，乘客请下车吧。我向来能走路，到家只七八公里了，我就慨然地走下车来。车子所停的地方，是个山坡下，山坡上新盖了一幢洋式楼房，门口挂了丈来长的直立招牌，是一家运输公司的堆栈。楼栏杆边站着几个人，对了下车的旅客微笑，他们似乎了解我们所演的是一幕什么喜剧。我是个新闻记者，对于这种讽刺，当然有极深刻的印象，低下头，我就匆匆走开了。但是在那些看笑话的人群里面，有人喊着："那位穿蓝布袍子的先生，请等一等。"

我一看乘客里面，并无第二个穿蓝布袍子的，当然是叫着我，我就站住了脚，那人跑到面前来，我看时，黑胖的脸儿，穿了一套细青哔叽西服，里面花羊毛内衣。脖子上套了一条绿绸领带，却歪到一边。加上那两只肩膀，微微地扛起，显然是初穿西装的。我对他看了一眼，仿佛有点熟识，然而记不起在什么地方会过，不免向他呆了一呆。他笑道："你先生不认得俺了。俺还向你先生借过两块钱做盘缠呢。"我哦了一声，想起来了，此桑阴之饿人也，就是那位病得讨饭的老王。便对他周身看了一看，笑道："恭喜，你交运了。两个月不见，身体完全好了。"老王道："树从根脚起，不是你先生那次帮我两元五毛钱，我怎得到这地方来？本打算到府上去道谢，你看我这样糊涂，不但不知道你先生住在哪里，还不晓得你先生贵姓。"我笑道："这样的小事，不必提了。"老王道："我要还你先生的钱，自然那是小看你先生，但是我决不能不尽我一点心。我们这里有车子进城，陪你

30

进城去，我做个小东。今天下午也好，明天早上也好，我们坐顺便车子回来。"

我也绝不会为了两块钱的施与，就要人家盛情招待，当然拒绝。无如老王用意十分诚恳，硬把我拉到那堆栈里去，茶烟招待。问了我的姓名住址，似乎还打算另有报酬。他也有一间房，掩上了门，只有我两人谈话。他坐在我对面，低头看看他那西服，透着有点不好意思，红着脸道："你先生看我打扮成了这样子，有点不配吧？我也是没有想到有今天。那日我接了先生两块钱，就投奔了我本家兄弟，不到十天，我的病完全好了。他要到海防去运货，正要一个靠得住的人帮忙，就带了我去，有几个人，想去不得去，就暗下借了我三四百块钱，叫我做点生意，又想出主意，叫我贩些什么货。我就照他们的话做，回来把货卖了，双倍还了人家的钱不算，我还赚了几个钱。不久，我又要去了，你先生要点什么，请告诉我一声，我给你带来。"我笑说："那倒不用，你可不可以告诉我，你贩的什么货，赚了多少钱？也让我长长见识。"他听了，伸手搔搔光头，有点踌躇。我道："你觉不便告诉，就不必说了。"他笑道："也没有什么不便，我们将本求利，大小是场生意，不过钱赚得多一点罢了。"我笑道："连你自己都承认赚得不少，这数目一定可观了。"老王笑道："挣了三千块钱不到。"我听了这话，有点吃惊，心想一个讨饭的，跑了一趟海防，就挣了三千块钱！他见我望着呆了一呆，便笑道："你先生不要以为稀奇，做大生意的人，一趟赚几十万，也是常事。"我笑道："我倒不稀奇你能挣钱，所稀奇的，重庆挣大钱的人是这样容易。"老王道："我本家兄弟说了，我们虽然是拿货换人家的钱，总也有点良心。老百姓的钱，平常我们可以赚他几个，这个时候，我们赚他的做什么？所以我们带的东西，都

31

是化妆品、西服材料、外国罐头，都是有钱人用的。"我说："你们带的这些东西，都是奢侈品……"他不等我说完，已经懂了我的意思，点点头笑道："我带的都是化妆品，很好带。譬如口红，指头大的东西，在海防买法国货，更精致。五十支口红，裤腰带里也有法子放下。"他说着打了一个哈哈。

我两指夹着他敬我的一支烟卷，放在嘴边，昂了头吸着，望了窗子外的青天，只管出神。他笑道："张先生，你想什么？以为我撒谎。"我笑道："我不但不疑心你撒谎，还怕你没有完全告诉我呢。"我是在这样想，你说不赚老百姓的钱，赚阔人的钱。可是你没有想到阔人的钱是从哪里来的了。一支平常的口红，你们可以敲阔人几十块钱的竹杠，阔人也没有为了你们这样敲竹杠痒上一痒，可想他们也是羊毛出在羊身上。平常一块钱买一样东西，他们从哪里弄钱来买，现在一百块钱买一样东西，他还不是从那里弄钱来买吗？老王对我强笑了一笑，又偏着头想了一想，似乎他对于我所说的这些话，并没有了解。

我对于这种问题，是不惜学生公说法的，正想跟着向下说去，却听到门外有人大声道："不打了，不打了，八圈麻将，输了我们两千多块钱。"我向窗外看，是个穿青毛线上衣、外套工人裤子的人。老王站起来道："张三哥收场了，我们就走吗？"张三点点头道："走走！到城里旅馆里洗澡去。"老王道："好好，我和你一路去。张三哥，我给你介绍一下子，这就是我说的那位先生，他也姓张。"张三走了进来，和我握着手道："不错不错，为人要像你这样。"我觉得他说话粗鲁，倒不失本分，也谢逊了几句。他就在身上掏出一个很精致的烟盒子来，奉敬了我一支烟卷，我看着那纸卷上的英文字，却是大炮台。我想着，除了银钱行里上等职员、做官的主儿，在简任职以下的，已很少吸大炮台香烟了。他的收入，起码是超过简任职的正式薪水。他见我沉吟着，或者明白了我的意思，笑道："这个年月，有钱不花，是个傻瓜。来来来，我们进城去。城里旅馆里，我们几个朋友，开得有大房间，一路洗澡去。老王请你吃晚饭，我请你听大鼓。"我笑道："我因为有点事，正由城里赶回家去，怎么又回城去？"张三道："莫非你先生瞧不起我们工人？"这句话他说得太重了。我只好微笑着跟了他们出去，坐了他们运货的卡车，二次入城。

他们果然在城里最好的旅馆里，开了一个大房间，这里已经有两位同志在座。一个穿了新制的古铜色线春驼绒长袍，一个穿了花格呢西服，架腿半躺在沙发上，口角里斜衔了烟卷，颇为舒适。张三和我介绍之下，穿长衣的一个是江苏金先生，穿西服的一位是湖北钱先生，那钱先生误认我是同志，让座之后就问我是做什么生意。我笑道："做一点破纸生意。"他认为是真话，点头笑道："这也不错，我有一个朋友，由宜昌运一批纸上来，因为货太多，轮船不容易运来，就找一只大白木船包运。这船在长江里走了足三个月，他先是急得了不得，后来倒怕这船到快了。"我说："那是什么缘故？"钱先生道："你想纸价一天比一天高，他落得在船上多囤几天，到了岸立刻要起货到堆栈里去。城里呢要疏散乡下呢，堆栈一时又不容易找到，就是找得到堆一天多出一天钱。他由宜昌起货的时候，单说白报纸吧，不过二十块钱一令，现在暗盘不说，普通也不是说两百块吗？他这财发超了，发超了！"最后他闹出一句家乡话："真是没得么事说。"

我说："他的货卖了没有？"钱先生道："要钱用，他就卖一点。现在囤货的，不都是这样，哪个肯一齐脱手？"我笑问道："钱先生既是熟悉这些情形，当然也不能光睁眼看了别人发财，一定也有生财之道的。"钱先生微笑道："我倒不是有心做生意。

是我由沙市动身的时候，有许多开铺子的熟人，想赶着凑一笔现钱。我是打算入川的，就掏出钱来，把人家的存货收了。"我问道："是些什么存货呢？"钱先生在茶几上大炮台香烟听子里，抽出了一根烟卷，慢慢在茶几上顿着躲避我的话锋。我想着，他既不肯说出来，我这话显然是问得唐突。

正好张三披了睡衣，由屋后洗澡间里出来，我就故意把话移开来，笑道："一个澡洗得这样快？"他向钱先生笑道："水很热，快去洗吧。"钱先生站起来，解着纽扣，缓缓地向洗澡间里走去。茶房忽然送进一张字条来。金先生接着看了，脸色显得有些变动。钱先生一脚，已是走向洗澡间里去，好像有点警觉，立刻回转身来，把字条接过去看。因道："这样子，我们立刻去看看吧。"他脸色有点转青，望着金先生，两人在衣架子上拿了帽子，就匆匆地走了出去，原来茶房送进来的那张字条，却放在桌沿上，没有拿走。老王正坐在桌边，就把字条拿了起来，交给张三道："你看看吧。这上面写的是什么，把他两个忙成这样子。"张三接过字条，两手捧了抬起来看，笑着摇摇头道："字写得太草，他们家里失了两件什么东西，张先生看看是吗？"

他说着把字条交给了我，我实在无心窥探人家的秘密，无如张三已交到了我的手上，而且是他们失落了东西，也就无所谓秘密，因也就捧了字条来看，见上面写的是："送某某饭店三号房间钱先生，纱价已跌落二百元，仍有看跌之势，尊意如何，速复。知白。"我笑着想，字旁有两个足旁加失的跌字，怪不得张三说是失落了两样东西。张三道："这上面写的是什么？"我知道他们同志不能隐瞒便告诉了他。张三提起脚上的拖鞋，打了楼板一下响。皱着眉头道："昨天我劝他多卖几包他不干，今天要损失了几万了。"我问道："这两位大概是做棉纱生意的。"张三道：

"钱先生是做棉纱生意的，金先生是做绸缎生意的，我们多少有点关系。钱先生的棉纱，都堆在乡下村子里，卖一包，在乡下抬一包来，十分麻烦。"我说："纱价到了现在，也就顶了关了，再不卖就错过机会了。"张三道："大家都在囤吗！"我道："他囤了多少货？"张三伸手搔搔头发，笑道："这就难说了。要论他原来的资本，那真不足说，不过一两万块钱，到了现在，那可吓坏人。假如现在还要出航空奖券的话，他总连中了两个航空头奖了。"他一面说着，一面伸手搔头发，笑道："我也不必多说了，反正做商人的现时都发财。"我微微地摇着头道："那也不尽然吧？"老王道："算了算了，我们何必尽谈不相干的事情。换上衣服，我们出去吃饭去。"

张三沉吟着，伸手到烟听道里取烟，一看里面空了，就在衣架子的衣服袋里，摸出一张一百元钱票来。他按着桌上的铃，茶房进来了，便递钱给他道："买一听烟来。你告诉对面饭店，给我们留个座位。说是这里三号房姓张的，他们账房就知道。"茶房一鞠躬，接着钱去了。我坐在一边看到，却是一怔。当年我在北平，所看到总长次长们，那种花钱不在乎的样子，也不过如此。我倒疑心他是对我特别恭维，因笑道："张三哥，你不必太客气，一切随便好了。"张三笑道："没有关系，烟卷我们总是要抽的。"正说到这里，茶房进来报告，电话来了。张三趿着拖鞋去听电话，约莫二十分钟，只听得他一路喊了进来道："老王，老王，我们明天动身到海防去，今天吃晚饭，一定我请客，一定我请客。"随着这话，两只拖鞋由门口半空里飞进来，接着是张三一个倒栽葱，跌了进来。老王待抢着去扶他时，他已经爬了起来，两手拍着道："只剩今晚一晚在重庆了，花几个钱不在乎，一个月后，我们口袋又满了。"他说着，将赤脚在地板上打着板，两肩一上一下地耸着，口里嘀嗒嘀嗒地唱着跳舞音乐。我这才明白了，那位南京大学教授要去当司机，绝非一样"有激使然"的话而已。

第十梦

狗头国之一瞥

　　小时读《山海经》，总觉得过于荒唐。后来看《镜花缘》小说，作者居然根据《山海经》大游其另一世界，便有些疑信参半了。别的不说，单提这狗头国，仿佛就不近情理。人身上都生长全了，何以这个脑袋还滞留在四腿畜生的境界里呢？后来看有声电影，见到《狗之家庭》这张片子，狗果然站立起来，穿西服，吃大菜，和人一样生活着，我就联想到狗头国的人，也许是这样。我自己是没有钱出洋，我又没有资格拿公家的钱做川资，也就无法证实宇宙里有这个狗头国没有，不想人事难说，糊里糊涂，到底碰着一个机会了。我的朋友万士通，在飞机公司服务，一天上午，打了个电话给我，说是他要坐飞机到最近一站去办点公事，两小时内就飞回来，可以带我尝一尝航空的滋味。我正久静思动，也就如约以往。

　　到了飞机场上，万士通已经在那里等候着我，便约我在休息室里喝杯红茶吃些点心，我们正谈得起劲，站上人却来催士通上机，我自然跟了他走。面前一列停着三架银色巨型机，有一架开着机座的门，搭上了短梯，仿佛静等搭客上机。万士通先生做事，没有错误的，他径直地扶了梯子上去，还回转手来向我招了几招。我这破题儿第一次坐飞机的人，当然是跟了内行走，钻进了机座，已有一个人先在，其余各空椅子上，只放了些布袋，仅仅还空着两个座位。万士通和我并排坐下，很坦然地继续着刚才

37

的谈话。我由窗子里向外一看，飞机已是在云海上飞着，无景致可看，我也只管把话谈了下去。

万士通谈了很久，抬起手表来一看，不觉咦了一声。我说："怎么了？快到了吗？"士通道："已经飞了一个多钟头了，照说半点钟就要飞到的。"在一边的茶房，迎了上来笑问道："万先生你不是到狗头国去吗？"士通被他一句提醒，对面前的布袋注意看了一下，不觉拍着大腿叫道："糟了！糟了！张兄我和你开了一个大玩笑。"我问道："这飞机真是到狗头国去的？"士通道："谁说不是？今天是不能回去的了。"我也慌了，因道："承你好意，把我带上飞机来参观。我哪有钱买外汇，再买回国的票子？"士通道："不但是你，就是我亦复如此，好在我是公司里人，总可以记账。"我听说可以记账，大不了是借债，也就心里坦然，因道："书上说的狗头国，真有这么一回事？"士通笑道："这是译音之讹。就原音说，大概在国音格特之间，顺便一转，就转为狗头。其实他们那国人一般的人首人身，并不在肩膀上扛着一个狗头。这地方是大海洋中几个小岛，你也不用多问，这个小国，一切特别，你去一游，一定加增兴趣不少。"

那位押机的人就对我微微笑着。彼此谈起话来，知道那是一位商人魏法才。只看他团团白净的面孔，一撮卓别林小须，穿了漂亮的西服，便是个精神饱满之人。谈话之间，机下已发现了海洋和岛屿，飞机对了岛上飞下，一片大广场上，一面大黑旗子临风招展。黑旗中间，有三个古钱图案是黄色的。据士通说，这就是狗头国的国徽。魏法才见到了目的地了就掏出两大把糖果，让我们放在衣袋里，他道："见着机场上特别欢迎的人，可以暗地里给他一个。"我听了这话，有些愕然，向士通望着。士通点头笑道："真的是这样。狗头国人喜欢吃糖，因为他这个国家就缺少做糖的东西，所以我们送糖给他，等于我们中国人见着朋友，敬上一支烟卷。"我说："既然如此，就明明白白敬上一块糖果好了，为什么要暗下递过去？"士通道："这就是狗头国特别之处。他们上至国王，下至穷百姓，都以私相授受为亲爱。"

说话时，飞机已在机场降落，而开了座门了。魏法才首先下机，我们随着下来，向机场上围着一群欢迎的人，看他们的形象时，皮肤黑色，额头和下巴凸出，也有些像狗，眼珠是黄的，只有这点异乎我们。衣服倒也西装革履，只是颜色多用黄色而已。首先迎着魏法才的，是个矮胖子，金黄色的西装，里面金黄色的衬衣，金黄领带，仿佛是个镀了金的人。他见着魏法才，先深深地鞠了躬，接着笑道："我听说魏先生这次带来的糖果很多，真是雪中送炭。"他竟说了一口极流利的汉语。法才道："除了我们几个人外，尽可能的，都带了糖。"说着一握手，我就看见他捏了一把糖果，由手心里递过去。回转头来，他才向我们介绍这是这岛上的"特克曼勒"。"特克曼勒"译成汉语，就是地方长官。于是我们一一握手，暗下递糖果。随后又有许多穿黄色西服的人前来欢迎，我们如法炮制地对待着。

那特克曼勒招呼了三辆马车过来，向法才道："我想邀请三位先生到舍下去休息，就是带来的货，也一齐运了去。"法才笑道："这不妥当吧？我做的是贵岛全岛的买卖，若是人和商品一齐运到府上去，人家说我姓魏的只做一家买卖，以后我运了货来，贵岛糖商要拒绝购进了。"特克曼勒却把胸一拍道："那要什么紧？这些糖商不做生意更好，我来和一班朋友包办了。敝岛人民之不能不买糖果，犹之乎上国人不能不吸纸烟。我把进口的糖果都囤起来，不怕老百姓不买。"法才笑道："那样做，阁下可以尽量把糖价提高，弄得贵岛的人都把糖果戒了，我这生意就做不成了。"特克曼勒道："这又何难，只要大家有戒吃糖的趋势，我立刻把糖价松动一下就是。"法才无论怎样说，他也不肯放松。他所带来的一批粗人。已亲自爬上飞机，把大小布袋，陆续搬上了马车，魏法才虽皱了眉望着，却也不拦阻。我知道他的苦衷，若是把岛上这位大酋长得罪，根本不许糖果进口。也是做不成买卖的。

而在他这一犹豫之下，他所带来的糖果，已经完全搬上了马车，特克曼勒也就把我们三位来宾让上了一辆敞篷马车，自己陪着，我们在一辆车上。走不多远，就进了热闹的街市，小小的海岛，也不过一些竹枝木板的店户，不足称道。最奇怪的便是许多人民，成串地站在人家屋檐下，队伍的最前面却是一爿小糖果店。我便问道："难道这些人都是买糖果吃的？"特克曼勒向前看去，只当没听到。万士通笑着点了一点头。于是我就留意那些买糖果人的情形，在那糖果店门口，有块大黑牌，上面白粉写着汉字。原来此国和日本一样，是借用汉字的。我近着看清楚两行，乃是"粽子糖每磅价银十五两，柠檬糖每磅价银二十四两"。我向魏法才道："什么？糖果价格这样高？这岛上的生活，不吓死我们外来人吗？"特克曼勒笑道："这因为糖果是一种消耗品，我们照奢侈品多征百分之百的税，所以价格大。近来也实因糖果来得少一点，价格又涨了一点。"

说着，车子又走近了一家糖果店，只见买糖果的人，全在手上高举着雪白的银子，后面站的人，将银子伸过前面人的脑袋，递到柜台上去。我问道："这样贵的价，买糖的人还是在人头上递钱，贵岛人喜欢吃糖的程度，真是可想而知。"特克曼勒对我微微地笑着，随了他这笑意把胸脯挺了起来，好像说唯其如此，我就可以发财了。这时，后面那两部载糖的马车，却由身边抢了过去，似乎这街上的人，他们的嗅觉特别地敏锐，嗅到那车上的糖气，都掉转头来眼睁睁地望了这两部车子过去，有的人索性歪了头，嘴角上流出两尺长的涎来，眼珠翻白，人挺立了不动，面如死灰。在这种情形看起来，似乎有一部分人，也为了糖果太贵，好久没有尝到甜味。所以大街上有了糖香，不免讥无钱买糖的流馋涎了。

我正想之间，车子已到了主人翁之家。自然是一幢很精致的洋房子，然而大门闭着，在门外却站了一群人。始而我以为也是主人家的人，可是我们车子一停，就有一个长胡子的人迎上来，拦住车子，向我们叽里咕噜说了一通土话。特克曼勒就低低地向魏法才操着汉话道："魏先生，你尽量把糖价提高。至少你说粽子糖每磅的批发价是二十两，而且你还要说带来的货已让人完全买了，只好下次分给他们一点。"魏法才果然向那人说了几句土语。那群围着大门的人，听了这消息，一句话不说，啊的一声，一哄而散。那个老头子手提起他破大衣的下摆，将脑袋做个前钻的姿势竟是跌跌撞撞，跑着走了，我为之愕然，只呆望了他们。万士通拍着我的肩膀，笑道："你不懂其中的奥妙吧，这些人都是糖果贩子。他们虽是拿银子来买糖的，并不希望糖价低落。为什么呢？他家里多少总有些存货。你不看到街上公布的糖果价格，粽子糖是十五两银子一磅吗？现在魏先生一句话，他们家里的存货，在几秒钟之内，又每磅要多赚五两银子了。"我道："原来如此，他们又何必跑呢？"特克曼勒道："这班奸商，实在可恶！他们得了这消息，要去占没有得消息人的便宜，照着市价，多出个一两或八钱银子，就把糖果收买起来，一转眼，又可以赚几两，去迟了，消息传出去了，有糖果的人就都要涨价不会让他们垄断了。"

说着话，我们由主人让进了客室，先是茶烟点心招待，后来还有酒肴供奉。我们正在畅谈的时候，忽然有人进来向主人悄悄报告。主人便站起来连连地答道："到隔壁屋子里坐吧。"他回头向我们打招呼道："其实也没有什么了不得的大事，说来说去，无非为了敝岛这两天闹糖荒，暂请宽坐一会儿。"说着，他起身向隔壁屋子去了。我们在这屋子里悄悄地谈话，听到那边谈话，时而声调紧张，时而笑语喧哗。我不懂夷话，很是疑惑，万士通笑道："这不干我们事，你不必多心。来的是这位主人翁的合伙股东，说是市面上零零碎碎还有些整包的糖果，他们都收起来了。无论如何，从今日起，一块糖果也不卖出去。好在别的路上，暂时也不会有法来，在三日之内他们要造成每块糖果卖五钱银子的趋势。在他们之外，似乎另有个组织，也囤积了一些糖果，只是比他们的势力小，他们正在想法，把这个组织打倒。不过在糖果价只管看涨之下，哪一个组织，照样天天赚钱，又不容易吞并过来。"我道："万兄，我们离开此地吧。这主人翁的心太狠，这样干下去，也许像十字坡的张青饭店，有把我们当包子馅子的可能。"法才笑道："那你放心！他还靠我们给他运糖呢。"

这时却有几个面黄肌瘦的人，两眼发直，口里流着馋涎，抢进了屋子。后面一群主人的奴才，只喝问哪里去？这当头一位，是一位白胡子老人，走来竟向我们深深作了三个揖。虽然穿西服作揖是不好看的，然而他的姿势，却很自然。接着他说起汉话来央告着道："三位上国来的先生，你们是礼仪之邦来的人，应当可怜可怜我们这嗜糖之民，在各位没到的时候，本来糖果虽然贵，有钱还可以买得到，自从三位光临以后，街上的糖果店，都关门了。"士通问道："也许是货卖完了，这与我们何干？"那人道："正为了三位上国大人来了，才这样的。他们知道三位带来的消息，糖果价还要涨。他们不晓得这涨风要涨到什么程度，把糖果多留一点钟，就可多发一点财，索性不卖一块糖果，等稳定了再卖。这一下子，真把我们急死了。"我不由得咳了一声道："你们这些人也实在太难，糖果并非柴米油盐不可少的日用品，你们不会不吃吗？"那人苦笑着道："先生！这理由很简单，假使我们能戒掉这种嗜好，我们老早就断了这念头了，又何必每天把吃面包的钱，都省下一半来买糖？现在更不对了，买糖的钱比买饭的钱还要多。"

我回头向法才道："魏先生对于这个岛，有相当的认识，他们何以非吃糖果不可呢？糖果并不像鸦片一样，吃过之后，会上瘾的。"法才道："安南人喜欢嚼槟榔，口角里流着涎水，牙齿弄得漆黑。这槟榔的滋味，是酸甜苦辣一点没有，他们为什么那样嗜好呢？这不是为了有这样一个习惯吗？"他说着，看到这些来人情形可怜。便道："你们说吧，到这里来对我们有什么要求？"那老人道："我们望上国人多多地给我们运一些糖果来。我们也知道三位先生随身带来的糖果不少，务必请三位高抬贵手。"魏法才道："我们……"这句话没说完，特克曼勒已抢了进来，拍手顿脚，对那几个人骂了一顿，那几个人一字没有反响，就这样走了。我虽不知道他骂的是些什么话，我只看那些人眼光都直了，想到骂的是很厉害。我不能看主人翁这样子，要求着万士通，同我一路上街游览。

这主人翁认为我们是财神，还派了两名岛卒护送。走上街来第一个印象，便让我深深感到奇怪的，就是这街上人分三等走路。凡是穿着黄衣服戴着黄帽子的人，在街中心走。穿白衣服的人，在街两边，其余的人却必须闪到人家屋檐下。街上是柏油路，两旁是沙子路，屋檐下却是烂泥掺着鹅卵石的路，极不好

43

走，这阶级显然了。我便问那岛卒："哪种人可以穿黄衣服？"他用土话告诉万士通。士通翻译着，笑道："穿黄衣服的是官商，穿白衣服的是商人，其余是老百姓。黄代表金子，白代表银子，此地风俗，经商人才能做官，做了官更好经商。官商以运输管理员为最大，位次于岛主，因为外国来的货，首先经他的手，他可以操纵全岛的金融。"我道："他有什么法子操纵全岛的金融呢？"士通道："这个岛上人，有个特性，一切都是外国来得好，外货必定经过运输员的手。照例是他总理入口货物，他把货收买到手，就可以随便定个价格，要挣多少，就挣多少。这岛上人，也知道关税壁垒政策，外货是抽百分之二百的税。就是一两银子外来货，要抽上二两银子的税，岛上官僚巴不得外货涨价，好多收些税。你想，运输员有增减岛上税收的本领，岂不是操纵了金融？"我道："抽百分之二百的税，这却也骇人。这岛上人不会不用外货吗？"士通摇摇头道："那如何能够？这里的阔人，都有一种毛病，不用外国货就会咳嗽，而咳嗽的声音，颇……"

正说到这里，街中心忽然有几声狗叫，我看时，并没有狗，却不知声音何来。士通指着街心一个穿黄衣服的人道："那个人就是患了缺少外国货的病。"我看时，那人坐在敞篷马车上，弯了腰拼命地咳嗽。那咳嗽的声音，像那小哈巴狗叫的声音一样。马车夫和一个跟随，十分焦急，停了马车，只管向那人捶背。那马车夫，一眼看到我们两个中国人，就奔着迎上前来，向我们鞠躬。万士通问了他，不由得哈哈大笑起来。向我道："你愿不愿捶人？"我愕然不知所谓，只望了他。士通笑道："他的主人翁，是位药商，又兼全岛公墓督办。有一个毛病，常患心口疼。每患这个毛病时，要人去捶他的脊梁，但他本岛的人捶他，不发生效力。他特地请了一位西洋拳师在家里捶他。他一发狗叫病，西洋拳头揍他就好。现时走到大街上，一时无法找西洋拳师。见我们也是木岛的外国人，这马车夫特地来请我们打他。"我笑说："岂有此理？"那马车夫见我发笑，以为我拒绝了，就趴在地上磕了一个头，我向万士通笑道："无论如何，我不能平白地打人，你去做这个好人吧。"他也只是笑，不肯动脚。

可是马车上那个阔药商让那听差搀着，一路哀告上前。他是阔人，自然会说汉话，向我们深深一鞠躬道："两位先生，我快要死了，请你打我几下。"他弯了腰只是哼。万士通有点不过意，便在他身上轻轻拍了几下，他忽然哼着骂道："你这浑蛋，你这浑蛋，你这该死的浑蛋！"万士通见他骂人，伸手就向他脸上一下耳光打去。啪的一声，只见他左腮红了半边。他忽然不哼了，伸直了腰，将右边脸偏了过来，大声道："你敢再打我这边脸一下吗？"士通一时兴起，也不管是否有些过分，伸出手来，又给他右边脸腮一下。那人立刻喜笑颜开，向士通深深地鞠了一躬道："多谢，兄弟的病已经好了。无论如何，外国的耳光是比本国的耳光要值钱一百倍，一耳光之下，百病消除。"说毕，高高兴兴坐上马车走了。

我先是呆了一呆，一会子想过来了，也忍不住哈哈大笑。士通也笑道："长了三四十岁，只看到人用法子骗钱，没有看到人用法子骗挨打的。这个岛上的人，真有些特别，唯恐人家不打他。"我对于本岛人之酷好外国货，也引起了兴趣，便向士通笑道："我们把这个岛的街市都走遍了吧，也许会发现比这还有趣的事情。"士通笑道："这岛上人说外国人的耳光是好的，那也不妨说岛外人的肉也是香的。那像《西游记》上妖怪吃唐僧肉一样，会把我们活宰了来吃。"我笑道："那总不至于。因为这里的官员，还需要我们由中国运货来让他们发财呢。看了银子分上，他不能不保护我们。"

士通笑着对了那两个岛卒说了一番土话，他们就在前引路。走了两三条街，却看到一家西餐馆门口，有一排武装岛卒在那里守着。这岛上以坐双马车为最阔，就看到一辆车子牵着一辆车子直到那门口，穿黄或穿白的，都在那西餐馆门口上车。只看那三层楼的洋式门面。就相当富丽。汉字写了一块招牌，是"阿尔巴尼亚大菜馆"，我不由得咦了一声。因问士通道："用外国地名做招牌，我们上国人也有这点作风。但最不足取，也无非拿了小国比利时、墨西哥标榜。这阿尔巴尼亚，是一个被侵略亡了的国家，取之何足为荣？"士通伸手搔搔头，他也有一事不通的时候，却去问那岛卒，那岛卒咿唔了许久。最后士通告诉我们："他根本不知道阿尔巴尼亚是一个国家，更不明白它已亡了。我问他为什么要用这个名字做招牌呢？他说因为这个名字念出来咿哑咿哑很奇怪，所以用了，这名字不好吗？这家餐馆是全岛最有名的一家呢！每客西餐银子一百两。一个岛民要取得在阿尔巴尼亚吃饭的资格，非大大地发了冤枉财不可呢。"我道："这些武装岛卒，又是干什么的呢？"士通问了岛卒告诉我道："这里的西餐，虽要一百两银子一客。但是每天有人为了抢座位而打架，这岛卒是维持治安的。"我不由得昂起头来抖了一句文道："阔矣哉！狗头国之人也！"

正说到这里，替我们引导的两个岛卒，却向一条冷巷子里飞跑了去。我也去看时，见有一群叫花子，在那里打架，有两三个人头破血出，躺在地上。其中有几个叫花子，在一条阳沟里，抓着鸡鱼骨头向破碗里乱塞。那阳沟前有所后门，上钉一块小牌子写着阿尔巴尼亚大餐馆厨房。那捡骨头的叫花子，看到了岛卒，伸直了腰也跑走了，只听这脚板啪啪之声。我向前看去，一片乌压压的影子，怕不有好几百人呢。我问士通道："叫花子也要尝尝阿尔巴尼亚的滋味，都到这里来了。"士通摇摇头道："唔！不然。这里大街上是有饭吃的人走的，小巷子是叫花子走的。这岛是世界上叫花子最多的一个国家，不信你跟着这群人去看。"

我听了这话，顺了这条巷子向前走，不到十丈远，就见两具叫花子尸体躺在地上，有一具尸体，用草席盖了半截。另一具赤身露体，皮肤变成了灰黑，骨头根根由皮里撑出来。我正惊异着，只管向前走，远远看到一片大海，直接天脚。有几只悬海盗旗子的帆船，在水上出没。那些逃跑了的叫花子不见了，由近而远，直到海滩，都是大大小小穷苦的尸骨堆，我仔细看时，又不是尸骨，有的是人家花园的围墙，墙脚下的石头刻了裸体人像，有的是汽车间车门上的石刻。我所看的穷人尸骨，是我眼睛看错了，实在是富强人家墙基上的石刻。这雕琢功夫真好，各各都有精彩的表演姿势，我正赏鉴着，不料那些石刻一齐活动着，大喊一声，向我扑来。你想我还有胆子在这里赏鉴雕刻美吗？

第十五梦

退回去了廿年

　　零碎的爆竹声把我从睡梦中惊醒。听到窗子外面有一苍老的声音骂道："这些猴儿崽子，开的什么穷心？年过了这多天，还直放麻雷子二踢角，这年过得有什么痛快。东三省闹土匪，直隶闹蝗虫，黄河闹水灾，煤面全涨钱。这大杂院里，除了张先生，也没有谁做官，哪里来的这么些个容易钱，到了初五六，还直让小孩子过年？"最后几句话，把我惊醒了。正是我新近在北京农商部当了一名小办事员，大小是个官了。睁着眼睛一看，墙上挂着的月份牌，上面大书中华民国八年阳历二月，阴历正月。正是这大杂院里这位卖切糕的街坊大胡子骂得痛快，我该到部了，怎么还睡觉？于是匆匆起床，将白泥炉子上放的隔夜水壶，倒着漱洗过了。头上戴了兜头线帽，围了一条破毡子旧围巾儿，锁门就走。当个小办事员的人，绝没钱买大衣。北京这地方又冷，不这么穿着不行。

　　出得门来，这冷僻胡同里的积雪，依然堆着尺来厚，脚在雪上踏着，唏唆作响。那西北风像刀割似的迎面吹过，把人家屋脊上的积雪刮了下来，临空一卷，卷成个白雾团子，然后向人扑来。任是围了破毡子，那碎雪还向衣领子里钻了来。我虽穿了一件天桥收来的老羊皮，不觉还打了两个冷战，鼻子出来的气，透过了兜帽的窟窿，像是馒头出笼屉，热气上冒。沿了鼻孔的一转帽檐，都让气冲湿了。心想，不过为了三十块钱的薪水，冒了这种风雪去办公，实在辛苦。正想着，一辆汽车自身后追了上来，把地面上的雪澜泥浆，溅了起来，汽车两边就飞起了两排泥雨，溅了我一身的泥点。汽车过去了能奈它何？由那车后身窗子里望去，一对男女厮搂着，头挤在一起。那汽车号码是自用六零六，巧了，这就是我们总长坐着办公的车。不用说，车上那个男人是我上司赖大元总长。漫说我一个走路的人，追不上汽车去讲理，就算追得上，难道我还敢和总长去辩是非不成？叹了一口气，只好挨着人家墙角，慢慢走到部。

我们这农商部，在北京是闲衙门。闲的程度，略好于教育部而已。门口站的那两个卫警，夹了一支旧来福步枪在胁下，冷得只作开跑步走。我向传达室一看，那传达正在走廊下笼白炉子的火。他窗户上放了一架小闹钟，已到十点了。院子里除了满地积雪，并无别的象征。那些花木，由雪堆里撑出枝枝丫丫的树枝，上面还堆了积雪，在高屋檐下，一点也不见响动，走廊地上倒有十几个小麻雀，见人来了，轰的一声飞向屋檐上，这不像衙门，像座庙了。

我是矿务司第一课的办事员，直走到东向角落的五进院子，才是我们的办公处。北屋五大间是司长室，正中堂屋会客室。西面是第一科，科长在外面一间屋子里，几个科员也在那里列着桌子，我和另一个办事同三个录事，就缩在另一小屋子里。矿务司有个特别好处，尽管市面上煤卖到二十多元一吨，大同、石家庄两处的红煤，我们依然可以特殊便利一下，所以每间屋子里都把铁炉子生着火。这年头虽不像北京饭店有热气管子，所谓屋子里笼"洋炉子"，也就是人间天上了。掀开棉布帘子进了屋，早是满座生春，正中大屋铁炉子边站着两位茶房，烘火闲话，谈正月初一，和了个三元。看我进来，睬也不睬。我摘了帽子，解了围巾，掀帘进了第一课。

铁炉子上放了一把白铁壶，水沸得正沙沙作响，壶嘴里向外冒汽。院子里的堆雪，由玻璃窗上反映进光来。科长陶菊圃是位老公事，他向例来得早。这时，在玻璃窗下写字台上，摊了一本木版大字《三国演义》，架上老花眼镜，看得入神。茶房早已给他斟一杯好香片茶，热气腾腾，放在面前了，陶科长虽然年纪大，炉子里的火生得太热，穿来的皮袍大衣，都已挂在衣架上。只穿了一件存在部里的旧湖绉棉袍子。照例，小办事员和录事见了科长，得深深一鞠躬拜年。但我是新出学校的青年，这个恭维劲做不出来。好正是旧历年，行旧礼吧。因之两手捧了帽子和围脖，乱拱了几个揖。口里连称："科长，新禧新禧！"陶科长两手捧下眼镜，向我点个头，又去看刘备三顾茅庐了。

这屋子里除了科长，并无第二个人。那边小屋子是我们自己的园地了。同事们都比我早来了。两个录事，已在誊写公事。另一个录事和一个小办事员，在屋角里的小桌子上下象棋，我一进门，这两位同事，透着气味相投，一齐站了起来，拱手道着新禧。我挂起围脖和帽子，问另一位办事员李君："有什么公事办吗？"李君道："没有什么公事，司长有一个星期没交下重要公事了。写的这两件公事，是阴历年前留下来的。"他口里说着，眼睛正是对了象棋出神。对方来了一个当头炮，挂角马，他正在想法解除这个难关。我也就不问他的话了，跟着坐下看棋。

隔壁屋子里一阵乱，几位科员来了，全都向陶科长一鞠躬。尤其是一位二等科员范君，态度恭敬。马褂套着长袍，两手垂直袖子，站在陶科长面前，笑道："正月初一，我到陶科长公馆去拜过年的。"陶科长道："失迎失迎，孩子们闹着去逛厂甸。"范科员道："回头我又到沈司长家里去了。沈司长太客气，留着我在他身后看牌，又是茶叶蛋，又是猪油年糕，只管拿点心待客，我还替他出主意，和了个断么平带不求人，不声不响地和个三番。"陶科长笑了一笑，似乎记起一件事，走出屋子去了，立刻这屋子里热闹起来。一位科员佟君，首先放肆着。在报架上将当天的报放在公事桌上，笑问道："老范啦，八小姐那里去过没有？喂！今天晚上好戏有《打樱桃》，又有前本《海会寺》，包个厢，到小房子里去约了八小姐来听戏吧？大家也好见个面儿。"范君也拿一份报回到公事桌上去看着，笑道："谈八小姐呢，去年几乎过不了年。还是老马好，办自由恋爱，比我们这在胡同里胡闹的人经济得多，他还是一到部就写信。"在他的对面桌上，有一位二等科员马君，拿一叠公用信笺放在桌上，抽起一张信笔瞎写。其实他不是写爱情信，是作篇剧评，要投到一家小报去登起来，题目是新春三日观剧记。

正在谈论着，一位胡君进来了，在屋里的人都向他道着新禧。他是次长面前的红人，虽未能取陶科长而代之，但在本科，也可算位副科长了。他一面脱着皮大衣，一面问道："科长没来吗？"外面两位不理我的茶房，这时一齐跟着进来，一个接着獭皮帽子和大衣，一个又打着手巾把送将上来。佟君道："科长早来了，刚出去。"胡君在衣袋里取出一支雪茄，咬了头子，衔在口里，那打手巾把子的茶房，便擦了一支火柴，来替他点着烟。他喷了一口烟，两指头夹了一支雪茄，高高举起来笑道："我告诉诸位一件极有趣的事。我打了这多年的扑克，从来没有拿过同花顺，这次新年，可让我碰着了。花是黑桃子，点数是八、九、十、十一、十二，达到最高纪录，只差两张牌而已。"在屋子里的科员，全部轰然一声。胡先生站在屋子中间精神抖擞，笑道："这还不算，最有趣的，同场的人有一个人换到了红桃子同花和

51

爱斯富而好，这两位仁兄拼命地累斯，一直加到一百多元，还是我告诉他们，不必再拼命，翻开牌来，我是要贺钱的。连赢带收和贺，一牌捞了个小二百元。"说着，口里衔了雪茄，两手连拍一阵。当时陶科长进来了，那些科员不便作声。只有这位胡科员来头大，并不介意，依然在屋子中间说笑着。

陶科长笑道："胡兄如此高兴，必有得意之作。"胡君连笑带比，又叙了一番。我们这屋子里，显然又是一个阶级，那边尽管笑声沸天，我们这边，绝不敢应他们一个字的腔。约十分钟，那位向科长做九十度鞠躬的范君走过我们这边来，我们也向他恭贺新禧。有的点头，有的拱手。因为他的阶级究竟还支配不了我们的饭碗，所以并没有人向他做九十度的鞠躬。然而他也无求于我们，只是微笑着点了两点下巴。我们有点瞧他不起，借着在桌子抽屉里找稿件，没有和他打招呼，他走过我面前时，恶狠狠地瞪了我一眼。但我没有和他贺新禧的义务，他也就过那边去了。

这时，那边屋子，又来了几位科员，我们这边，也增加了两名办事员。这两名办事员，一位是司长的小舅子，年纪十八岁，一个月也不到部一次，今天大概是为了春节假后的第一天，也来画个到。另一名是次长的堂叔，已经有六十多岁了，他来是常来的，来了照例不做事，科长向来也没有交过一件公事他办。他以为侄身居次长，只给他一个起码官做，十分牢骚，常把他一口的家乡土话低声骂人。今天大概年酒喝得太多了，面变紫红，白色胡须桩子，由红皮肤里冒出来，又露出一口长牙，真不大雅观。这两边屋子里，大小官员二十余人，各都坐着一个位子，或者用公用信笺写信，或者看报，或者口里衔了烟卷，眼睛望了天花板出神。比较坐得近一些的人，就喝着部里预备下的香片茶，轻轻地谈着麻雀经，其间有两个比较高明的，却是拿了报上的材料，议论国内时局。我们这边两位录事，将交下的公事写完了，到隔壁屋子里去呈给科长。今天也算打破了纪录，学着隔壁屋子里的科员，无事可做，我们也来谈谈天。忽然外面有人喊着"总长到，总长到"，立刻我们两间屋子里的空气，都紧张起来，这就是在北京做大官一点滋味。到了衙门里，便有茶房到各司科去吆喝着。那科长听了这话，立刻把老花眼镜取下，将衣架上马褂摘来穿起。外面屋子的茶房打了一个热手巾把进来，捧给陶科长擦脸。他接过手巾，随便在脸上摸了两摸，打开抽屉，取出几件公事，两手捧着走了。这次科长离开，我们这两间屋子里谈话的声音，不是上次那样高，但胡科员还是神气十足，谈那打扑克的事。

约莫有半小时，陶科长回来了，向大家点头道："头儿走了，说是这两天没有什么要紧的事，下午可以不来，下星期照常。"大家听说，轰然一声，表示欢喜，科长在身上掏出钥匙，把抽屉锁了，茶房已知道他要走，立刻取了皮大衣来给他加上。几位出色的科员，也不必彼此招呼，都去穿大衣。科长走了，范君首先高声叫起来道："喂！下午来八圈吧？"佟君道："不，今儿好戏，小梅和小楼合演《霸王别姬》，马上叫人去定两个座儿。"马君道："老佟，你猜猜小余为什么不和杨梅合作？"

大家谈笑着戏的消息，一窝蜂地走了。我们这屋子里的人，也走了。只有我和一个李录事，因一盘象棋没下完，还在屋子里。那个姓王的茶房回过头来，向里张望一下谈笑着道："该走了。"另一个姓巴的茶房在外面屋里，整理零碎东西，答道："忙什么？这屋子里暖和，多坐一会儿，家里可以省几斤煤球。"王茶房道："可没了好香片。坐久了暖屋子，怪渴的。"我听了这话，推开象棋盘，便站起来，瞪了王茶房道："你奚落我做什么？

我们多坐一会儿也不碍你什么事。"王茶房道："怎么不碍我们的事？你不走，我们不能锁门，丢了东西，谁负责任？"我喝道："你说话，少放肆。难道我们当小办事员的人，会偷部里的东西吗？"巴茶房道："你不打听打听，商务司第三科，前天丢了一件皮大衣。一个姓杨的录事，有很大的嫌疑。"他正收拾科长桌上的东西，仰着脸对了我们。李录事跳上前，就向他脑后打了一个耳光，骂道："浑蛋。你指着和尚骂秃驴。"巴茶房掉转身来，就要回手，我立刻把李录事拉走。巴茶房追过来时，我们已到院子里走廊上了，他只好在屋门口大骂。

我陪李录事到了衙门口，埋怨他道："你不该打那东西，他是陶科长的红人，明天和你告上一状，你受不了。"李录事红着脸道："二十块钱的事情哪里就找不到？我不干了。张先生，只是怕连累着你。"我笑道："不要紧，我也看这二十块钱的位置，等于讨饭。不然，我也不会在部里满不在乎。果然那小子到科长面前挑拨是非的话，我就到广东去。那里空气新鲜，我还年轻，有机会还去读两年书呢。"

我们分手回家，但我心里，始终是替李录事为难的。他一家五口，就靠这二十元的薪水，果然丢了饭碗，那怎么是好呢？我想着明早到部，却是一个难关。不想当这晚我在灯下一人吃饭的时候，李录事一头高兴跑进来，向我拱手道："恭喜恭喜!"我起身相迎，倒有些愕然，以为他是把话倒过来说。我让他坐下，将白炉子边放的一把紫泥壶，斟了一杯热茶，放在桌上，笑道："请喝一点，冲冲寒气。在这腐败的政府下，好是做社会上一个寄生虫。不好却少不了做一个二十世纪的亡国奴。中山先生在广东组织革命政府，前途是大有希望的，我们一块儿到广东去吧。呼吸着自由的空气，哪怕是当一个叫花子呢，总比在这里看茶房的眼色强多了。"李录事笑道:"我不开玩笑,我真有办法了,你也有办法了。"我且坐着,扶起筷子来。他按住我的手道:"我们一块吃羊肉涮锅子去,我请你。"我道:"你中了慈善奖券?要不,怎么半下午工夫,你就有了办法了呢?"李录事笑道:"说起来话长。这事太痛快了。在这里说出来,怪可惜的。咱们到羊肉馆子里,一吃一喝,炉子边热烘烘的,谈起来一高兴,还可以多喝两盅。人世几逢口笑,走走,别错过机会。"我听他说得这样有分寸,果然就收拾了碗,和他一路到羊肉馆子里去。

在馆子里找了一个僻静一点的雅座,要了酒菜,我是等不及他开口,又追着问了。李君因为我不会喝酒,自斟了一杯白干,一仰脖子喝了。然后手按了酒杯,隔着羊肉锅子,向我笑道:"人家都说我们总长是个癞头龟,可是他几位少爷小姐都是时髦透顶的文明人儿。他二少爷和大小姐有点戏迷,你是知道的。"我说:"这个我倒不知道。我只听说,他大少爷会兼差,现在共有三十六个差事。上由国务院,下到直隶省统税局,他都挂上一个名。二少爷爱玩汽车,一个人有三四辆车子。大小姐喜欢跑天津、上海,二小姐会跳舞,家里请了一个外国人教打钢琴。"李君笑道:"他们家里有的是钱,要什么有什么,他们就只喜欢一样能了事吗?"我见羊肉锅子里热气腾腾,炭火熊熊地映着李君脸上通红,知道他心里十分高兴,便不拦阻他的话锋,由他说了下去。

他夹了一块红白相衬的肥瘦羊肉,送到暖锅子涮着,眼望了我笑道:"到今日,才知道爱玩儿也有爱玩儿的好处。我一把胡琴,足拉了二十年,在北京,拉胡琴的人遍地全是,我不敢说好。不过什么人的腔调,我都能学两句。去年年底,吴次长家里堂会,我去拉过一出《女起解》。巧啦,赖二位小姐就在场听着。

她听人说那个拉胡琴的，就是农商部的录事，就记下了。今天我由部里出来，程秘书在马车上看到我，就把我带到赖公馆去，这位小姐，原是不便和我小录事请教，拉了二少爷一路，把我叫到内客室闲话。二少爷做一个考官的样子，先口试了我一阵，然后拿出胡琴来，让我拉了两出戏。二小姐原是坐在一边监场的，听久了胡琴，她就嗓子痒痒，我又给她拉了两出戏。她有几处使腔不对，我就说二小姐这样唱得很好。另外有一个唱法，是这样唱的，于是我就唱给她听。她兄妹都高兴极了，留着我混了两三个钟头。后来二少爷拿出一张字纸给我看，是总长下的条子，上面说：'李行时着派在秘书上办事。'条子是总长的亲笔，我认得的，而且二少爷当我的面，把条子交给程秘书了。"我呀了一声，笑道："恭喜恭喜，李秘书。"

他笑道："还有啦，二小姐让我一捧场，高兴极了，进上房去拿出皮包，顺手一掏，就摸出了五张十元钞票，说是给我当车钱。天爷！我长了三十岁，没听说坐车要这么些个钱。"我笑道："朋友，莫怪我说你眼孔小。赖二小姐有次到上海去吃一个同学的喜酒，却挂了一辆北宁津浦沪宁三路联运专车。把那趟车钱给你，够吃一辈子的了。"李君笑道："虽然那么说，可是在我这一方面，总是一件新鲜事儿。年过穷了，我这几天正愁着过不过去，这一下子够他们乐几天的了。"他说时，透着高兴，右手在锅子里夹起羊肉向嘴里送，左手端起杯子，只等嘴里腾出地位来。我笑道："不必喝酒了，吃完了还不到八点钟，请我听戏去吧。"他道："听戏算什么，明日准奉陪。不过今天晚上还另有一件事相烦，二爷说，他九点钟在德国饭店等我，也许要带我到一个地方去拉胡琴。"我道："你去就是了，这干我什么事呢？"

他笑了，映着火炉子的红光，见他脸上很有点红晕，便道：

56

"我当然愿意朋友好，你有什么非我不可的事，尽管说。"他笑道："咱们哥儿俩，没话不说。德国饭店，全是外国人来来往往的地方，让我去找人，我有点怯。你什么都不含糊，可不可以送我进去？"我笑道："大概不是为这个，今晚上也不忙请我吃涮锅子，我没什么，陪你去。可是赖二爷见着我，他要问你为什么带个人来呢？"李君道："我虽没到过外国馆子。我想，总也有个雅座，你送我到雅座门口就行了。"我看他是真有点怯场，人家第一次派这位秘书上办事，别让他栽了。于是含笑答应，陪着他吃完了饭，慢慢地走到德国饭店。

在餐馆的门口，玻璃架子的外国字招牌，电灯映着雪亮。这雪亮的灯光，更加重李君的胆怯。只管放慢步子，我便只好走前了。到了三门，经过存衣室门口，我们既无大衣，也无皮帽，本也不必在这门边走。我无意中一低头，地面上有一线光亮射来。仔细看时，却是地毯上有一点银光。相距不远，我弯腰拾起来一看，我心里却是一阵乱跳。正是一只白金钻石戒指，看那钻石，大过豌豆，绝不下一千元的价值，我下意识地便向衣袋里塞着，而那只手还不肯拿出来，我又怕李君看到了，却赶快走了两步。这里是饭厅，角落里几位音乐师，正奏着钢琴小提琴，满厅几十张桌子，全坐满了。我到了这中外人士汇集的地方，总要顾些体貌，不能闯到人丛里找人，只好站了一站。不想这位李秘书比我更怯，竟是又退回二门去了。

我见他不在身边，把钻戒又掏出来看了一看，光莹夺目，决是真的。但我心里立刻转了一个念头，二十来岁的青年，难道就让这一样东西，玷污了我的清白吗？我决定宣布出来。见有一个茶房经过，便道："喂！我捡着了一点东西，你们顾客里面，有人寻找失物吗？"那茶房向我周身看看，见我穿件灰布老羊皮，便淡淡地问道："你捡着什么?"我说："我怎么能宣布呢?若宣布出来了,全座吃饭的人,有一大半会是失主。"那茶房听我的话不受听,竟自走了。我踌躇了一会儿,觉着所站的地方,虽与食堂隔了一座大玻璃门,究竟是来往孔道,只好又向外走。口里自言自语地道："我登报找失主吧。这笔广告费,不怕失主不承认。"身后忽然有人轻轻地道:"先生,你捡着一样贵重的东西吗?"我看时,是一位穿西装的汉子,胁下夹了一个大皮包,我便点点头道:"是的,我捡了一样东西。失主若说对了,当了公证人或者警察,我就把东西还他。"

说到这里,又近了二门存衣室门口,李君迎上来笑道:"老张,怎样不带我进去?"他说时,在袋里掏出一方新制的白手绢只管擦脸上的汗。我笑道:"我的怯兄,你……"那西装人道:"啊!李秘书,你来了,二爷正让我找你呢。"李君这才放出笑容,替我介绍着这是赖公馆的二爷跟前胡爷。我这才晓得他是一个听差,竟比我们阔多了。胡听差笑道:"哈哈,都是自己人。我刚才听到张先生向茶房打招呼捡着东西,我就跟了来的。张先生捡着的东西,是不是很小的玩意儿?"我笑道:"胡爷,对不起,我不能宣布是什么,不过,我可告诉一点消息,是很贵重的。要是不贵重,我也不必有这一番做作了。"胡听差笑道:"那准对,好了,好了,可轻了我一场累,请你二位等一会儿。"说毕,也就走了。不一会儿工夫,他由里面笑嘻嘻地出来,向我两人招着手道:"二爷请你二位进去说话。"

于是他在前引路,我们随后跟着,在食堂左角,一间小屋子里,见赖大元的二少爷二小姐,和另外一对男女在吃大菜,屋子门口,还树起了一架四折绿绸屏风,外面看不到里面的。赖二爷坐在大餐桌的上首,面对了屏风,我一进门,就先接近了他。他穿了一套紫呢西服，头发油刷得像乌缎子一样，只他那下阔上尖的窝窝头面孔，有点不衬。他左手拿叉，右手拿刀，正在切盘子里的牛排，却回转脸来，将刀尖指着我问了那听差道："就是他捡着东西？"我看他这种样子，先有三分不顺眼，就站在屏风角不作声，胡听差道："张先生，这是我们二爷。"李君站在我的身后，也轻轻地叫了一声"二爷、二小姐"，不知不觉地微鞠了一个躬，赖二又向我望了一望，问道："你拾着了什么？"我道："二爷，对不起，我不能先说。"左首坐的一个绿色西装少年，雪白的长方面孔，有些像程砚秋，挨了二小姐坐着。他点了头道："对的，二爷，我们得先说出来。"赖二将叉子叉了一块牛排，塞到嘴里去咀嚼着，然后把叉子指着我道："我丢了一个白金钻石戒指，戒指里面，刻了有 KLK 三个英文字母，你说对不对？"我道："不错，拾着一个钻石戒指。不过有没有三个英文字母，我还不知道，等我拿出来看。"于是在衣袋里把戒指掏出来，在灯光下照了一照，果然有那么三个字母。

赖二不等我说什么，在衣袋里掏出一只绿绸锦盒来，放在桌子上，笑道："你看看是这盒子装的。"我拿起盒子来，掀开盒子盖，里面蓝绒里子有个凹的印子，把戒指放下去，恰好相合。因道："对了，赖先生，这戒指是你的，你拿去吧。你是体面人，我信得过你，不用另找人来证明了。"我把盒子递在他手上，转身就要走。赖二站起身来，将刀子点了我道："你说，你要多少报酬？实对你说，我这戒指只值三千块钱，不算什么。不过，我是送这位高小姐的。"说着，向在座的一位红衣女郎点头笑了一笑。接着道："寻回来了，完了我一个心愿。我很高兴，愿意谢你一下。"我道："东西是赖先生的，交给赖先生就算完了，我不要报酬。"赖二指着胡听差道："你把他拉着，我这就……"

说时，放下刀叉，在衣袋里取出支票簿和自来水笔，就站在桌角边弯腰开了一张英文支票，撕下来交给胡听差道："你给他，这是一千块钱的支票。今天的日期，明天银行一开门，他就可以去拿。"我道："赖先生，你不用客气。假使我要开你一千块钱，我拿这戒指去换了，不更会多得一些钱吗？"赖二伸手搔了几搔头发，向我周身看看，沉吟着道："看你这样子，光景也不会好。"那个穿红衣服的女郎微笑道："他不要钱，你应当明白他的用意。"赖二点点头道："是了是了。"将一个食指点了我道："你姓什么？干什么的？进过学校没有？"我看他这样子，自觉头发缝里有点出火，便笑道："实不相瞒，我父亲是个百万财主，近几年来败光了。当年我有一个好老子没念过书。如今穷了，什么也不会干。"胡听差和李君听了这话，只管向我瞪眼。赖二笑道："怪不得你不在乎，原来你也是少爷出身。"

　　二小姐大概是多喝了一点酒，脸红红的，斜靠了那个像程砚秋的男子坐着，微斜了眼道："二哥，你这点麻糊劲太像爸爸。刚才小胡不是说了，他姓张，也在部里当个小办事员吗？"赖二啊了一声，见胡听差手上还拿了那张一千元的支票，因道："那么，那一千块钱你去兑了吧。江苏王鸿记裁缝，和高小姐做的几件衣服，都很好。七百块钱，算衣料手工。另外三百块钱赏给那个做衣服的伙计算酒钱。"胡听差答应了一声是。赖二爷道："啊！李秘书怎么来了？"李君向前一步，哈了一哈腰儿。二小姐笑道："二哥，你看，你什么事这样神魂颠倒的？你不是叫他来一路到高小姐家里吊嗓子去吗？"赖二笑道："我这样说了吗？现在我们要到北京饭店去跳舞，这事不谈了。可是我没有一定的主张。小胡，你那里拿十块钱出来，带他们去吃小馆儿。"

　　我听了这话，不用他多说，我先走了。出大门不多远，李君追了上来，一路叫着"老张老张"！我停住脚问时，他道："你这人是怎么了？你临走也不向二爷告辞一声。"我笑道："我退还了他三千块钱的东西，他没有说一声请坐。不是拿刀子点着我，就是把叉子指着我。我并非他家的奴才，怎样能受这种侮辱？"我很兴奋地说着，说了之后，又有一点后悔，这话透着有一点讽刺李君，他倒不在意。承他的好意，替我雇了一乘人力车，把车钱也付了，送我回家。

到了次日早上，我心里为难着一个问题，不易解决，科里两个茶房，和我们捣乱过，今天未必忘了。虽然打那个姓巴的，是李君的事，他未必忘了我是同党。好在李君已是秘书上办事的身份了，料这茶房也不奈他何。且挨到九点钟，等陶科长到了部，我才去。意思是有管头，茶房就不敢放肆了。到了科里，两个茶房，果然鼓着脸，瞪了眼望着我。姓王的当我掀帘子进科长室的时候，他轻轻地道："那个姓李的没来，等那姓李的来了，我们再说话。"我听了，知道这两个东西，一定要在陶科长面前和我捣乱，三十块钱的饭碗，显然是有点摇动了。我先坐在办公室里，翻了一张日报看，忽然陶科长以下，一大批人拥到屋子里来，我倒吓了一跳，立刻站起身来。陶科长满脸欣羡的样子，向我拱拱手笑道："张先生，电话，总长夫人打来的。"我愕然道："什么？总长夫人打电话给我？"科长道："你快去接电话吧，总长夫人的脾气，你是知道的。"我见他如此郑重地报告，不能不信，便到外面屋子来接电话。

我刚才拿了电话机，放到耳朵边，只喂了一声，那边一个操南方官话的妇人声音，就一连串地问了我的姓名职业。接着道："我是赖夫人。昨晚上我们二少爷二小姐回来说，你捡了钻石戒指归还原主，你这人不错。二爷说，要提拔你一下，给你一个好些的差事。我已经和总长说了，也派你在秘书上办事，照荐任秘书支薪水。以后要好好地办事，知道吗？"我真没想到总长夫人会在半天云里撒下这一段好消息。我既高兴，我又久闻赖老虎的威名，喜惧交集，什么答复不出。干了几个月官，这算也学到了小官对大官那种仪节，半弯了腰，对着电话机子，连说："是，是……是，是……"最后那边又说了，没话了，你好好干吧，电话便挂上了。

我放下电话耳机，我才知道环在我身后，站了一圈人。我平常自负三分傲骨，现在接着夫人的电话，我就这样手脚无措，心里一惭愧，不免脸上跟着红晕了起来。可是这些人毫不觉得我这态度是不对的，一齐笑嘻嘻地望着我。陶科长问道："原来赖夫人认识张先生。"我笑道："实在不认识。夫人说，把我调到秘书上办事，先通知我一声。"陶科长立刻向我拱了几下手道："恭喜恭喜。"陶科长一说恭喜，全科人一齐围着我恭喜，那范科员握住我的手道："张兄，我早就说过，翻过年来，你气色太好，今年一定要交好运，我的话如何？"我心想，我并没有听到你这样对我说过。但我在高兴之时，口里也就说着果然果然。范君笑道："既然如此，要请客才对。"我还不曾答应，那位胡科员叫道："不，不，我们公宴。"我笑道："各位且慢替我高兴，虽然赖夫人有了这样一个电话，可是在总长的条子没有下来以前，还得等一等。"陶科长也道："等什么呢？赖夫人一句话，等于赖总长下过十张条子。"于是全科人都笑了。

不到一小时，赖总长也来了。陶科长带了公事回科，老远地就向我拱了手道："恭喜恭喜，条子已经下来了。我们这科，大概是交了运，不但是张先生发表了秘书上办事，这里的李先生也同时发表了。一日之间，我们这里有两个人破格任用，大可庆祝，我请客，我请客。尤其是张先生这个职务是夫人提拔的，非同等闲。不用说，一两月后，就可以升任正式秘书的。"我见全科人恭维我，穷小子走进了镜子店，只觉满眼是穷小子，忘了我自己。范君送过一盒大炮台烟卷来，请我吸烟。我吸着烟昂头出神，姓巴的茶房进来，向我请了一个安。笑道："张秘书，给你道喜。"我也一律尽释前嫌，因道："昨天的事，你不必介意，李先生脾气不好。"巴茶房笑道："你说这话，我可站不住。李秘书教训我，还不是对的吗？"说着王茶房捧了碟子托的茶杯来，里面是陶科长喝的，二毛一两香片，恭恭敬敬递到我办稿的桌上。不一会儿李君来了，自然又是一阵乱。

下午散值以后，陶科长和同事们没等我和李君回家，就把我们拖到东安市场的广东馆子吃边炉。八时以后，满街灯火，坐着人力车回家。可是一进大杂院，我就有一个新感想，身为农商部秘书上办事，每日和总长接近，叫我回家来，同卖切糕的王裁缝李鞋匠一块儿打伙儿，这透着不成话。同事知道了，岂不要讪笑我？赶快找房子搬家。黑暗中王裁缝叫道："张先生回来了，恭喜呀！"我高声道："你们知道我当秘书了？我告诉你们，天下没有不开张的油盐店，我不能永久倒霉。许多人想走赖夫人这条路子，花钱受气，总走不通，你瞧，我这里可是肥猪拱庙门，他自来。"喂！罪过，怎好把赖夫人比肥猪。我得意忘形，见屋子里点了灯，也忘了门锁过没有，一脚把门踢开，笑道："秘书回来了，赖夫人身边……"

我话未了，只见死去的祖父拿了马鞭，我父亲拿了板子，还有教我念通了国文的萧老先生拿了戒尺，一齐站在屋里。我祖父喝道："我家屡世清白，人号义门，你今天做了裙带衣冠，辱没先人，辜负师傅，不自愧死，还得意扬扬。你说，你该打多少？"

我慌了，我记起了儿时的旧礼教家庭，不觉双膝跪下。我父亲喝道："打死他吧！"那萧先生就举手在我头顶一戒尺。我周身冷汗直淋，昏然躺下……哈哈！当然没有这回事，读者先生，你别为我担忧！

第二十四梦

一场未完的戏

我坐在人丛中一个座位上，忽然惊悟着，我面对着一个大舞台了。舞台前面垂了紫色的幕，我不知道里面有怎样一种情形要呈现出来。但我手里拿了一张戏情说明书，可以预先知道一二了。前面几个大字写着，五幕大悲喜剧"???"没有文字把这戏名说出来，这出戏是怎样地称呼它呢？还好，旁边另外有几个小字注明了是"一个问号"。这倒有趣，戏剧就是给人生写出一个谜面，于今在谜面上再写一个问号，这出戏要看得人莫名其妙了。然而不管它，我也是既来之，则安之，就把这一个问号看了下去。至多是把我这脑子落在一个问号里而已。再看看这纸单下面，是现实剧团同人努力演出，接着是说明剧情介绍。未看戏之前，先看明白了剧情，这是减少兴趣的，所以我不看它，先将戏中人和演员表对看了一下，正好是一声锣响，灯光熄灭，紫色的幕缓缓展开了。

台上的灯光照着，这是一个中等家庭的屋子，木器家具里有一个碗橱，有一个保险柜、一张账桌。正中悬了一幅试虎图。旁边配上一副对联，"千古英雄唯我是，万般人事看谁骄"。这个我倒知道，是改的袁枚咏钱诗。哦！原来这轴画中执鞭的黑脸人是财神爷。

在一旁的木椅上铺了皮褥子，一个精瘦的老人穿了旧绸的长袍马褂，斜躺在椅子上，口里衔了一支二尺长的旱烟袋，手托住伸到椅子外面来，一面吸烟，一面咳嗽。一个老太婆戴了老花眼镜，坐在铁柜子上补破袜子。那眼镜短了一只腿，她用粗线代替着，缚在耳朵上。这上面，可以看出这是一位省俭持家的人。她身穿蓝布罩褂，两只袖子是新接的，颜色深浅不同，也是她不重衣饰的一个佐证。她看了那老翁一眼道："你瞧，咳嗽到这个样子，还要吸烟。"老翁道："我躺在这里无聊得很，吸口烟解个闷。"老婆子道："那么，你为什么要躺在这里?"老翁道："为了咳嗽。"老婆子道："咳嗽是怎样来的?"老翁道："你好啰唆，气管不舒服，自然会咳嗽。"老婆子笑道："却又来，气管不舒服，才觉得无聊，怎么你又只管吸旱烟去刺激气管呢?"老翁咳嗽着站了起来，弯了腰只管咳嗽。

　　一个穿笔挺西服的少年，走了进来，笑道："这就是个矛盾，为了吸烟咳嗽，为了咳嗽无聊，为了无聊又吸烟。"老翁在大袖笼子里取出了一个手巾卷儿，摸着髻子嘴，另一只手的食指指着少年道："你无论什么，都有一套理论。无论做什么事，你都没有干好。吸烟咳嗽，你也有理论。可是到了跳舞场里，整大卷子钞票塞在舞女手上，那就不管是什么理论了。无事不登三宝殿，你来到这里有什么事?"老太婆低了头补裤子，只当没听到。少年掏出一只金制的扁平烟盒，取着烟卷，掏出打火机，吸了烟，背了手，在台口来往着，笑道："自然也有一套理论。现在先不说这个，我倒要问问你老人家，士龙这一本账，算清楚了没有?他好吃懒做，而且还把许多不堪的话来指摘家庭。"老翁放了旱烟袋，将手慢慢地理着长胡子，默然不作声。老太婆把袜子放下，站起来迎着少年问道："士鸣，你说你说，那小流氓又做了什么坏事了?那贱女人生的东西，不会做出什么好事的。"士鸣道："你说是坏事吗?他还以为是本领呢!他看中了洗衣服王大

66

脚的那个女孩子，天天跑到河边上去和那女孩子扯淡。"老婆子立刻两手取下老花眼镜，将一个食指点着老翁道："喂！老先生，你听到没有？你听到没有？"老翁把冷旱烟嘴子放在口角里吸了两下，然后抽出烟嘴来，摆了两摆头道："我没有听到。士龙是我的儿子，士鸣也是我的儿子。要管我都管，要不管我都不管。"老太婆道："我的儿子我会管，你的儿子，不，那不过是你申二难弄来的现世宝罢了。"

申二难又把旱烟袋放在嘴里吸了两口，然后向士鸣招了两招道："来，你告诉我，士龙怎么和王大脚的女儿有来往的？"士鸣将手指上的大半截烟丢了，又重新燃了一支烟衔在嘴角上，笑道："事关整个家庭的荣誉，我不能不说。士龙现在每日到店里去坐一会子，算是点了一个卯，立刻就到王大脚家里去了。"申二难听了这话，有点沉吟的样子，把旱烟袋放到嘴里去。这申士鸣就大讲孝道，在身上掏出打火机来，左手托了旱烟袋，右手伸出打火机来代燃着烟，因道："爸爸，自今以后，你老人家要在店里多坐一些时候才好。"申二难道："为什么？"士鸣向申老太看看，笑道："不说也不行，得罪了他就得罪了他吧。爸爸，实告诉你，士龙在店里，绝不空手出门，钱也好，货也好，总要拿一些走。就是钱与货一样也不拿，到厨房里去也要抓一把米或者提一把小菜走。"申老翁吸着烟沉吟道："那……"士鸣道："你当然会觉得这件事奇怪的。他为了追求那个穷女孩子，极力去求王大脚的欢心，他总这样做。他以为我们铺子里资本雄厚，给他浪费几个钱……"

申老太婆抢着接嘴道："什么呀？他是浪费吗？他哪像你和士聪这一对浑小子，事情也不干，在人面前又要充阔佬。只有大把的钱向外掏，人家可有心眼，知道你兄弟两个是申二难堂堂正正的儿子。他这小婆养的没有地位，财权还是老头子掌着，你兄弟两个管不了他，把店里东西，明抢暗偷地向王大脚家运，运走一样是一样。运出去的东西那就是他的了。"申二难道："让我去调查调查，若真有这件事，我一定不能放过他。"他说着话时，站起身来在碗橱旁边，取出了一支树根手杖，连连在地上顿了几下，摇着头道："果然如此，真是无可饶恕。"

士鸣抢上前两步，拦着他的去路，手在袋里掏出一张字条来，捧着送到父亲面前，微鞠了躬道："爸爸，我这一笔账，请你核销了吧。"申二难迟疑着道："我知道，你无事绝不找我。"申老太走过来两步，扯着士鸣道："他有钱不能这样花，愿意人家偷，愿意人家抢，你请他核什么账，你也去和那小流氓一样，天天去偷他的，他也就不作声了。"申二难招招手道："拿来让我看看。"说着，在衣襟纽扣上挂的眼镜盒子里，取出眼镜来，在鼻梁上架着。士鸣笑道："我知道，爸爸是不用自来水笔的。"说着，立刻跑到账桌子边去，在笔筒里取出一支毛笔在砚池里蘸得墨饱了，弯了腰送过来。申二难两手捧了账单斜了身子就着光线看了，连摇了两摇头道："太多太多，到上海去一趟，怎么就花费这样多钱？"申老太太把脸凑上来，问道："他花了多少钱？"申二难道："不用急，我核销就是了。三千多块还算少吗？我也不能把这些钱带进棺材里去，还不是留给他们花吗？他们等不及我死，在我生前花光了也好，也让我看看，钱是怎么花光的。"说着，他已将笔在账单上签了字，随着将笔向地上一丢，转身走了。

申老太太听说是三千多块钱，倒抽了一口凉气，坐在旁边椅子上，向士鸣呆望了很久，才问道："孩子，你不能再跳舞了。"士鸣笑道："妈以为我花的钱过多吗？"他架了腿，躺在父亲躺的那木椅上眼望了天花板，向上喷着烟。申老太道："你把银钱看得太容易到手了。"士鸣道："我多花了吗？哼！我们大舅那样花钱，才是一位能手呢。少说一点，我们店里的钱，他已亏空五万上下了。"老太道："你怎样老在我面前说他的话？"士鸣道："你老人家要知他名义上在店里是经理，实际上他是一个老板了。他是你的兄弟，是我们的舅父，而他又是一位内行。几年以来，店里上上下下，全是他的人，你敢换掉他吗？而且你又把妹妹给他做儿媳妇，亲上加亲。"

说到这里，布景里面有人唱起京戏来。随着通里面的门开了，一个穿蓝绸袍子、歪戴了毡帽的白面少年走了出来，笑道："大哥，你敲了爸爸一笔大竹杠，分两个钱我用用。"说着，伸出一只巴掌来，向士鸣摇了两摇。申老太指着他道："士聪你怎么弄成这么一副形象？你看。"说时，牵了他围在肩上的花绸围巾抖了几抖。士鸣道："爸爸不在这里，实在的情形，我是可以告诉母亲的，士聪在大舅手上支钱用，简直没有限度。我知道士聪今天早上，还在店里账上动用了五十块钱，怎么这时候，又来敲我的竹杠？"士聪伸手在士鸣西服袋里一扑，掏出一张相片来，交给老太，笑道："你老看看这位摩登小姐漂亮不漂亮？这是大哥正追求着的好友，而且也是舅舅给介绍的。"士鸣道："你就让妈看吧。哪一个有钱的少年，不追求着几个异性。"他在弟弟正式攻击之下，毫不介意，反是掏出纸烟来吸着，架起腿来，斜靠在那铺皮褥子的椅子上。申老太接过那相片倒并不要看，却向地上一丢，瞪了眼道："你们兄弟两个，是我一个肚皮里养出来的，也不好好地合作。你们两个人摩擦得越凶越嚷，士龙那贱种越开心。"士聪含了笑，在地面上捡起那相片，交到士鸣手上笑道："你是得宠的大臣，奏本奏不倒你，承认失败。不过我这两天，

69

实在过不过去，向你通融两百元用一用。我可以和舅舅商量，叫他在店里账上拨一笔款子还你。要不然，我在爸爸面前，揭破你的秘密。"士鸣接过相片，向衣袋里揣着，鼻子里哼了一声，冷笑道："你的信用，不够在爸爸面前揭破我的秘密。"

士聪坐在账桌子边来翻了两番桌子上的流水账簿，盖上了账本，将手一拍道："我爸爸糊涂透顶，店里整千整万洋钱交给大舅去蚀本，家里这本油盐柴米账，可记得一文不差。"申老太太还是戴了老花眼镜补袜底，这就放了针线，两手捧了眼镜，向士聪道："你瞎说些什么？在店里账上支钱，大舅没有让你称心，是不是？"士聪拍了肚子道："大舅一本糊涂账，都在我肚子里。他近来藐视我，做事不大瞒着，有几笔账我已经抓着凭据了。老娘亲你补那袜底做什么？你一辈子不穿袜子，也不够大舅一场麻将输。大舅口里，自然也是一套克勤克俭。早上喝着燕窝白木耳的甜汁，可是对徒弟们训话，你们要省俭呀，要讲俭德呀，他娘的，这种人……"申老太太站起来喝道："士聪，你疯了！满口胡说，这小冤家大概又闹亏空了，你分几个钱他用吧。回头你爸爸进来了，听着这些话，又让我受气。"

士鸣坐了起来笑道："要说揭破我的秘密，我是不怕的。不过为了帮大舅起见，大家能息一点事就息一点事。士聪，我这里分一百元你用，够不够？"士聪将脖子一歪道："你不用敷衍我，我今天决计闯一点小乱子，真要大家息事，我要涨价，得给我四百元。反正你一下子就敲爸爸三千呢。"士鸣道："怎么只五分钟的工夫就涨了两百元？"士聪伸着手道："你那好纸烟，送一支给我尝尝。"士鸣取出烟盒来，倒很客气地递他一支烟，而且将打火机打着了，替他将烟燃上。士聪坐着喷了烟，昂了头微笑道："五分钟涨价两百元，这是很对得起你的事，要不然，哼！"申老太道："士鸣你就把四百元给他吧。"士鸣叹了一口气道："我遇到这样一个兄弟，我没有办决。"于是在身上掏出支票本子，用自来水笔填写一张支票给士聪。士聪接了支票在空中扬了两下，笑道："哥哥你心疼吗？心疼你就拿回去。"说着，他将头上歪戴的帽子扯了扯，便开着门要走。

士鸣招招手道："拿了钱就走？我有两句话和你商量商量，成不成？"士聪手扶了门回转头问什么事？士鸣道："我问你，我们这产业，你是愿意做两股分呢，你是愿意做三股分呢？"士聪走回转来，将手指头在桌面上画了两个字笑道："不就是关于士龙的问题吗？这件事，依着我是很容易办，就说他不是爸爸的儿子，靠着我们人多，外面有舅舅，里面有母亲，一脚把他踢出申家的门就算了事。虽然爸爸不愿意，权在我们手里，这样做了，他也没奈何。你们既要吃羊肉，又怕膻，说是这样硬干不好。这就天公地道地说，他实在是爸爸的儿子，不过是如夫人生的罢了，三一三十一，也分他一股，好在所分是公司的不动产。至于现金和货物，他并不清楚，随便点缀他一点，就行了。这样还是我们兄弟俩占便宜。可是你们又不能忍耐。拖泥带水，天天闹家务，天天想办法，闹得生意不能做，娱乐也不能安心享受一下。甚至不能好好吃一顿饭，睡一宿觉，真是何苦来？"他畅畅快快地说了一套，士鸣没有搭言。

申老太弯了腰，踉踉跄跄到士聪面前来，将手指点着他，哆嗦着道："你……你……你……你是我的儿子？你简直是汉奸！你爸爸讨姨太太的时候，几乎把我气死。不是我里里外外遇事谨慎，我早滚蛋了，今天哪又能让你兄弟两个做大少爷二少爷？好容易熬到那贱女人死了，士龙贱种又长大了，一波未平，一波又起，你父亲说，他一个无娘的孩子，何必理会他，只当多养一个闲人吧。我也是一番好心，把他容留下来。于今他人大心大，简直要做店里的老板了。他要再得一点势，抓了店里的权，你们赶得他走吗？他记起前仇，恐怕连店门口躲风避雨，也不许你们站一下呢，将来只看你两个讨饭罢了。"

士聪被他母亲连指带骂地数说着，他只有仰着脖子连连地向后退了去，瞪了大眼，望着申老太太道："你不要急，你只要有办法，我也赞同。"他退到了一扇窗子下，偶然回头向外看去，就向外点着头道："我来了我来了。"他扭转身推门出去，遥遥地听到门外一阵汽车喇叭响。申老太太叹了一口气道："话又说回来了，也无怪老头子不能相信你们的话，人家养的儿子，每天总还跑到店里去一趟，做一点表面功夫给人看。你两人只晓得向老头子要钱，有了钱就去吃酒赌钱玩女人。"士鸣道："不要唠叨了。我刚才说几句话，已经引动爸爸的肝火了，看看下文怎么样？我暂时出去一次。"申老太太道："趁着你兄弟在这里，你爸爸不在这里，我想和你们商量商量，你看，又闹一场没结果。"说着，伸手将桌子拍了一拍。

士鸣已走出门去了，却听着门外有人哈哈道："不忙不忙，等我和你母亲说几句话然后一路走。"随了这话，一位穿蓝布长袍黑胡子人，拖了士鸣一只手一路笑了进来。申老太起身笑道："大舅回来了，早来一步就好，你看这两个在这里胡搅了一下午。"这位大舅且不忙说话，却伸手在大袖子笼里去摸索了一阵，摸出了一只白手巾包来，解开那手巾包，有两个苹果两个蜜柑，都放在桌上，笑道："今天中午，有人请吃饭。我在席上带来几个水果给姐姐尝尝。"说着，取了一个苹果，将白手巾拂拭一阵，把苹果递到申老太手上。她接着苹果看了一看，笑道："这是天津苹果，很好的，这里恐怕要卖到四五角钱一斤吧？"大舅笑道：

72

"就因为你老人家里平常舍不得买了吃，所以我带一个回来给你尝尝。"申老太将那苹果翻来覆去看了几遍，又递到鼻子尖上闻闻，笑道："这苹果在南方是不容易找到。"说时，回头望了士鸣道："你看，我们也是手足，我们彼此儿女一大群了，还是这样相亲相爱。再看你和士聪这兄弟俩，就是仇敌一般，你一枪我一刀的总是谁放不下谁。"士鸣坐在睡椅上缓缓地喷烟，脸上带了微笑。

那大舅老爷便拱拱手道："姐姐，不要啰唆他们吧，他们就很和气。至于为了不相干的事小争小吵，那没关系。凡事只要大体上过得去就是了。我这两个外甥，大体上是说得过去的，呃！姐姐。"他特意把话提重了一层，然后把身子向申老太太面前就了一就，手摸了胡子，正了脸色道："说到顾大体这个问题，就不能不说到士龙身上来。他在店里，总也是个少老板。"申老太太沉了脸色道："谁承认他是少老板？"大舅倒觉自己这句话大意之至，透着难为情的样子，舌头在嘴里打旋转，连忙说了"这这这"，接着笑了一笑。申老太把脸色放和平了，点点头道："我也知道你是个老好人，什么人都不愿得罪。外面人都这样叫他，你当着人的面，也只好这样敷衍着他了。大舅，你说你说，你说他在店里怎么了？"她似乎很着急，两手操了那副老花眼镜，一会儿架在鼻子上，一会儿又取下来，只管仰了脸向大舅望着。

大舅笑道："这件事，我就不说，姐姐也该知道。他在店里和柜上的徒弟、厨房的挑水司务都成了好朋友，甚至约着这些人在街上小酒店里吃水酒。"申老太气得把身体乱颤，连连地道："实在不成体统，实在不成体统。"说时，在屋子里来回地走着，表示她心里那一份愤慨。大舅在怀里掏出纸烟盒子来，取出一支烟放在盒盖上，先用三个指头平搓着，头微偏着，只管出神，然

73

后淡笑道："失体统不失体统呢，这倒无多大关系，我看这孩子，似乎他另有一番心意，那就是把这些人一齐笼络到手，成为他的心腹，真有那一天逼得我们……"他说出我们两个字，觉得欠妥，立刻顿住了。改口道："逼得你们和他周旋起来时，他就有他的党羽了。"

申老太提到了士龙这个名字，就似乎十分生气，这时坐在茶几边，手扶了茶几，弯了腰只管咳嗽着。大舅看到，立刻两手捧了一只痰盂过来，放在她面前，皱了眉道："你这咳嗽的毛病，不能让它拖下去了，应当请个医生瞧上一瞧。我有一位熟医生，可以不花钱把他请了来。"

申老太咳嗽完了，在怀里掏出一方粗布手绢，擦摸了嘴脸，因道："士龙这东西若不赶出去，我和士鸣、士聪三个人，只有离开申家让他。提到了他我就心里难过，心病是神仙都治不好的。"大舅道："我得了信，说是姐夫找他去了，这是你们的错。"申老太道："不该让老头子去质问他吗？"大舅道："姐夫的耳朵就最软，你们还有什么不明白的？这个时候，士龙多半在堆栈里和伙计捆扎货包。姐夫若是找到货栈里去，看到他一身灰又是一身汗，再想到士鸣、士聪我这两位外甥少爷，他对士龙还有什么可说的？他进店去，我总是陪着，免得他看见的和我们所报告的不同。在家里就是你们的事了。"

申老太道："大舅这话对了，你既知道堆栈里不能让他去，为什么不想法子拦着，倒又回家里来了呢？"大舅笑道："我听了这个消息，早已派伙计把他拖到店里去了，我特意回来知会一声的。我打听得王大脚的女儿喜欢看戏，我已经买了两张票送士龙，今天晚上，他必定邀那女孩子去听戏。姐夫回来，你只说让他解闷，要他一路去听戏。我送士龙是包厢票，你们可以坐那最普通的座位。姐夫在戏馆子里碰到了士龙和那女孩子，他就不能忍了。"士鸣躺在椅子上听到，便笑道："我大舅，真是智多星吴用，想出来的主意，又毒又辣。"申老太指着他骂道："你这东西真是狗咬吕洞宾，不识好歹。"大舅笑道："老姐姐你不知道，我向他许了一个心愿，还不曾还愿，所以他恨我。"说着，他去到士鸣身边，连连地拍了他几下肩膀，笑道："我的贤外甥，走，我请你。"那士鸣哈哈一笑，跳起来挽着手走了。

我看戏的人看到这里，倒有点感想。觉得这位编戏的人，有些烘托过甚。姨太太的儿子，正太太的儿子看着是外人，而母亲的兄弟，倒成了一党。异母兄弟非踢出去不可，而自己家私，可以让母舅吞蚀。利己的心事，谁能说人人没有？而打苍蝇喂斑鸠，这种人岂不是愚蠢透顶？

我正这样想着，一个穿蓝布工人衣服的小伙子，头上戴了鸭舌帽，从从容容地走进来了。他取下帽子，向申老太一鞠躬，叫了一声"妈"。申老太好像没有听到，戴上眼镜，自补她的袜底。这小伙子走近了两步，又向申老太道："妈，我爸爸不在家吗？"申老太重声道："哪个是你的妈，要你胡巴结乱叫？你的妈死了，你到土里去叫她吧。"我看戏的人，就明白了这就是他们所要拔去的眼中钉士龙。

士龙道："这就难了，我回家来见你老人家不叫，说我要造反，连妈都不叫。我叫妈呢？你老人家说是胡巴结。我做晚辈的，自己要尽自己的礼节……"申老太取下了老花眼镜，将手在桌上一拍道："废话少说，你来做什么的？你说，这是我们家的账房。"士龙微笑道："我也不会进账房就偷就抢，而况这账房我也有份？"申老太拿起桌上的算盘，就向士龙砍去，口里骂道："这账房你也有份？哪个说的？我打死你这杂种。"士龙见来势很

75

凶，假使那算盘打在头上，那许没有命，因之两手夺住那算盘，很和缓地道："你老人家不必生气，让我慢慢解释。"申老太两手一面夺算盘，一面叫道："你们来救人哪！姨太太生的儿子打嫡母，谋财害命！"

她一阵喊，老老少少男男女女拥进来上十个人，其中有个上烫发下穿高跟鞋、身套绸衣的摩登女郎，气鼓鼓地跑上前，两手一扯，把算盘夺过，瞪了眼道："你要造成逆命案吗？"士龙冷笑道："三小姐，你也把这种大罪来压迫我吗？我回来并无恶意，更不是向父亲要钱。我在堆栈里清理了一个礼拜的货物，这里头有点问题，我开了一张清单来向父亲报告。母亲见了我不分皂白，开口就骂，举手就打。这一算盘打了我的脑袋，恐怕就不能完整，我举手把算盘挡住，母亲就说我打了她了。"三小姐瞪了眼道："你当面撒谎！我亲眼看到你两手夺住算盘的，你怎么说是挡着呢？"士龙冷笑道："三小姐，你真的要下毒手把逆伦的大罪加在我的头上？我只是一个人，自也百口莫辩，你打算怎么办呢？"这三小姐大声道："怎么办？把你捆了起来，送到法院去重办。"她说这话，跑到桌子边伸手重重地拍了几下。随着她拍桌子的时候，把脸色沉下来，向申老太道："妈，你还不叫这些用人把他捆了起来。"申老太也拍了桌子道："你们吃我的饭，不替我管事吗？姨太太生的儿子打着我了，你们还不和我捆起这强盗来？"

就在这叫骂的时候，有一个很壮健的雇工，站在士龙身后，突然伸着两手，拦腰一把将士龙抱住，喊着"大家快来"。于是厨子、丫头子、老妈子一齐向前，对着士龙拳脚乱下。有个不能挤上前的老家人，便匆匆忙忙找了一根长麻绳来。包围的群众，有人接过麻绳去，很快地真把士龙捆着。群众散了开来，只见士龙满脸是青紫伤痕，两只手紧紧地被绑在身后，头发是蓬乱了，衣服也撕破了，不过他并不懊丧，还仰着脖子，挺了胸脯子，站在屋子中间。那三小姐却在里面拿出一根皮鞭子交给在申老太手上，而且两手还伸着把申老太推了一推。

申老太拿了鞭子指着士龙的脸道："我现在提出三个条件，你得一一地答应我。第一，从今日起，你不许姓申。第二，你即日离开这个码头。第三，你不许对老头子说一句话。要不，我立刻将皮鞭子打死你。你说，你说，你接受不接受?"

台上扮演申士龙的人还没有开口，台下的看客里面，却有人大声喊着道："不要屈服呀!"这一声大喊，把戏园子里紧张而寂静的空气，立刻打破，严守秩序的人，当然也就"嘘嘘嘘"地要遏止这种声音。可是那个人刚喊过去了，第二个人又跟着大喊地站了起来，他两手举着道："被压迫的青年，一齐联合起来!"这句大喊，把戏台下埋藏的一把火种突然爆发，于是全戏场东南西北角，全有人站起来大声喊着："青年们联合起来!"立刻全戏场的人纷纷起立，有几个快乐的，索性跳上舞台。这样一来，这一幕戏就无法向下演去，两幅紫幕突然地垂下。我坐在纷乱的人潮中心想，这是怎么回事? 这是怎么回事? 演戏人明白吗? 看戏的人又明白吗?

第三十二梦

星期日

桌上放了一封信，墨迹淋漓的，还是极新鲜的字迹。拆开来一看，上面写着：

某某兄：

今天又是星期，我们自昨晚起，下了一个最大的决心，这一个星期日，决不打牌，但是怎样消遣呢？看电影，是三年前就看过的影片，而且有一张片子在汉口还温习过一次。听京戏，听我内人唱两句，比他们好。听川戏，我耳朵还没有那种训练。听大鼓书，有些书，我都听得能唱了，这真是一个不易解决的问题，今天怎么混过去？本来呢，每日办公回来，未尝不感到这时光无法消遣，但在街上兜两个圈子，打八圈麻将也就过去了。星期日，尤其是无聊，街上兜圈子，人碰人，实在可以止步。虽然也还可以打牌，但这半月来，把第三个月的薪水，都预支来输了一半了，实在应当变更作风，邻居古松兄，就是变更作风的一人，曾花二十元置了一副围棋子来代替中发白。然而我是一手屎棋，他又不和我下。此外，只有两种办法……

我看到这里，且把信先放下不看。心里暗下想着，我这几位朋友，除了以上所说的那几件消磨时间的办法而外，他们还有什么办法？而且还有两种。因此，我总想有半小时之久，依然不得要领，只好再掀开信纸来，跟着看下去。那上面原来是这样接下去的：

　　两种什么办法呢？第一种，我和朋友去借些书来看。然而这有一个最大的苦恼，自从干这劳什子以来，书就成了仇人，一捧了书就要打瞌睡。白天睡足了，晚上会失眠的。第二种呢？倒也干脆，就是买一瓶安眠药水来，喝上一饱，死了拉倒，活了找不着刺激，又办不了什么事。哈哈！这到底是笑话，你不要害怕。我还有个第三条路，便是让内人自己上菜市，买了一点小菜回来烧着吃午饭，请你先一两小时来摆摆龙门阵。然后喝一两杯大曲，吃着干烧鲫鱼、椿芽炒蛋和蒜苗炒腊肉，饭后并请你和我们设计，下午怎样消遣？你若不来，那些小菜我吃不了事小，这大半天日子怎么过去呢？真不是假话。我欣羡门外山脚下打石头的那些石工，早上便来工作，晚上回家洗脚睡觉，他绝不发愁这日子不容易过去。宇宙待我很好，我太对不起宇宙。问题越说越远了，但实际些，还是望你看到信就来，即请早安。

　　　　　　　　　　　　　　弟吴士干拜手

　　我看到了这封信，不由得大笑了一阵。一个失业的人，穷极无聊因而要自杀，那是可能的。一个有职业的人，而且收入相当宽裕，也要无聊得自杀，社会上的事就不容易让人揣测了。然而

79

这吴先生需要我去谈天，也就情见乎词。我只得把要做的事停止，前去访问他。

他所住的一幢上海弄堂式房子，上下三层楼，自然带有卫生设备。而最妙的，便是上海弄堂式房子，由后门进出的习惯，这里也有了。虽然他这幢房子，大门对了弄堂的空旷所在，然而他家还是由后门进厨房，转到客堂间的后面去上楼。我转过了厨房，就听到前面客堂间，噼噼啪啪一阵播弄麻将的声音。这楼下是另外一户人家，我不便去探望。上了楼梯口，我叫了一声士干，他就在房子里笑着答道："请进，请进，我已经等久了。"

我走进屋子里去，见士干穿了西服，趿着拖鞋，架腿坐在布沙发上，两手捧了一张报看，他桌上也放了一张报，在社论栏里，看到密密层层地圈上好几行圈圈。我笑道："士干，你真是我们新闻记者一个好友，连社论都过细地看过了。"士干放下了报，站起来笑道："你所说是极端的相反，大概我有事的时候，几天都少看报，至多是看看题目。到了我没有事的时候，不但是社论，广告我也看的。这对新闻记者无干。今天这张报上的社论，我就看过了三遍，最后我用墨笔把说理动人的句子圈点了起来。其实我对这国家大事，倒不那样操心，只是太太带老妈子买小菜去了，让我等得太无聊。"说着，打开抽屉，取出纸烟听来敬烟。他又啊了一声道："你戒了纸烟，还是抽一支吧，不抽烟岂不更无聊？"我笑着让他坐下，问道："你怎么老说无聊的话？以前你太太没来，你一个人住在旅馆里，你说无聊，还情有可原，现在……"士干和我排坐着的，他伸手按住我的手，把头就过来，对我耳边低声道："现在我感到太太没来以前，比如今舒服多了。我回来了，她天天照例是不在家，而……"他没有说完，笑着摇摇头。我笑道："总是在外面打牌，而你又不能劝阻她吗？"士干笑道："还不光是这个。消费方面，也感到家在故乡和家在重庆，有十与一之比。假使太太在故乡没有来，我每月寄百十元钱回去，家里要过极舒服的口了。现在重庆这个家，每月是一千五百元到两千元钱的开支，家里老太太，按月还要寄百十元去。加上各种应酬，简直不堪想象，原来是在南京积蓄的几个存款，带到重庆来，按月补贴早用光了，这次过年，不是武公送我二千番，就是个大问题。"我笑道："你倒有这老上司帮忙，好在他们也不在乎。"士干道："不在乎？现在除了两种人，靠俸给生活的人，谁不是贴本？武公的就每月由八千贴到两万。"我道："你说的两种人，是哪两种人呢？"

士干还没有答复我的话，只听到一阵高跟鞋声，吴太太掀着门帘子进来了，她虽然是三十以上的人，化起妆来还是很摩登的。新烫的卷云头，每个云钩式的头发，都是乌光的。在蓝布罩衫外沿露出里面红绸长袍。她笑道："啊，张先生来了。我上菜市去的，身上弄得脏死了。"其实，她那件罩衫，不但干净，而且还没有一点皱纹，我已知道她说脏死了，是指着穿布衣而言的。我笑道："吴太太亲自上菜市买菜请客，至少，恐怕弄脏了丝袜子，真是不敢当。"吴太太在烟听子取一支烟卷吸着，吴先生擦了火柴燃着。吴太太喷出一口烟来，笑着摇摇头道："丝袜子穿不起，不怎么好的，也要廿块钱以上了。张先生有朋友从香港来没有，代我们带一点东西来。"我笑道："半天云里飞来飞去的朋友，我不大多。"此时楼下有人高叫着吴太太。她向士干笑道："你看，我一说话，把事情忘记了，你下去替我打几牌，我去烧小菜。"士干笑道："岂有此理？我去打牌，你去烧菜，把来宾撇在这里独坐吗？"吴太太道："张先生当然可以去看牌。"士干道："人家可不像我们这样一对赌鬼。"我笑着欠身道："吴太太还是去治公，我和士干聊聊天。府上不是有一位下江娘姨吗？她足可胜任去烧小菜的。"吴太太笑道："可是可以做的，不过一两样菜，还是我自己动手放心些。"她正在考虑这问题，楼底下又在高声叫着吴太太，她来不及说，径自下楼去了。

士干摇摇头笑道："真是没办法。可是也难怪她，两个孩子都没有带出来，这里又很少亲戚来往，除了打牌，没有什么来消磨时间。她曾一度兴奋着要去找职业，可是说起薪水来，总不过百余元，又鼓励不起她的兴趣。再说，住的这个地方不好，前前后后十几幢房子，几乎每家都有一副麻雀牌留着消遣。只要少了牌友，彼此都有凑角的义务。不然，你下次约人，人家不来。纵然不打算约人，女太太最讲面子。人家约着来了，不去不好意思。所以太太们的雀战，也是个骑虎难下之势，自己想不来，而邻居来约了，只有去。除非输得太多了，牌友存一番恻隐之心，说是某太太输得太多，不必约她吧。然而输了又需要捞本，所以在许多原因之下，是成天成夜地打牌了。"

说话时，她家的下江娘姨，走来倒茶，只是微笑。士干道："你笑什么？这还不是真情？现在找老妈子，她第一件事，就要问太太打牌不打牌。太太打牌的话，少要两块工钱也干。平均每日分五毛钱头钱，一个月也分十五块钱呢。"娘姨站在一边微笑，等他把牌经说完了，笑问道："太太买了好新鲜鲫鱼，怎样做呢？"士干笑道："新鲜鲫鱼罢了，还要加个好字。"娘姨笑道："很大，总有半斤重一条。"我道："价钱可观吧？"娘姨道："平常有七八块钱，可以买到了，今天礼拜恐怕要对倍。"我听了这话，不觉身子向上一升，望了她。她点点头道："真的，我不撒谎。"我向士干笑道："在下江，我们餐餐吃鱼，有时真吃得腻了，何必花这么大的价钱买鱼吃？"士干道："在南京，在汉口，

82

我们对于鱼并不感得很大的兴趣，可是到了重庆，就非常地想吃鱼。每个星期日，同事要到我家里来吃家乡小菜，这鱼就是不可少的一样。我想鱼价之高，也许是下江人好吃，把它抬起来的。"那娘姨静静地站在一边，手提开水壶，直等他吩咐鱼要怎样吃，不料他老是说。士干想过来了，因笑道。"我想喝点鱼汤，就是萝卜丝煮鲫鱼吧。"娘姨道："有火腿炖鸭子。"他笑道："我提调不来，干脆你去问太太吧。"

娘姨去了，我笑道："你的菜办得这样丰盛，不是小菜，而是大菜了。"士干道："在重庆有家眷的旅客，每个星期日，对于同事，有这种义务。好在这并不花我主人的钱，来宾是自吃自。"我道："原来是摊分，我该摊多少呢？"士干将手掌连连摇着，笑道："非也。无家眷的同事，不能不找一个地方打牌。打牌，无不抽头之理。难道主人还能干收头钱吗？就把这个来垫补小菜钱了。平常打二十圈牌，大概可以抽百十块钱头子，除了开销用人和买纸烟，吃一顿，我还赚一点钱，吃两顿，我便蚀本，牵长补短，每月倒不因此增加什么负担。负担在自己凑角而又每场必输。"我笑道："你贤伉俪都是此中能手，何至于场场输？"士干道："这有一个原因的。输了自然是输了。赢了呢？越觉得这是意外财喜，并不拿去抵偿往日所输的，更不会留着将来去输。太太拿着胜利品，一定是去商场或百货公司，钱多则买衣料，钱少则买香皂手巾或卤菜。我呢，也不会留在身上，到街上买点零碎。巧呢，遇着三朋四友吃顿小馆子。因此，往往赢拾块钱，反要花六七十元。所以输了是输，赢了也是输，岂不是场场输？这赌钱废时旷日，劳民伤财，甚至伤了朋友们的和气，实在不成其为娱乐。今天我要你来聊天，就想躲开这一场赌。"

一言未了，早听到楼梯上一阵皮鞋响。有人大声笑道："为什么躲开这场赌？我们老远地跑了来凑这个局面，主人翁不赏脸吗？"随着这话，进来三个中年人。一个穿西装，两个穿青呢中山服，外面套着细呢大衣。在重庆，这是一种生活优裕者的表现。士干和我介绍着，全是他的同事。穿西装的叫熊守礼，两个穿青呢中山服的，叫牛有廉、马知耻。他们见我穿一件破旧的蓝布大褂，不怎么和我应酬，也不介意。熊守礼在茶几上烟听子里取出一支纸烟，塞在嘴角上，两脚提了西服裤脚管，人向沙发上一倒，坐了下去，然后擦火柴点着烟，喷出口烟来，表示得意。接着道："昨晚吃醉了，现在还没有醒过来。"士干道："哪里有应酬，会把你酒坛子灌醉了。"熊有礼笑道："没有女人的地方，我是不会醉的。昨晚在花……"他说到这里，突然将手捂住了嘴，笑着低声道："你太太在哪里？"士干笑道："没关系，在楼下打牌。你们的行动，她也管不着。"熊有礼道："自然是管不着，可是我们在这里信口胡说，有引诱人家先生之嫌。"

马知耻将放在沙发上的报纸拿起来看了一看，笑道："一天到晚，也不知忙些什么，今天连报都没有看。"牛有廉将手敲了茶几道："不谈闲话，老吴，我们正为找你而来，你的意思怎么样？"士干笑道："你看，一大早我太太已经让邻居拖了去凑角了，现在我自己家里又要凑角，这未免不像话。我买了真的茅台，大家在这里喝两杯，饭后我们再找个地方去消遣。"熊守礼道："哪个上午喝酒？"士干道："我今天实在不愿打牌，无论三位做什么事，我都愿意奉陪。"马知耻道："报上登着话剧的广告，我们看话剧去。"熊有礼连连摇着头道："要说赏鉴艺术，我根本不懂。要说去听宣传，这一套，我们比演戏剧的还知道得更多。"士干笑道："他这个人未免太煞风景。"

牛有廉突然站起来，将挂在衣架上的帽子拿在手上道："若是不打牌，我看看几位朋友谈天去。"士干道："我不是你的朋友吗？谈天我不会吗？何必另去找人？"有廉道："你是有家有太太的朋友，不陪你没有关系。有一班朋友，重庆没有家眷，住在旅馆里，星期日这一天万分无聊，就希望朋友去谈天。我们喝一壶茶，抽几支纸烟，彼此都混过去半天，自己方便与人方便。"士干道："虽然都强调无聊，可是也没有意义。"马知耻一拍腿道："不，谈天很有意义。我告诉你一件事。我有几个朋友，每逢星期在一处谈天，结果，就合资囤了两千元的东西，起初，当然是好玩。看看摆的龙门阵，对与不对，就是把本蚀光了，好在也不过每人几百元。不想过了两个星期，竟差不多获了三分之一的利息。于是他们继续往下干，现在已经凑合了一个小公司了。拿薪俸过日子的人，不做一点买卖，真是不行。"士干拍了手笑道："来来来，我们立刻开一个兼营商业座谈会，我们来找一个题目谈谈，也许谈出什么办法来。靠薪水过日子，现在总是感到不够，实在该想个生财之道。"口里说着，两手掌互相搓着，似乎很急于这个座谈会的成功。我坐在一边，也就很想听听这些先生们的商业眼光。

就在这时，门外有人问道："吴公馆是这里吗？"士干迎出去，接了一封信进来笑道："你们不用发愁没法子消遣，现在消遣的法子来了。"说着，抽出信纸，两手捧了念道：

　　天气渐长，又逢星期，怎样得过，真是问题。来了二友，牌瘾来分，连我在内，三个差一，若是好友，快来救急。

　　　　　　　　　　　　　　　　　　　　两浑

85

熊有礼笑道："那里三差一，看这信的口气，是牟国忠来的。"士干笑道："除了他，还有谁呢？他每次差角，就到这里来拉我，若是不去，一定他要发脾气。现在好了，有三位在此，可以随便去一位。"马知耻笑道："那更属不妥。我们现成的局面还凑不起来，若是走掉一个人，这里反成了三差一的局势，那又叫谁到我们这里来凑呢？"士干笑道："我今天实在不能奉陪啰，我老早约了这位张先生到这里来谈天的。"我听说，只好站起来道："假使为了我在这里，拆散了各位的牌局，那我就先行告辞。"

他们正为了这牌局之成否，犹豫不定，那个送信的人却在门外喊道："吴先生，去不去吗？"马知耻将手平伸，做个围拢人的样子，口里连道："都去都去，好久没有打扑克，我们到老牟家里凑一桌扑克去。老吴，你对这个不感兴趣吗？"士干笑道："打扑克，你们说一句就是了，也不打听打听扑克牌什么价钱？前一星期，已经涨到八十块钱一副。打起来不怎么讲究，至少也要买两副扑克牌。这是一个小录事的一月薪水了。"马知耻道："要是这样说，我们什么都不能干了。这是当录事的一个月薪水，岂不是当勤务的两个月薪水了吗？"士干道："你外行，你外行，当录事的怎样能和当勤务的打比？"

一言未了，一阵高跟鞋子响，吴太太跑进房来了，看到大家站着，便笑道："怎么大家都要走了？不打牌？"熊守礼两手一拍道："你们先生不来，我有什么法子？"吴太太笑道："没有这个道理，诸位特意地来了，让诸位失望回去。士干不来，我来我来。"士干道："楼底下那桌牌怎么办呢？"吴太太道："只有这四圈了，我请了一个替工。"士干透着这太不像话，回过头来向我望着笑道："一个人打两桌牌，你听见这个新闻吗？"吴太太笑道："你是孤陋寡闻，怎么没有？大名鼎鼎的女法学士，她一个人同时可以打四五桌牌呢。王妈，来，搭桌子。"她口里喊着，把三位来宾，一齐拦住。将送条子来的那个特使，打发走了。

女仆听到自己家里打牌，精神奋发，在楼下邀了一位同志上楼，不到十分钟，就在屋子中间把牌场面摆好。我被挤着坐在屋角落的小沙发上。虽然士干还陪着我谈话，可是他坐在他太太身后的椅子上，脸对了我道："你看罗斯福总统的和平运动，能够实现吗?"我还不曾答复呢，他回过头去，看到桌上有人和下牌来，他一拍手道："唉！太太，四个头的白板，是好东西，你怎么不吊头?"吴太太道："你知道什么，我放出了东风去，庄家和三番。"吴先生理输了，搭讪着递我一支纸烟，我笑道："我还是没有开禁，依然戒着纸烟。"他自己擦了火柴点着烟抽了，笑道："东战场现在我们打稳定了。我们的游击队，有时可以打到上海附近去。"吴太太回过头来道："士干你来看看我这手牌怎样地打?"吴先生便抽着烟向太太怀里的牌看，实行参谋职责。我看到这种情形，吴先生实在不能安心陪客，倒不必徒然在此打搅，便向他道："我到街上买一点东西去，回头再来。"吴太太听说，回过头来道："不打牌，看几牌又有什么要紧呢? 打过这四圈，我们就吃午饭了。"我道："我在街上溜一溜再来吧。"说到这里，也不再等主人翁的许可，我就戴着帽子走出来。有牌牵连住了的人，他是不会怎样客气的。吴先生送我到楼口，也只说得回头要来，并不强留。

我走上大街，抬头一看，正是一个阴雾天，在人家空当里去看半空里的山头，都像画家用淡墨在旧纸上勾的一点影子，轮廓不清，街两旁店家都明上了电灯，街上湿黏黏的，似乎洒过一阵细雨。唯其如此，街上走路的人挤成了群，街中心的人力车延长着一条龙似的飞跑过去站，汽车边站着等公共汽车的人就有几百人。越是这种情形，我越不敢坐车子，只在人行路靠里，缓缓地走着。忽然后面有人叫道："老张，我陪你一路走。"

我回头看时，士干穿了漂亮的皮鞋，追上来了。他道："预备的那些菜，中午来不及做好，改了晚上吃了，我们出来吃小馆子。"我道："你太客气了。家里有人打牌，自己又出来陪朋友吃馆子。"士干道："这种情形就太多了。自己和朋友订了约会，就不能不去，而家中有三位朋友来凑一桌牌，又不得不打。这样也好，让这些找牌打的友人，以后少到我家里来两次。我们早一点到馆子里去，去晚了，怕没有座位。"于是我们先走进一爿改良的川菜馆子去。可是，不用我们上楼，只在楼口上，就看到拥挤着一群进退狼狈的男女。出得店来，我们改向一家平津馆子去。这里究竟是北方人的作风，进门一个小柜台，里面坐着一位戴瓜皮帽穿青布马褂的账房先生，他满脸笑容地站起来，迎着比我们先进去一步的三位女士道："您啦，真对不起，没有座位了。"士干回头向我一笑。我道："我有一个见解，这种中式的菜馆子，一定满是人。那上等馆子，价钱太贵，下等馆子，有些人不屑去，或者还有办法。"

士干对于我这个提议，却也赞同，但他不好意思先引我到下等馆子里去。便走一上等馆子来，像我们两人，不能去找雅座房间，自然是先到小吃部去。这里一间大敞厅，约莫有二十副座头，除了每桌都有人坐着而外，有好几副座上边，都站着有人等缺，弄得送菜送饭的茶房，一手捧碗，一手挡着，侧了身子走。这还是初春天气，每个茶房额角上的汗珠子，豌豆般大，滚将下来。进门的账桌边，就立有夫妇两个。只看这位夫人穿了灰鼠大衣。脸上涂得红红的，两只耳朵上，挂了两个大银圈圈，一阵阵香气，向我们鼻子送来，十分摩登。在那位先生之后还有穿青呢

88

中山服的汉子，夹了大皮包。在这一点上看起来，当然是一位大阔人。除为了吃馆子，要他站着等候人吃饭，那岂是可能的事？士干向我笑道："这又不行了怎么办？"我先走出大门来，然后笑道："我的判断错误。我以为向吃大馆子贵东西的人少，想不到大馆子比中式馆子还挤。那么，我们找最小的馆子吃去吧。"

于是又碰了两回壁，最后还是在大街里面巷子口上，找到一爿纯粹旧式川菜馆子。店里说是楼上有地方，及至上得楼来，也仅仅靠窗户有一张小桌子空着。但我一看那桌面油腻的，想到这里做出来的东西，是不会怎样干净，一个感觉如此。第二感觉立刻发生，索性对全楼观察一下，这楼板就是潮湿着带一层黑泥。左右两堵墙边，虽都摆了一个粗瓷痰盂，但盂子的脏水和纸片，都齐了盂口，而楼板上还有几块浓痰。我实在不能来连累请客的士干再跑了，就眼不见为净，面朝着外坐了。士干也觉这地方不怎么舒服，胡乱要了两菜一汤吃饭，为了其中有一碗炒鸡丁与牛肉，开账来竟是三十三元七角，给茶房七张五元钞，连小费还嫌少呢。茶房送上一粗碗冷水和两条灰色的手巾把来，手巾上腾着热气把汗臭味送过来。我们都不愿领教，要了几块擦碗筷的方纸，将嘴抹抹，便出来了。

士干道："这吃得太不痛快，我们看电影去吧，也好出出这口闷气。现在一点钟，两点半钟这场的票子，总可以买到的。"我对于这提议，也无可无不可。不料到了电影院门口，那一块六尺长方的客满大字牌子，已横立到马路边上来。士干道："什么？开映电影还一个多钟头，就客满了，难道这些人坐在里面静等着吗？我不愿回去了，回去就是坐牌桌子边看牌，太让人意气消沉了。前面一家戏院演话剧，我们看话剧吧。"话剧是三点钟开演，也许有位子。我对于他不回去看打牌这一点表示同情，便又随着他再走一个剧院，到了那门口，见沿台阶一直到马路上，都站满着是男女顾客。门口墙上，悬着两块黑牌，上写白粉字，今天日晚两场票均售完，诸君原谅。士干道："好哇，索性连晚场都满座了。老张，你和我出一个主意，让我躲避今日下午这一场牌局。"我道："到郊外走走，好吗？"士干道："天气这样坏，什么意思，而且我们用什么交通工具坐到郊外去呢？"

这话是对了，要到郊外去，除非运动自己两只脚，像士干这种身份的人，不会轻轻松松走三里路。我们在街上人行路上走着，还考虑着这消遣的问题，在一问一答之间，常是让走路人把我们挤开了。士干把我拉到一块空隙地方站住，因道："你的意思要我遛遛大街。你看街上这些人，许可我们慢慢遛吗？我们到公园里坐茶馆去好不好？"我笑着望了他，他道："明知无聊，但我要避开家里的牌局，我总得在外面混半天。"

由了他这话，于是我们又走到公园里去，那山坡上不多的几棵树，虽稀疏地生长了一点嫩叶芽，而这阴暗的天气，风吹到脸上，还很有一点凉意，这似乎还不是个坐茶亭的时候，可是站在山坡路上，老远向茶棚里看去，见里里外外，全是人影晃动，哄哄说话声。我便站住了脚笑道："不必过去了，这里也是客满。"士干笑着，依然地向前走着。看时，果然茶亭里外，除了桌子茶几不算，靠栏站一带椅子，也没有一张是空的。士干见一个茶房提着开水壶在座位中间来往着，一把将他拉住，因问道："我问你一句话，你们这里还有茶碗没有？"茶房被他愕然，望了他道："茶碗怎么会没有？"士干道："有茶碗就好办，你随便给我们两个人先拼两个座位。若连茶碗也没有了，那我们只好再做打算。"茶房这才明白了他的意思，转着头四处张望了一下，指着亭子角上道："那里还可以加两个凳子。"

随了他这一指，有人在茶座丛中站了起来，高抬一只手，在人头上向这边招了几招。士干笑道："老柳在这里，有办法了。"这老柳是彼此的朋友，他长一脸的大麻子，终年穿着破皮鞋和瘪脚西装，另成一种形态。但他极会说笑话，索性取号柳敬亭别号麻子。因为他这样取号了，我们倒不好叫麻子，就叫他老柳。老柳笑道："这里来吧，我们正欠着两个股东呢。"我们顺了他的招呼走过去，见那里三位陪着他，也都是士干的老友。我们挤了坐下，以为加入股份，是加入吃茶股份，就没有接着向下说这话。老柳便向士干道："加入股子的话，你怎么不搭腔，难道你另外有什么好买卖可做吗？"他道："我有什么买卖？你说得我莫名其妙。"老柳道："你真不懂的话，我就来告诉你。"说着，将食指蘸着茶，在桌面上写了两个字道："我们这个，组织了一个公司，借了这点力量。"说着他又在桌面上写了四个字，笑道："大批地运着甜的咸的向下跑，船也不空回来，运着穿的用的这样来回一次，就是一二百万呢。因为这样一来我们要弄点外快，谁也不能拦阻。我们现在知道，这样东西。"说着又将茶水写了几个字，笑道："不久的将来是又要涨钱的。因为这一点计划，还没有发表出来，社会上是不知道的，趁此我们把货买二三百件到手上，就派它每件只涨在百元以下，我敢说十天半月之后，我们可以弄到三四个月的生活费。我们商议两日，计划完全订了，就是定金方面，我们还差一二千元，想加入两个股子，而你对某方面又是有办法的，正说着你呢，所以看你来了，我们欢迎之至。"

士干听了他这一篇话，立刻满脸是笑，两眉连闪了几下，回头倒向我问道："老张，你看这事我能干吗？"说着，伸手搔搔头发。我笑道："将本求利，有什么不能干？若说到身份上去，你们的头儿大买卖也干了，你们做他这千分之一的小买卖，有什么不能干？不过老柳说的这些话，我还不大懂。就依你们的计划，这些货物，总也要六七万元的资本。多少钱一股呢？怎么加入两股只要千元？"老柳笑道："你只会提起笔来写得天花乱坠，说到实际来，你怎么会知道？我们订货，是在公的大的数目上，搭小的数目，并不须先付货款，只向出货的方面，凭某种力量说这么一句话，到了货卖出去了的时候，将人家的钱去提货就得。"我昂颈想了一想，点头笑道："我明白了，我明白了，这是什么将本求利，这是因势求利罢了。"老柳笑道："不管是将什么求利，但我们是规规矩矩做生意。我们卖出去的货照市价，当然不多赚老百姓一个钱，这绝不能说是犯法。而况……"

我笑着摇摇手道："你急什么，我也并没有说你犯法。"说到这里，老柳似乎有点气馁，他在身上取出纸烟盒子来，张罗着将纸烟敬了一遍客。他在口角里衔着烟卷，偏了头做个沉吟的样子，约五分钟，突然将桌子一拍道："星期害死人。"我虽知道他这是王顾左右而言他的玩意儿，但这句话是惊人之作，不由我不问他一声。我道："人人都望星期，怎么你说星期害死人呢？"

老柳又用手指蘸了茶水，在桌上写了几个字道："今天早上，有人要把这么两件存货出卖，十二点钟以前需要现款。这虽是两件货，可要五千多块钱成交，今天是星期，银行不办公，我无法可想。但我知道，这货到手，至多搁三天，可以赚一千块钱，眼见一只鸭子要煮熟了，却让它飞去，岂不可惜？便约了那人十一点钟等我回信，自坐了一乘人力车，把上下半城跑了一个遍，找了七八位朋友商量这件事。究竟五千元的数目，不容易凑合，跑一头的汗，分文无着。我还存一点私心，想把这生意拖延一日，到了星期一，我和银行里朋友合作就有办法了。可是见着这位朋友时，他已经把货物卖给一个江苏人，五千五百元成交。我白瞪眼，把脸皮都急红了。那位江苏人，倒有点过意不去，请着我到西餐馆子里吃了一顿西餐，用去他百十元，又买了一听纸烟送我。"我道："他何必这样客气呢？这一笔生意，他也许是蚀本买卖，为什么他倒先请客？"老柳笑道："这江苏人是个生意经，他是找好了受主，才去把货买下的。在人家那里领了下来的是六千二百元，买货拿出去五千五百元，一转手就赚了七百元。"

我笑道："老柳，你怎么就有许多奇遇？"老柳笑道："这无所谓奇，更不是遇，只要你肯跑腿，肯与市侩为伍，就可以发小财，因为在物价涨落方面，我总比普通商人要知道早两三天，买进卖出一下，就可以赚一笔钱。我举一个例，我断定了在三天之内，火柴要涨价，假如你不嫌麻烦，今天就买三五百块钱火柴，在家里囤着，一个星期之内，我保险你赚百十块钱。可是你要嫌着在市场里挤进挤出，有失书生本色，那就没有办法。有眼光，在重庆市上，极容易混。只要一千元资本，每星期囤一次货，出一次货，每月准可以赚一位简任秘书的薪水。一千块钱日用品，并没有好多，一不占地位，二不难搬，三也不难收集。就说火柴吧，老张，假使你有点兴致，我们马上凑你一百块钱，到纸烟摊子上零收一批货试试。现在市价，零卖是九毛一包，一百块钱火柴，也不过一大网篮。你把这篮火柴摆在家里不要动。一星期之后，我出一百二十块钱向你收买，只要你肯。"他这一篇话，侃侃而谈，不但我们这一桌人听出了神，就连左右隔壁两桌下江朋友，都停止了谈话，来听他的。我笑道："你这话自然头头是道，但问题的关键，是你以何敢断定火柴会在三天以内涨价？"

老柳见两旁有人注意他，微笑了一笑。士干笑道："你听他信口胡说。他有办法，身上还穿的是这套蹩脚西装？"这句话把老柳激动了，满脸各各麻子眼里，都透出了红色，头一偏道：

"我要胡说，你砍我的脑袋当尿壶。"说完，将指头蘸着茶水，写了两个字道："他们的后台老板，你们知道吧？他们以五百万元的款子，在做贩卖日用品的生意。"说着，将写的几个字抹了。又写了字道："这是我的熟人，他是走什么路子，大家也知道。自昨天起，开始囤火柴，已经囤了这多草字头了。"随了这话，他很快地在桌上写了两个数目字。士干对于这种议论，似乎有一点戒心，便将眼睛望了他，学一句北平土话道："你不怕捣娄子？"老柳笑道："捣什么娄子？做买卖也不是犯罪的事。我想起一个故事来了。当年张作霖当大元帅的时候，公开对僚属演说：'不错，我有钱。但是我的钱，是做大豆生意换来的。'究竟这种人痛快。于今的人……"

忽然有人叫道："老柳，你在这里，哪里找不到你。"看时，见一个穿西服的人，胁下夹了新旧二三十本书走过来，老柳一介绍，是某会的秘书黄君，我们这里，又挤下一个座位，添了一碗茶。他把书放在桌上，大家分着翻翻，有幽默杂志，有电影杂志，有《译文》杂志，此外有两套一折八扣书，一是《红楼梦》，一是《三国演义》。老柳笑着将一个指头点了他道："在这些书里，可以看到老黄的闲情逸致了，何至于把《三国演义》都得拿来再翻一翻？"黄君一歪脖子道："好！你瞧不起《三国演义》？你向书摊子上去打听打听吧。三年来缺货最早的是这套书。我和朋友预先约了三个月，后来亲自跑了五次，今天才把它借到。"士干道："这种书我们还是做小孩子时候看的，现在怎么会想起来去翻翻它？"

黄君笑道："原先每逢星期日，总不免到新书店里去站站书摊子，带几本杂志回家，现在我就没有这兴趣了。第一是杂志上的文章，找不到新花样。有些文章，简直是我们在办公厅里摆龙门阵说的话。第二是香港、上海来的杂志，价目太贵，一块多钱买一本小册子，只能看二十分钟。假如要杂志来消磨这个星期日，总要二十块钱才够。"说着，他做鬼脸，将舌头一伸，又摇了两摇头。接着道："三来呢，在内地印的杂志，印刷过分地欠着高明，纸又坏，手一掀就破了。我的目力不好，手又是汗手，土纸杂志于我不适宜，现在我们几个朋友专门彼此换着借书看。开始自然互换杂志。后来杂志换完了，就换一折八扣书看。不想在这里面居然找出了趣味。其实一折八扣书已经涨到照实价再加若干了，然而我们还是这样叫它，算一算比两三块钱买一本小册子便宜得多，合适的，我们也采办一点。"

我笑道："黄君此论颇得我心，但是这样，未免与抗战无关。"老柳把头一昂道："与抗战无关？我觉得不做有碍抗战的举动，这就是爱国分子了，你看看这茶棚子里坐着谈天的人，谁是在干着与抗战有关的？"黄君皱了两皱眉，笑道："说句良心话，国家待我们不薄，我们真没有把什么来贡献给国家。上办公室去，无事可做，抽烟喝茶看报，至多是陪着大家开几小时的会，罚坐一回。出来了，遛马路找朋友是上等。此外是不必说了。我也不知道这些人都干着什么这样忙。今天我走了三个旅馆，两家小公馆，全没有找着主人。"老柳笑道："你总算不白跑过这天了，走许多地方找朋友。"黄君笑道："我找着朋友又有什么事，还不是谈天吗？最后，我想着，总也有和我一样因没有乐子而来上茶馆的。所以到这里来。不想，果然碰着了。"

话说到这里，大家已都感着无话。在高处向下俯视，见山岗下面两条马路，高亮着一批路灯。其中有一位孔君，外号老南京的，笑道："天晚了，走吧，我们到老方家里去打八圈吧。"说着，他举着两手，伸了一个懒腰。士干向我看了一眼，笑道：

"为了躲开牌局，外面跑了这一天，结局，还归到打牌上去。"老柳笑道："老张，你认识得老方吗？虽然，他的太太，你一定认得！"我笑道："你不像话。"老南京低声笑道："真的，老柳的话没有错。"说着，把脑袋伸到桌子中心，将话报告给大家。他道："此公是秦淮睥睨一世的歌女。"老柳笑道："可是不说破，见了面，谁都不认识她。也不过三十岁吧，不想老实到那个样子，脸黄黄的也不抹胭脂粉，总穿件蓝布大褂，除了上小菜场买小菜，绝不离开先生一人出门，有道是浪子回头金不换。"他说着，将手敲了桌沿，表示击节赞美之意。老南京道："老方倒很大方，并不讳言以往的事，太太虽不出门，二三规矩朋友到他家打小牌，倒是欢迎的。因为太太哪里不敢去，在家也太无聊了。"士干听了这话，不觉兴奋起来道："你们说的这位方兄，我也认识的，他竟有此艳福。我知道，他家去此不远，拜访他去。我真想着南京，见见熟人也好。"老南京道："去，我们奉陪。但是要凑一位牌角的话，你可不能推辞。"士干笑道："去了再说吧。"

于是茶座上人，因了这话，分作两部分，一部分另找办法，一部分去访秦淮河上睥睨一世的人物。我不认识这位方先生，当然不能去。去的是老南京老柳和士干，加上主人翁，正好一桌牌。走出茶亭，士干向我笑道："你也无事，到我家里吃晚饭去。"我听他的口音，简直是不想回家吃饭了。因道："我没有星期，本来是抽空陪你，现在该回家了。"于是先走过分岔路去。隔了一丛短树篱笆，听到士干问："他们家打多大的？"老南京道："消遣消遣，至多小二四。"笑音不断渐渐远了。士干躲了一天的牌局，是不是会去打牌呢，这就非我外行所能知了。

第三十六梦

天堂之游

身子飘飘荡荡的，我不知是坐着船还是坐着汽车。然而我定睛细看，全不是，脚下踏着一块云，不由自主地，尽管向前直飞。我想起来，仿佛八九岁的时候，瞒着先生看《西游记》，我学会了驾云，多年没有使用这道术，现在竟是不招自来了。我本没有打算到哪里去，既是踏上了云头，却也不妨向欧洲一行，看看英德在北海的海空大战。于是手里掐着诀，口喝一声疾！施起催云法来。糟了，我年久法疏，催着云向前，不知怎么弄错了，云只管高飞。我待改正我的航线时，抬头一看，只见云雾缥缈之中，霞光万道，瑞气千条，现出一座八角琉璃的楼阁。楼前竖立着一块直匾，金字辉煌，大书"南天门"。咦！我心想，乱打乱撞，跑到天上来了。上天堂是人生极难得的事，到了这里，这个机会不能错过，便索性催了云向前去。

到了南天门，云消雾散，豁然开朗，现出一块大地，夹道洋槐和法国梧桐罩着下面一条柏油路，流线型的汽车，如穿梭一般地走着。天上也跑汽车？我正这样奇怪着，不知不觉下了云端，踏上大地，但我要向南天门走去，势必穿过马路中心的一片广场，无如这汽车一辆跟着一辆跑，就像一条长龙在地面上跑，哪里有空隙让我钻过去？我站着停了一停脚，只见广场中间，树立了一具大铁架，高约十丈。在铁架中间，嵌着铁条支的大字，漆了红漆，那字由上至下，共是八个，乃是"一滴汽油一滴脂膏"。

我想究竟神仙比人爽直，这一滴汽油一滴血的口号，他们简直说明了血是人民的脂膏。但血字天上也用的，就是路边汽车速度限制牌下，另立了一张标语牌，上写"滚着先烈的血迹前进"。这标语奇怪却罢了，怎么有"先烈"字样？难道天上也起了革命？

我对于所见，几乎至蚂蚁之微，觉得都有一种待研究的价值。忽然有一只巴掌按住我的肩膀，问道："你是哪里来的？要到哪里去？"我回头看时，是位身材高大的警察，我望了他，还没有答复，他又道："你是一个凡人，你凡人为什么到天上来？"我对于他这一问，当然答复不出来，根本我就是无所谓而来的。警察道："那很好，我们邓天君，正要找个凡人问问凡间的事情呢。"说着，带了我走进南天门，向门旁一幢立体式的洋房子里走去。在那门框的大理石上，横刻了一行很大的英文，乃是"police office"。这英文字我算认得，译出汉字来是警察署。天上应该有天文，而我所来的，是管辖中国的一块天，据我寸见，应该用汉文。不然，为什么天上都说汉话呢？但周围找了一遍，除了这块英文招牌，实在没有其他匾牌。无疑的，我是被带到了警察署。好在我自问也并没有什么罪，且随了警察走进去。

这立体式的洋房里面，一切都是欧化的布置，那巡警带我乘着电梯，上了几层楼，先引着见过巡长，坐在待审室里，自行向上司报告去了。不多一会儿，出来两个人，很像洋式大饭店的西崽打扮，穿着两排铜纽扣的青制服，向我一鞠躬，笑道："督办有请。"我心里又奇怪了。守南天门是几位天君，在《封神榜》《西游记》上早已得着这消息了，怎么变成了督办？且随着这位西崽走去，看督办却是何人。推开一扇玻璃的活簧门，远远看到一位穿绿呢西服的胖子，上前相迎。我不用问他姓名，我已知道他是谁。他生了一副黑脸、长嘴、大耳朵，肚皮挺了起来，正是戏台上大闹高家庄的猪八戒。我笑道："哦！是天蓬元帅。"我情不自禁地这一声恭维，又中了他的下怀，他伸手和我握了一握，让我在一边蓝海绒沙发上相对坐了。他笑道："我已接了无线电，知道足下要到。"

说了这句，声音低上一低，把长嘴伸到我肩上，笑道："那批货物，请今晚三点钟运进南天门。这座天门是我把守，我不查私货，你放心运过来就是了。至于要晚上运进来，那不过遮遮别人耳目，毫无关系。"他说这话，我有点不解。但我又仿佛有人托我从东海龙王那里带一批洋货来，便道："有猪督办做主，我们的人就很放心。但是南天门过了，三十三天，只进一关，后面关卡还多呢！"猪八戒张开大嘴，哈哈大笑道："你们凡人，究竟是凡人，死心眼儿，一点不活动。这南天门既归我管，货运到了我这里，就可以囤在堆栈里，把龙宫商标撕了，从从容容地换一套土产品商标。天上的货在天上销行，不但不要纳税，运费还可以减价呢。三十三天怎么样？九十九天也通行无阻。管货运的这个人，提起来，密斯脱张也该晓得，就是托塔天王的儿子哪吒。这两年天上布成了公路网，因为他会骑风火轮，正好利用，这交通机关的天神，你也应当联络联络。"

说着，猪八戒在西装里掏出一张电报货单来看了一看，一拍大腿道："这批羊毛可惜来晚了三天。"我是个新闻记者，少不得乘机要探一下消息，便问道："羊毛市价下落了吗？"猪八戒道："虽没有大跌，却是疲下来了。你不知道，因为天上羊毛缺货，现在受着统制，改为公卖了，这货要早到三天，人会抢着收买囤积。于今大批的羊毛，由我堆栈里向人家仓库里搬，未免打眼，只好我自己囤起来了。"我笑道："天蓬元帅调到南天门来洪福很好。"猪八戒将肚子一挺，扇了两扇大耳朵，笑道："实不相瞒，我这样做，也事出无奈。我除了高老庄那位高夫人之外，又讨了几位新夫人。有的是董双成的姊妹班，在瑶池里出来的人，什么没见过，花得很厉害。有的是我路过南海讨的，一切是海派，家用也开支浩大，我这身体，又不离猪胎，一添儿女，便是一大群，靠几个死薪水，就是我这个大胖子，恐怕也吃不饱呢。密斯脱张远道而来，我得请请你，你说吧，愿意吃什么馆子？"我道："那倒不必。请猪督办给我一点自由，让我满天宫都去游历一下。"

猪八戒垂着脑袋想了一想，因点点头道："这个好办。"就按着电铃，叫进一个茶房来，说是请王秘书拿一封顾问的聘书来。茶房去了，又进来一位穿西装的少年，手里拿着整套公事，猪八戒扯着他到客厅一边，叽咕了几句。那西装秘书，就用这边写字台上现成笔墨，在公事上填了我的名字，原来这聘书连文字和签字，都早已写好了的，现在只要填上人名字就行。猪八戒笑着将公文接过，递到我手上来，笑道："虽然这是拿空白公文填上的，但也有个分别。奉送密斯脱张这样头等的顾问，截至现在为止，还只二十四位呢。"说着，又给了我一个证章，笑道："公事你收着吧，不会有多少地方一定要查看你的公事。你只挂了这证章，就有许多地方可去。你若要到远一些的地方去，我有车子可送你。"我笑道："坐汽车？"随着摇了两摇头。猪八戒道："你不要信街上贴的那些标语。我坐我自己的车子，烧我自己的汽油，干别人屁事。"我听到猪八戒这样说，分明是故意捣乱，我更不能坐他的汽车了。当时向他告辞，说是要去游历游历。

猪八戒握着我的手，一直送到电梯口上来。他笑道："假如找不到旅馆，可以到天堂银行去，那五六层楼，两个楼层都招待我的客人。"我知道住银行的招待所，比住旅馆要舒服得多，便道："我极愿意住到那里去，请猪督办给我介绍一下。"猪八戒笑道："何必这样费事？密斯脱张身上挂的那块证章就是介绍人。要是密斯脱张愿意住在那里的话，我们晚上还可以会面。"说着，连连将大耳朵扇了几扇，低声笑道："许飞琼董双成晚上都到那里去玩的。"这猪八戒是著名的色中饿鬼，我倒相信了他的话。他向我高喊着谷突摆，我们分手了。

出得南天门警察署，便是最有名的一条天街。这时，我已做了天上的小官，不是凡人了，便坦然地赏鉴一切。据我看，名曰天上，其实这里的建筑，也和北平、南京差不多，只是路上来来往往的人，和凡间大为不同。有的兽头人身，有的人头兽身，虽然大半都穿了西装，但是他那举动上，各现出原形来。大概坐在汽车上的，有的是牛头、象头、猪头，坐在公共汽车里的人，獐头猴头，自然人头的也有一部分，但就服装上看来，人头的总透着寒酸些。我正观望着，有一个赶着野鸡车的车夫沿着人行路遛，就向我兜揽生意，那赶车夫是著名的古装，头戴青纱头巾，身穿蓝布圆领长衣，是个须发皓白的人头。手里举着一支尺来长的大笔，当了马鞭子。车子上坐着了两男一女。一个男子是狗面，一个男子是鼠头，穿了极摩登的西服。那女子是穿了银色漏纱的长旗袍，桃花人面，很有几分姿色。可是在那漏纱袍的下面，却隐隐约约地露出了一截狐狸尾巴。我原想搭坐一程，尝尝这公共马车的滋味。可是我还不曾走近马车时，便有一阵很浓厚的狐臊臭气，向人鼻子里猛袭过来。我一阵恶心上涌，几乎要猛可地吐了出来。

我站住了脚步，让这马车过去，且顺着人行路走，这就看到两个科头穿布长袍的人，拦腰系了藤条，席地而坐，仿佛像两个老道。他们面前摆了好些青草，有一个木牌子放在上面，牌上写了四个字"奉送蕨薇"。这倒引起了我的好奇心，便向这两人看了一看，其中有一个年纪大的，须发齐胸，笼着大袖向我拱了两拱道："足下莫非要蕨薇？请随便拿。"我看这人道貌岸然，便回揖道："请问老先生，摆着这蕨薇在这里，是什么意思？"那人笑道："在下伯夷。"指着地面上坐的人道："这是舍弟叔齐。终日在首阳山上采蕨薇，尽饿不了。因知此间有很多没饭吃的人，特意摊设在街头，以供同好。"我道："谨领教，难道天上还有没饭吃的人吗？"一言未了，只见一个彪形大汉，身穿儒服，头戴儒冠，腰上佩了一柄剑，肩上扛了一只米口袋，匆匆而来。到了面前向伯夷叔齐深深两揖道："二位老先生请了，弟子是仲由。敝师今日又有陈蔡之厄，特来请让些蕨薇。"我一看，这是子路了。他说敝师有陈蔡之厄，莫非孔夫子又绝了粮？伯夷笑道："子路兄，你随便拿，可是我有一言奉告，还是那句话：'丘何为栖栖者欤？'请回复尊师，不要管天上这些闲事。做好人，说公道话，那是自找苦恼。你看，鲁仲连来了。"

　　说时，一个叫花子走过来，身上皂葛袍，拖一片，挂一片，披了满肩的长头发，打着赤脚，在路边一溜斜地走近。子路迎着道："连翁，如何这样狼狈？"鲁仲连摇着头道："不要提起。我遇了司马懿的那群子孙，由家里打得头破血流，滚出大门口来。我生性多事，不能不理，便劝他们，怎么不好，也是骨肉，不可动辄流血。不想这班混账东西，看我穿着一件布衣，说是我没有说话的资格。不分皂白，把我这个劝架人饱打了一顿。"子路一听，满面通红，就去拔剑。伯夷连忙拦着道："你又多事，你先生还在家里挨饿呢。"子路听了这话，按剑入鞘，盛了一口袋蕨薇转身就走。这倒叫我为难了，我站在这里，自然可以听听三位大贤的高论。可是跟了子路走去，又可以见见先师。我是向哪里去好呢？我正犹疑着，那子路背了一口袋蕨薇，已经向大路走去。我想，纵不跟了他去，至少也当追着他问他几句话，于是情不自禁地，顺着他后影，也跟了去。

约莫走有几十步路，忽然有一辆流线型的汽车，抢上前去，靠着人行路边停住。车门开了，有三个男人、两个女人下来，一齐拦着子路的去路站定。三个男子，都穿着笔挺的西装，女人自然是烫发旗袍高跟皮鞋。子路走向前问道："各位有何见教？"最前站着的一个男子，就深深点头道："我们五人都是梁山泊义士。我是毛头星孔明，这四位是矮脚虎王英、一丈青扈三娘、菜园子张青、母夜叉孙二娘。"子路听说是群强盗，先是怒目相视，随后又哈哈大笑起来，因骂道："我骂你这伙狗男女，也不睁开你的贼眼。我随夫子到处讲道德说仁义，只落得整日饿饭，现时在伯夷叔齐那里，讨了一些蕨薇拿回去权且度命。天上神仙府，琼瑶玉树，满眼都是，你一概不问，倒来抢我这个穷书生。但是，我仲由是不好惹的。纵然是一袋子蕨薇，也不能让你拿去，你快快滚开，莫谓吾剑不利。"孔明一鞠躬笑道："大贤错了。我们弟兄虽然打家劫舍为生，却也知道个好歹。我们有眼无珠，也不会来抢大贤。"子路将布袋丢在地上，已提手按剑柄，要拔出来，听了这话，且按剑不动，因瞪着眼道："既不抢我，你们拦住我的去路做什么？"孔明道："不才忝为圣门后裔，听说先师又有陈蔡之厄，我特备了黄金万两，馒头千个……"

子路不等他说完，大喝一声道："住口！我夫子圣门，中华盛族，人人志士，各各君子，以仁义为性命，视钱财如粪土，万姓景仰。你也敢说'圣裔'两字？你冒充姓孔，其罪一。直犯诸葛武侯之名，其罪二。在孔氏门徒面前，大言不惭，自称义士，你置我师徒于何地？其罪三。我夫子割不正不食，肯要你的赃款吗?"说毕,呛啷一声,一道银光夺目,拔出剑来。那孔明见不是头路,扭转头走了。同路的四位男女也没有多说话,抢上了汽车,呜的一声开了走。子路插剑入鞘,瞪着眼睛望了,自言自语道:"这是什么世界?"缓缓地弯下腰去,拾起那一袋子蕨薇。我见他怒气未息,就不敢再跟了他走,只好远远地站住。见先师这个机会,只好放过让他走了。

我站在路边,出了一会儿神,觉得天堂这两个字,也不过说着好听,其实这里是什么人物都有,彼此倒不必把所看到的人都估计得太高。因此我虽在路边走着,却也挺胸阔步地走。不要看这是行人道上,所有走路的人,都是人头人身。虽偶然也有两三个兽头的,杂在人堆里走,不像坐在汽车马车上那些兽头人神气。我正站着,前面有一群人拦住了去路,看时,有的是虾子头,有的螃蟹背,七手八脚,有的架梯子,有的扯绳子,忙成一团,正在横街的半空,悬上长幅横标语。我看那上面写的是:"欢迎上天进宝的四海龙王"。下面写着"财神府谨制"。这在凡间,也算敷衍人情的应有故事,我也并不觉得有甚奇异之处。可是自这里起,每隔三五爿店面,横空就有一幅标语,那文字也越来越恭维。最让我看着难受的,一是"四海龙王是我们的救命菩萨",一是"我们永不忘四海龙王送款大德"。下面索性写着"五路财神赵公明率部恭制"。这都罢了,还有百十名虾头蟹背的人,各拿了一叠五彩小标语,纷纷向各商店人家门口去张贴。上面一律写着:"欢迎送钱的四海龙王"。

正忙碌着,有人大声喊起来:"我的门口,我有管理权,我不贴这标语,你又奈我何?"我看时,也是一位古装老人,虽然须髯飘然,却也筋肉怒张,他面红耳赤地将一位贴标语的虾头人推出了竹篱门。那虾头人对他倒相当的客气,鞠着躬笑道:"墨

104

先生，你应当原谅我们。我们是奉命在每家门口贴上一张标语，将来纠察队来清查，到了你府上，独没有欢迎标语，上司要说我们偷懒的。"那人道："这绝对无可通融。四海龙王不过有几个钱，并不见得有什么能耐。你们这样下身份去欢迎他，叫他笑你天上人不开眼，只认得有钱的财主。我不能下这身份，我也不欢迎他的钱。我墨翟处心救世，赴汤蹈火，在所不辞，什么四海龙王，我不管那门账！"那人正眼看我一下，"这四海龙王，不过有起身的消息说到这里，许多散标语的人，都拥过来了。"其中一个身背鳖甲、上顶龟头的人，将绿豆眼一翻，淡笑道："墨翟先生，你有这一番牢骚，你可以到四大天王那里去登记，他们一高兴，也许大者拨几十万款子，让你开一所工厂，少也拨一万元，让你去办一种刊物，鼓吹墨学，可也养活了你一班徒子徒孙。你在大门口和我们这无名小卒，撒的什么酸风！你的这一番话，不是打，胜于杀。"把这位墨老先生气得根根胡子直竖，跳起来骂道："你这些不带人气息的东西，也在天上瞎混，你不打听打听，你墨老夫子是一个什么角色？"

他这样大喊着，早惊动了在屋子里研究救国救民的徒弟，有一二十人，一齐抢了出来，这才把这群撒标语的人吓跑。墨翟向那些徒弟道："我们苦心孤诣，在这里熬守了三年，倒为这些虾头鳖甲所侮辱。虽然我们苦可救世，死而无悔，但这样下去，却不生不死得难受。你们收拾行李，我即刻引你们上西天去。"于是大家相率进篱笆门去了。

我在旁边看着，倒呆了。这位墨老夫子有点傻，已有两千多年了，还在谈救世。叹了一口气，我信步所之，也不辨东西南北。耳边送来一阵铮铮琵琶声，站定了脚看时，原来走到一条绿荫夹道的巷子里来了。这巷子两边都是花砖围墙，套着成片的树林，在树叶里露出几角泥鳅瓦脊和一抹红栏杆，乐器声音正由这里传出。我觉得糊里糊涂走着，身上乏力，脊梁上只管阵阵地向外排着汗珠，突然走到这绿巷子里来，觉得周身轻松了一阵，便站定了脚，靠着人家一堵白粉墙下，略微休息一下。

就在这时，有几位衣冠齐整的人，一个穿着长袍马褂，一个穿着西装，狗头兔耳，各有两只豺狼眼、四粒老虎牙，轻轻悄悄走了过来。在他们后面，有个人头人推着一辆太平车子，上面成堆地堆着黄白之物，只看他们那瞻前顾后的神气，恐怕不会是做好事。在我身边，有一丛蔷薇架，我就闪在树叶子里面，看他们要做什么。就在这时，那两个狗头人，走到白粉墙下一扇朱漆小门前，轻轻敲了两下。那门呀的一声开了，一个垂髻丫鬟闪出半截身体来。这个穿长袍马褂的，在头上取下帽子，深深地鞠了个躬笑道："不知道夫人起床没有？"丫鬟道："昨夜我们公馆里有晚会，半夜方才散会，所以夫人到现时还没有起床，二位有什么事见告？"穿西装的挤上前去，也是一鞠躬，他笑道："夫人没有起床，也不要紧，我们在门房里等一下就是。"丫鬟笑道："门房？那里有点人样的人才可以去的。二位尊容不佳，那里去不得。"穿西装的笑道："我们也知道。无奈我有这一车子东西，要送与夫人，不便在路上等候。"丫鬟道："既是这样说，就请二位进园子来，在那假山石后面厕所外站站吧，别的地方是不便答应。"我想人家送了一车子金银上门，按着狗不咬屙屎的定理说起来，这丫鬟却不该把这两个送礼的轰到厕所里去。

我正犹疑着，这两位送礼人已经推了那辆车子进去，给了三个铜钱，将那个推车子来的车夫，打发走了。就在这时，有个卖鲜花的人，挽了一篮子鲜花，送到耳门口交那丫鬟带了进去。丫鬟关门走了。我将出来，正好遇着那个花贩子，便和他点点头，说一声请教。那人看我是个凡人，便上下打量了一番，因问道："这里不是阁下所应到的地方，莫非走错了路？"我道："我是由凡间初到天上的，糊里糊涂走来，正不知道这是哪里？"那人笑道："这地方是秦楼楚馆的地带。"我道："哦！原来如此！刚才有两个人送了一车金银到这耳门里去，那丫鬟倒要他们到厕所外面去候着，那又是什么缘故？"花贩向耳门一指道："你不问的就是这地方吗？"我点点头。他道："这是一位千古有名的懂政治的阔妓女，李师师家里。"我道："既是李师师家里，有钱的人，谁都可以去得？为什么刚才这丫鬟无礼，连门房都不许他两人去？"花贩笑道："你阁下由人间走到天上，难道这一点见识都没有？他家里既有门房，非同平常勾栏院可比。李师师是和宋徽宗谈爱情的人，她会看得上狗头狗脑的人？他们也没有这大胆子来和李师师谈交情，他那整车子黄的白的是来投资的。"我听了这话，恍然大悟，怪不得那两个狗头称李师师作夫人了。花贩笑道："看你阁下这种样子，倒有些探险意味。在这门口，有所大巷子，那是西门庆家里。你到那里去张望张望，或者可以碰到一些新闻。"

我想，这不好，到天上来要看的是神仙世界，不染一点尘俗才好，怎么这路越走越邪？但是到了这里，却也不能不顺这条路直走。出了这巷子口，果然坐北朝南，有一所大户人家。那里白粉绘花墙，八字门楼，朱漆大门，七层白石台阶上去，门廊丈来深，四根红柱落地。在那门楼上立了一块横匾，上面大书"西门公馆"。左右配挂一副六字对联，上联是"厉行礼义廉耻"，下联是"修到富贵荣华"。我大吃一惊，西门庆这样觉悟，厉行"礼义廉耻"。我正犹疑着，只见一批獐头鼠目、鹰鼻鸟啄的人，各各穿了大礼服，分着左右两班，站在西门公馆大门楼下台阶上。

同时，也就有一种又臭又膻的气味，随了风势，向人直扑了来。

就在这时，有个小听差跑了出来，大声叫道："西门大官人，今天有十二个公司，要开股东会，没有工夫会客，各位请便，不必进去了。"这些人听了这话，大家面面相觑，作声不得。早是呜的一声，一辆流线型的崭新汽车，由大门里冲了出来。那些在门口求见的人，在躲开汽车的一刹那中，还忘不了门联上礼义廉耻中的那个礼字，早是齐齐地弯腰下去，行个九十度的鞠躬礼。那汽车回答的，可是由车后喷出一阵臭屁味的黑气来。那车子上的人，我倒很快地看到，肥头胖脑，狐头蛇眼，活是一个不规矩的人。身上倒穿着蓝袍黑马褂，是一套礼服。我心想这是何人，由西门庆家冲出来？

心里想着，口里是情不自禁喊了出来。身后忽有一个人轻轻地道："你先生多事？"我回头看时，有一个衣服破烂的老和尚，向我笑嘻嘻地说话。我看他浑身不带禽兽形迹，又穿的是破衣服，按着我在天上这短短时间的经验，料着这一定是一位道德高尚的僧人，便施礼请教。老和尚笑道："我是宝志，只因有点讽刺世人，被足下同业将我改为济癫和尚，形容得过于不堪。好在我释家讲个无人相，无我相，倒也不必介意。"

我听说果然猜着不错，是一位高僧。便先笑了，宝志知道我笑什么，因道："虽然穿破衣服的不一定是志士仁人，但穿得周身华丽的，也未尝没有自好之士。好在天上有一个最平等的事，无论什么坏人，必定给你现出原形来。刚才过去的，就是西门庆。他不是小说上形容的那般风流人物了。"我道："既然坏人都现出原形来，为什么坏人在天上都这样威风得了不得呢？"宝志笑道："你们凡间有一句话，见怪不怪，其怪自败。天上不是这样，见怪不怪，下学上爱。"我对于下学上爱这四个字，还有点不大理会，偏着头沉吟一会儿，正待想出个道理来。那宝志又便出了他那滑稽老套，却在我肩上一拍道："不要发呆，人人喜欢的潘金莲来了。"

我看时，一辆敞篷汽车上面坐着一个妖形女人，顾盼自如地，斜躺了身子坐在车子上。我心里也正希望着这车子走得慢一点才好，看看到底是怎么一个颠倒众生的女人？倒也天从人愿，那汽车到了我面前，便吱呀一声停住。只见潘金莲脸色一变，在汽车里站立起来，这倒让我看清楚了，她穿了一套人时的巴黎新装，前露胸脯，后露脊梁，套着漏花白绸长衣，光了双腿，趿着草鞋式的皮鞋，开了车门，跳下车来。街心里停下车子下来，这是什么意思？我正疑惑着，潘金莲却直奔了站在路当中指挥交通的警察。我倒明白了，这或者是问路。可是不然，她伸出玉臂，向警察脸上，就是一个巴掌劈去，警察左腮猛可地被她一掌，打得脸向右一偏。这有些凑近她的左手，她索性抬起左手来，又给他右腮一巴掌。两耳巴之后，她也没有说一个字，板着脸扭转身来，就走上车去。那汽车夫正和她一样，并未把下车打警察的事，认为不寻常，开了车子就走了。

我看那警察摸摸脸腮，还是照样尽他的职守。我十分奇怪，便向宝志道："我的佛爷，天上怎么有这样不平的事。"宝志笑道："宇宙里怎么能平？平了就没有天地了。譬如地球是圆的，就不能平了。"这和尚故意说得牛头不对马嘴，我却是不肯撒手，追着问道："潘金莲能够毒死亲夫，自然是位辣手。可是在这天上，她有什么……"宝志拍拍我的肩道："你不知道西门大官人有钱吗？她丈夫现在是十家大银行的董事与行长，独资或合资开了一百二十家公司。"我道："便是有钱，难道天上的金科玉律也可以不管。"宝志道："亏你还是个文人，连'钱上十万可以通神'的这句话都不知道。"我笑道："我哪算文人，我是个文丐罢了。"宝志笑道："哦！你是求救济到天上来的，我指你一条明路。西天各佛现在办了一个普度堂，主持的是观音大士，你到那里去哀告哀告，一定在杨枝净水之下，可以得沾些油水。"

我听了这话，不由脸色一变，因道："老禅师，你不要看我是一位寒酸，叱而与之，我还有所不受，你怎么叫我做一个无能为力的难民，去受观音的救济，换一句话说，那也等于盂兰大会上的孤魂野鬼，未免太叫斯文扫地了。"宝志将颈一扭，哈哈大笑道："你还有这一手，怪不得你穷。我叫你到普度堂去，也不一定叫你去讨吃讨喝。这究竟是天上一个大机关，你去观光观光也好。"我笑道："这倒使得，就烦老禅师一引。"宝志道："那不行。我疯疯癫癫信口开河，那有口不开的阿弥陀佛，最讨厌我这种人，让我来和你找找机会看。"说着，他掐指一算，拍手笑道："有了有了，找着极好的路线了。"说着扯了我衣袖，转上两个弯。在十字路口，一家店铺屋檐下站住。不多一会儿，他对了一辆汽车一指。究是佛有佛法，那车子直奔我们身边走来停住。

车门开了，下来一位牛头人，身着长袍褂，口衔雪茄，向宝志点头道："和尚找我什么事，又要募捐？"宝志笑道："不要害怕。我不是童子军，不会拦街募捐。我这里有一位凡间来的朋友，想到普度堂去瞻仰瞻仰大士，烦你一引。"他又向我笑道："你当然看过《西游记》，这位就是牛魔王。他的令郎红孩儿，被大士收服之后，做了莲花座前的善财童子，是大士面前第一个红人儿。你走他令尊的路子，他无论如何，不能拒绝你进门了。"我才晓得小说上形容过的事情，天上是真有。便向牛魔王一点头道："我并不需要救济，只是要见见大士。"牛魔王笑道："这疯和尚介绍的人，我还有什么话说？就坐我的车子同去。"

我告别了宝志，坐着牛魔王的车子，直到普度堂去。牛魔王在车上向我问道："阁下希望些什么？可以直对我说。我听说该堂在无底洞开矿，可以……"我笑道："大王错了，我不是工程师，我是个穷书生。"牛魔王笑道："那更好办了。该堂现办有个庵庙灯油输送委员会，替你找一个送油员当。"说着话，车子停在一所金碧辉煌的宫殿门前。

一下车就看到进进出出的人都是胖脑肥头的。他们挺着大肚子，又有一张长嘴，虽是官样，而仪表却另成一种典型。我低声问道："这些长嘴人，都是具有广长之舌的善士吗？"牛魔王笑道："非也！俗言道得好，鹭鸶越吃越尖嘴。"我这才恍然，此群人之后，又有一批人由一旁小道走去。周身油水淋漓，如汗珠子一般，向地下流着。牛魔王道："此即送油委员也。因为昼夜地在油边揩来揩去弄了这一身，油太多了，身上藏不住，所以人到哪里，油滴到哪里，阁下无意于此吗？"我向他摇摇头道："我无法消受。我怕身上脂肪太多了，会中风的。"说着话，我们走过了几重堂皇的楼阁，走到一幢十八层水泥钢骨的洋房面前，见玻璃砖门上，有鎏金的字，上写"善财童子室"。牛魔王一来，早有一位穿着青呢制服专一开门的童子，拉开了玻璃门让我们进去。

我脚踏着尺来厚的地毯，疑心又在腾云。向屋子里一看，我的眼睛都花了。立体式的西式家具，乱嵌着金银钻石。一位西装少年，齿白唇红，至多是十四五岁，他架了腿，坐在天鹅绒的沙发上，周围站着看他颜色的人，黑胡子也有，白胡子也有，竟是西洋人也有。谁都挺直地站着，听他口讲指划，他见牛魔王来了，才站起身来相迎。牛魔王介绍着道："这是小儿善财童子。"又将我介绍他道："这是志公介绍来的张君。"善财见我是疯和尚介绍来的，也微笑着点个头道："How do you do?"我瞪了两眼，不知所可，接着深深地点个头道："真对不起，我不会英语，可以用中国话交谈吗？"牛魔王道："我们都是南瞻部洲大中华原籍，当然可以说中国话。我有事，暂且离开，你们交谈吧。"于是他走了，善财留我也在天鹅绒的沙发上坐下。我有点惭愧，辛苦一生，未尝坐过这样舒适的椅子。我极力地镇定着，缓缓坐了下去，总怕摩擦掉了一根毛绒。

善财童子也许是对宝志和尚真有点含糊，留我坐下之后，却向那些站着的长袍短褂朋友，摇了两摇头，意思是要他们出去。我不知道他们怎么那样道法低微，受着这小孩子的颐指气使，立刻退走，而且还鞠了一个躬。善财见屋中无人，才笑道："志公和我们是好友，有他一张名片，我也不能不招待足下，何必还须家严送了来。而且我也正要请志公出来帮忙，在盂兰大会之外，另设几个局面小些的支会。每一个支会里都有一个分会长，有十二个副分会长。每个会长之下，有九十六组，每组一个组长，一百二十四个副组长。"我听了这话，不觉哎呀了一声道："好一个庞大的组织。"善财童子道："也没有多大的组织，不过容纳一两万办事人员而已。"我道："大士真是慈悲为本。这样庞大的组织，所超度的鬼魂，总有百十万。将来欧战终了了，对那些战死的英魂，都周济得及。"善财童子道："那是未来的事，现在谈不到。这次超度的人数，我们预计不过一两千鬼魂而已。"

我想，小孩子到底是小孩子，纵然成仙成佛，童心是不会减少的。超度一两千鬼魂，天下倒要动员一两万天兵天将，十个人侍候一个孤魂野鬼，未免太周到了。因问道："用这么些个办事人，给不给一点车马费呢？"善财童子笑道："这也是寓周济于服务的办法，当然都有正式薪金。便是一个勤务仙童，每月也支薪水一百元。我办事认真，我酬劳也向来不薄。我打算在这些支会里，添五百名顾问，招待客卿，大概每位客卿，可以支夫马费一千二百元。这点意思，请你回复志公就是了。"

我听了这些话，我觉得这小子还是想吃唐僧肉那副狂妄姿态。说多了话，他看出了我是个凡夫俗子，一脚把我踢下九霄云。我没长翅膀，又没带航空伞，知难而退吧，于是起身告辞道："先生这番好意，在下已十分明了，我马上去答复志公，不敢多打搅。"善财起身送到门口，问道："你要不要我派人送？飞机汽车都现成。"我自然不敢领受，道谢了一番。

走出他这个院落，心里倒有些后悔。多少凡人朝南海，睡里梦里，只想见一点观音大士的影子，我今天见着了大士寸步不离的侍卫，怎能不去拜访拜访呢？正这样踌躇，只见一辆小跑车风驰电掣，向这小院里直冲了来，恰是到我面前，便已停住。车门开了，出来一位十四五岁的小姑娘。她虽是天上神仙，却也摩登入时，头上左右梳上两个七八寸的小辫，各扎了一朵红辫花。上身穿一件背心式的粉红西服，光了两条雪白的大腿，踏着一只漏帮的红绿皮鞋。由上至下，看她总不过是一个洋娃娃之流，没有什么了不得。我想着，这个小女孩子，怎么胡乱地向机关里撞？可是这位小姐，不但撞，真是乱起来，她周围一望，似乎是想定了心事了，然后回转身跑到汽车上去，将那喇叭一阵狂按，仿佛像凡间的紧急警报一样。这种声音自然惊动了各方面的人前来看望。这些人里面有锦袍玉带的，有戎装佩剑的。至于身穿盔甲、手拿斧钺的天兵，自是不消说的。他们齐齐地跑了上前，围了那小女孩子打躬作揖，齐问龙女菩萨何事。

我这才恍然大悟，原来是这位法力无边的女仙。若根据传说，好像她也是一位刹罗公主，至少是一员女张飞。于今看起来，却也摩登之至。那龙女道："什么事？你不都应该负责。我刚才在九霄酒家请客，菜做得不好也罢了，那茶房只管偷看我，这是政治没有办得好的现象。来，你们和我去拿人。"她说时是柳眉倒竖，杏眼圆睁，恰恰是一副苹果脸儿紧绷着。两条玉腿地上乱跳。吓得文武天官，各各打战，面面相觑。龙女喝道："你们发什么呆？快快派了队伍跟我走。"说着，那些身披甲胄、手拿斧钺的天兵，各各把手一招，七八辆红漆的救火车，自己直逃前来。于是龙女架了小跑车在前，救火车队紧随在后，响声震地，云雾遮天，同奔了出去。

我想这一幕热闹戏，不可错过。心里一急，我那自来会的腾云法，就实行起来。手里一掐催云诀，跟着那团云雾追了上去。究竟凡人不及神仙，落后很远。我追到一片瓦砾场上，见有一个九层楼的钢骨架子还在，架子上直匾大书"九霄大酒家"。龙女的小跑车，已不知何在，那救火车队，已排列着行伍，奏凯而还。我落下云头，站在街上，望了这幢倒塌楼房，有点发呆。难道不到两分钟，他们就捣毁了这么一座酒楼。

正是沉吟着，却听到身后有微叹声。连说："天何言哉！天何言哉！"回头一看，一人身穿青袍，头戴乌纱，手拿朝笏，颇像一位下八洞神仙，他笑道："老友，你不认识我了吗？"他一说道，我才明白，是老友郝三。我惊喜过望，抓住他身上的围带道："我听说你在凉州病故了，心里十分难过，不想你已身列仙班，可喜可贺。"郝三笑道："你看看我这一身穿戴，乌烟瘴气，什么身列仙班？"我道："你这身穿着，究竟不是凡夫俗子。"郝三道："实不相瞒，玉帝念我一生革命，穷愁潦倒而死，按着天上铨叙，给了我一个言官做。在九天司命府里，当了一位灶神。"我道："那就好，孔夫子都说，宁媚于灶。俗言道得好，灶神上

114

天，一本直奏。你那不苟且的脾气，正合做此官。不过你生前既喜喝酒，又会吟诗，直至高起兴来，将胡琴来一段反二簧。于今你做了这铁面无私的言官，你应当一切都戒绝了。魏碑还写不写呢？"郝三笑道："一切是外甥打灯笼，照旧。此地到敝衙门不远，去逛逛如何？还有一层，你我老友张楚萍，也做了灶神，你也应该去会会他。"我道："他虽是革命一分子，死得太早啊！论铨叙恐怕不足和你一比。"郝三道："他民国四年实行参加过胶州半岛的东北军行动，而且只有他在上海坐西牢而死，玉帝也可怜他一下。"我道："到底天上有公道。我的穷朋友虽不得志于凡间，还可扬眉于天上。好好好，我们快快一会。"郝三道："在我们衙门面前，小酒馆很多，我们去便酌三杯。"

于是我二人一驾云，一驾阴风，转眼到了九天司命府大门前。那衙门倒不是我们凡夫俗子想得那么煤烟熏的，一般朱漆廊柱，彩画大门，在横匾上，黑大光圆，写了六个字"九天司命之府"，一笔好字。郝三笑道："老张，你看我们这块招牌如何？"我连声说好好。郝三笑道："又一个实不相瞒，这是我们的商标。我们这是清苦衙门，薪俸所入，实不够开支，就靠卖卖字、卖卖文，弄几个外快糊口。敝衙门虽无他长，却是文气甚旺，诗书画三绝，天上没有任何一个机关可以比得上我们。"

说着话，我们到了一爿小酒馆里，找了一个雅座坐着。郝三一面要酒菜，一面写了一张字条去请张楚萍。我笑道："凡间古来做言官的，都是一些翰林院，自然是诗酒风流。你们九天司命，千秋赫赫有名的天府，密迩天枢，哪里还有工夫干这斗方名士的玩意儿？"郝三斟上一杯酒，端起来一饮而尽，还向我照了一照杯。低声道："我现在是无法，以我本性说，我宁可流落凡间，做一个布衣，反正是不在其位，不谋其政。于今做了一位灶

115

神，应该善恶分明，据说密迩天枢，可是……就像方才龙女小姐那一份狂妄，我简直可以拿朝笏砍她。然而……"我道："你既有这份正义感，为什么不奏她一本呢？"郝三将筷子夹了碟子里的炝蛤子，连连地向我指点着道："且食蛤蜊。"

我一面陪了他吃酒，一面向屋子四周观望。见墙上柱上，全是他司命府的灶君所题或所写的。便沉吟着笑道："我不免打一首油送你。司命原来是个名，乌纱情重是非轻。"一首诗未曾念完，忽听得外面有人插嘴道："来迟了一步，你们已经先联起句来了。"随了这话，正是我那亡友张楚萍。他一般的青袍乌纱，腰围板带，较之当年穿淡蓝竹布长衫，在上海法租界里度风雨重阳，就高明得多了。我一见之下，惊喜若狂，抓了他的衣袖，连连摇撼着道："故人别来无恙？"楚萍两手捧了朝笏道："依旧寒酸而已。"郝三让他坐下，先连着对干了三杯。楚萍笑道："你刚才的那半首打油诗，不足为奇。我有灶神自嘲七律一首，说出来，请你干一杯酒吧。便念道：

没法勤劳没法贪，斗条冷凳坐言官。明知有胆能惊世，只恐无乡可挂冠。

多拍苍蝇原痛快，一逢老虎便寒酸。吾侪巨笔今还在，写幅招牌大众看。

我笑道："妙诗妙诗！不想一别二十年，先生油劲十足了。"楚萍笑道："我们在司命府干了两三年，别无他长，只是写字作诗的功夫，却可与天上各机关争一日短长。"郝三笑道："这是真话。你这次回到凡间，可以告诉凡人，以后腊月二十三日，不必用糖果供我们灶神了。反正我们善既难奏，恶也难言，吃了凡人的糖，食了天下俸禄，全无以报，真是惭愧之至。"

说到这里，大家都有些没趣。我更将话扯开来，问道："我想起了一件事。老乡那位好友韩先生，让齐燮元骗到南京杀了，是一位先烈，现时应该在天上了。"老郝道："他在东岳大帝手下报应司里当了一位散仙。"我道："以先烈资格参加报应司里去，那也正合身份。只是干一名散仙，没有实权，又未免是吟风弄月一番了。"郝三笑道："他这个散仙，倒不像我们这样自在。他们那里人常对我司命府的人说，你们也在灵霄殿上大小奏个两本才好。你们奏了本，我们才有案子可办。你们老不奏本，大佛宇宙之间就没有恶人，这报应从何而起？"我道："既名散仙，为什么还办案？"郝三道："也就因为散仙太没有事做，觉得不大好。于是报应司有个科律斟酌委员会。由东岳大帝发下案子来，叫他们根据金科玉律，加以斟酌，可是一年之间，也没有二十件案子发下，而散仙倒有三十六天罡之数。因之每位散仙，一年只摊到办大半件案子。"我笑道："讼庭无声，这正是政治清明之象，又何必一定要天天有案可办呢？但不知散仙一月拿多少薪俸。"楚萍道："当散仙的人，比我们书呆子身份又要高些，每月可以拿到六百两银子。"

我听了这话，且放下杯筷，掐指一算口里念念有词，一六得六，二六一十二，因笑道："每位散仙，一年拿七千二百两银子。以一年半办一件案子而论，那是一万零八百两银子，乖乖隆的咚，天上办案子好大的费用，我们凡间山野草县的清闲衙门，一万元至少也要办一千来案子。"楚萍笑道："你这是刘姥姥进大观园的看法。"郝三皱了眉笑道："久别相逢，我们且说些个人的境遇吧。"于是我们丢了这些天上的观念，闲谈别况。

酒尽三壶，菜干五碟，大家有点醉意阑珊了。忽然酒保进来问道:"哪位是郝司命?东岳府报应司有人送信来。"郝三道:"你看,说曹操曹操就到了。"因叫酒保把送信人叫了进来。那人呈上了信,说是请回一个字条。郝三叫他在外面等着。拆了信看过一看,回头将信交给我道:"让你凡夫俗子见识见识。"我接过信来看,上面写明的是:

耕仁吾兄文席:

三天不见,得诗几许?弟得有瑶岛琼浆,足供一醉,未知何日命驾来寓。当扫榻以候也。兹有求者,弟顷分得一案,是大荒山土地,吞蚀山上野鸡两只情事。无论是否属实,太不值一办。然弟忝列东岳散仙,已有两年了,向上司再三要案,方得此件,若让与别人,又不知再要闲散多少时候?聊以解嘲,只得接受。而弟戎马半生,未谙法律,案子到手,又转加惶恐。盖如何斟酌,无从下手也。吾兄文章不必言矣,法律又极熟,此等割鸡小事,倚属可办,尚望代为审查交下案件,为拟一处分书,以救倒悬。

毋任感谢。附上司交来原案一件,阅后请掷回。企候回示,即颂吟安!

弟复炎拜上

我笑道:"韩先生急了,把以解倒悬的话都使出来了。"郝三道:"一个大马关刀,痛快惯了的人,你叫他咬文嚼字去弄几百几十条,当然用违其长。"说着,向酒保讨了一支笔,在信封背面写了六字:遵办遵办别急!把信笺取下,将信封交来人带去。

118

我们继续着喝酒。我向来涓滴不尝，今天他乡遇故，未免多饮三杯，只觉脑子发涨，人前仰后合，有些坐不住。楚萍问道："老张，你预备在哪里寄宿？"我含糊地说着是天堂银行。楚萍道："你凭着什么资格，可以住到那里去？"我说是猪八戒介绍的。这两位老友听着默然，并没有说话，我也就昏昏沉沉地睡着了。醒来时，二友不见，桌上有一张纸条，还是打油诗一首：

交友怜君却友猪，天堂路上可归欤？故人便是前车鉴，莫学前车更不如！

我看了这首诗，不觉汗下如雨。你想，我还恋着如此天堂吗？

第四十八梦

在钟馗帐下

端午节来了，朋友送了一张画的钟馗来，我无意地放在桌上，妻却代为在墙上张贴起。我笑道："卿意云何，咱们还闹这档子迷信？"她道："一年到头，不是闹穷，就是闹病。这间茅草房里毫无生气，你瞧这钟馗，右手拿了剑，左手指着，涌起一部连鬓胡子，直瞪了两眼，倒也和文人吐吐气。"我笑道："此亦韩昌黎送穷之意也，姑置之。"这样，也不知经过了多少时候，我拿了一部贾子新书看，正在有意借他人酒杯，浇自己块垒的时候，却见钟进士自墙上冉冉而下，站在椅子后面，巍然一伟丈夫也。

我立刻起身相迎，深深一揖，因道："钟先生真来了，可以说是蓬荜生辉了。"钟馗笑道："我此来也有些三顾茅庐之意，敝处还缺少个秘书，就请不弃粗陋，一同前去。"我失惊道："无论小子怎样狂妄，也不敢到锦心绣口的钟进士面前去卖弄笔墨，这实在不能从命。"钟馗道："阁下倒也有自知之明，不像那些御用品有斯人不出之概。不过请你当秘书，那是给你面子的话。其实我们那里需要一个制标语的宣传员，阁下既是新闻记者，这一职当然得心应手。"我道："但未知钟先生现在所统率的是什么机关。"钟馗道："你当然看过那一部《钟馗斩鬼传》，虽然小说家言，迹近荒唐。而究其实，我所干的，十倍于此，我现在受上帝敕旨，为诛妖荡怪军大元帅，统领可多可少的神兵，绥靖宇内。

大本营上不在天，下不在田，去此不远，念头一转便到，你且随我去。"

　　说着，他袍袖一拂，我不知不觉跟着他到了一个所在。看时，一幢营帐里列了长案，也无非堆了一些文书笔砚，只是在这帐后壁上，却悬了一面大镜子，清光射人，镜框子上刻有四个字，"物无遁形"。我突然遇到，不觉打了一个寒噤，向镜子里一看，心肝五脏，无一不现，不免倒退了一步。钟馗笑道："不要害怕。凡干大事的人，幕后总不免藏着一样东西，这也不过我幕后一物。我因为我所接触的人物，古今中外，无奇不有。好人是无须说了，但也有朴实无华、不事外表的，以貌取人，失之子羽，我不敢说能免此，就我自己而论，也就为了这一副丑相，为明君所弃。有这镜子，可以和我选择许多人。至于坏人呢？谁敢带了一副真面目来见啖鬼的钟馗呢？所以来见我的，在外表上看去，无一不是万里千里挑一的正人君子，有了这面镜子他就不能骗我了。俗言道：高烛台照不见自己脚下，我是要从自己脚下照起而已，并无别意。有人说：张天师难治脚下的鬼，那是笑话。自己脚下有鬼，怎能斩尽天下妖魔？我之异于张道士者在此。"

　　我听了这一篇话，才知道钟元帅这番用意，心想幸而我是无意踏入这权威之间的，要不然，我有丝毫求名求利的心事，一来就坏穿了。这样，我是更不能不谨慎行事地随了钟馗进帐去。同时，就有两个穿蓝布战袍、戴蓝布方巾的人走了进来。我想起《斩鬼传》里面的含冤负屈两位将军，料着并非别人，首先起身相迎。钟馗介绍着，果然是一位含冤指挥，一位负屈参谋，他们和钟馗一样，人虽旧物，其名纵新。那含冤向钟馗呈上一张电报，因道："这人不见经传，此电可怪，请元帅一看。"钟馗看过了微微一笑，把那电稿交给我。看时，上写：

至急，前线探投九天荡妖除怪钟大元帅钧鉴：

　　阅报见我公受上帝敕旨，扫荡妖气，以五月渡泸之
精神，作万里立柱之伟业，下风逖听，大喜欲狂，遥想
寰宇澄清，指日可待，谨代表九幽十八层地狱二万三千
万正直鬼魂，向我公致敬。

郁席赞九顿首

　　我看了这通电文，因道："此电系致敬的老套，倒也并无恶
意。"钟馗笑道："你哪里知道，这是我斩鬼之时，留下来的余孽
之一，是势利鬼一路的东西。你只看他这名字，隐隐约约，含了
有隙必钻的用意在内，他凭着什么能耐，可以代表二万三千万正
直鬼魂？对于这路人物最好是不睬。睬了他，他就作恶更多。"
我正犹疑着，有小卒入帐报告，营外有一位郁代表，带了东西前
来劳军。钟馗向我们笑道："你看如何？这就来了。"便道，"也
好，让他进来见我，告诉他小心了。"

　　于是钟馗手下的卫队，枪上刺刀出鞘的，穿着鲜明盔甲，列
在帐前两旁，我和含冤负屈都隐入帐后，远远看见一个人，身穿
蓝衫，头戴方巾，白面长须，一个古儒生的样子，俯伏进来。他
仿佛像那愚民烧拜香，朝着这中军帐，一步一揖一步一叩首，十
分恭敬。钟馗坐在帐里，先就喝问道："来的是有隙必钻吗？"郁
代表在帐外拜倒在地道："上禀元帅，小民叫郁席赞，是儒为席
上珍的意思，有隙必钻是刁民代取的外号。"钟馗道："这且不管
他，你到这里来什么意思？"郁席赞伏在地上叩了三个响头，然
后从容地回禀道："小人听说大元帅为宇宙间扫除毒害，便是小
人，也在受惠之伏，特意代表九幽十八地狱，前来表示敬意。至

122

于随带的那些劳军礼品，虽不过是些腌菜豆腐乳之类，但实实在在都是老百姓在自己身上掏出来的钱，也可说千里送鹅毛。"

钟馗听了，微微笑道："这样说来，你倒是劳苦大众里面的优秀分子。我的朋友都托我访求这项人才，不想倒在无意中碰到，很好很好！但不知道你愿意干什么工作？"那郁席赞听了这话，情不自禁地站了起来，身子向前一钻，把头伸到帐门里面来，又不住地叩头，两行眼泪像挂线一般流着。钟馗道："虽然我有意要你去干一份工作，就与不就，权在于你，为什么你要哭了起来？"郁席赞道："非是小人不愿就。只因小人自视，纵然有点才具，但是四海茫茫，绝没有什么人理会小人。今大元帅一见之下，就答应加以提拔，还是生平所不曾有过的境遇，怎不感激涕零。"

钟馗听了他这些话，且不细辨他所说是真是假。回头看看镜子里面的人影，倒是白面长须，分明是个善头，至于心肝五脏，因他外衣里面，衬了一件胶布褂裤，这胶布最容易沾染颜料，遮隔透视，也看不出他转着什么念头。钟馗想着，此君是有名的坏蛋，怎么到了今日见面之下，却是所传失实呢？他正是如此犹豫，不免回头再向镜子里看去。这一下子，却查出破绽来了，便是这人的脑门心上，头发缝中，有一道裂痕。那裂痕半圆的一匝，直伸到后脑去。钟馗笑道："郁先生，你何必过于谦恭，我们都是读书人，正要惺惺相惜。"说着，走出位来，两手来将他挽起。郁席赞更是受宠若惊，便站起身来，打躬连道不敢，钟馗乘他不提防，伸手在他头上一撕，随着那裂缝所在，掷下一块厚皮，正是他外面表现出来的面皮。在这面皮之下，现出他的真面来，却是紫蓝绿恶蛇皮一般的颜色，那耳目五官，更是不容易去分辨。钟馗不由哈哈大笑道："你好大的胆，敢戴了假面具来骗我。"

说着，手提剑起，向他劈去。可是这军帐上有几个蛀虫蛀了的小窟窿。那郁席赞身子一缩，就由那窟窿钻跑了。钟馗无从追赶，气得提起剑来，只在假面具上乱劈一阵。我由帐后迎了出来，因笑道："幸是钟先生身后明镜高悬，要不然，怎样会看出来这个满身斯文的人，是一位假面具的恶魔。"钟馗道："刚才迟几秒钟，让这妖魔逃去，别的不打紧，这东西在我这里无隙可钻，恼羞成怒，势必去勾结丑类，图谋报复。我军刻不容缓，今晚必定要穷追上去，免得这些丑类集合一处，又另有图谋。关于军机大事，我自然不便多说，退到一边去。"

　　看过钟馗《斩鬼传》这部小说的人，自然都会知道钟馗所统率的这一部神兵，在这神字上是玄妙得令人不可捉摸的，我也不在这时去琢磨他们一些什么，只有听候钟元帅的话，叫我干什么，我就干什么。他倒并不要我制标语口号这些宣传品，不过在对外是些安民告示，对内是些行军规则。他也曾对我说，制标语口号，那是对方的拿手好戏，在这上面，让他一着，却也没有关系。这样，我就做我分内的工作。

　　到了四更天，钟馗下令前进。天色大明，我们到了两山之间夹峙的一座山堡，堡上旗帜飘扬，鼓角齐鸣，倒也像是有严整的警备。钟馗下令，就遥对了这关口，在一座小山头上扎营。钟馗将我叫到中军帐里头，向我笑道："有件大功，要你去立，你可能去？"我道："我手无缚鸡之力，能立什么大功？"钟馗笑道："正是需要你这手无缚鸡之力的人去办这件事。前面这座关，叫作阿堵关，守关的主将叫钱维重。他本不姓钱，他以为人生在世，只要有钱，什么问题都可以解决，就改了现在的姓名。唯其如此，所以他尽管守着关口，可是放着大批的生意买卖人来往。你可以装着一个商人，带了两车子货物进关去看看。"我笑道：

"这是间谍了，我一个书呆，干这样的精密工作，那岂不会误事吗？"钟馗道："虽然那么说，什么也不必你打听，你只带了两车货进城，在关里住一夜，就立刻回来。"我道："能这样自由吗？"钟馗道："你与我无冤无仇，我也不能平白地害你。"说着，不由分说，就派了几个兵士，强迫着我出了军营。

我糊里糊涂地带了两部骡拖货车，向这阿堵关前进。这里进关，是一条人行大道，出我意料，却是一点战斗意味没有，肩挑负贩的人，就在这路上来来往往。我带了两大车货，由四匹骡子拖了向前，也就心里安定些。到了关口上，虽然看到有盔甲鲜明的兵士，手拿了刀枪剑。可是这些做生意买卖的人，成了个熟视无睹的姿态，继续着向前走。我想，要人家不疑心，一切要装得很自然，和其他做生意的人一样。不然，我白送了性命，还误了钟元帅的大事。

于是我故意缓走了两步，贴近大车进行，表示我和这大车是一个集团，缓缓地走到了那守卒面前了。我见前面有一个卖桃子的小贩，放下一筐桃子，却向那队守卒的班长递过几个桃子去。那班长将桃子捧着顿了两顿，眼注视这小贩这样，这小贩又递了几个桃子过去。那班长才微笑了一点头，意思是放行过去。我想，原来只要行这一点小贿赂，这并不难办。我这两大车，全是棉纱，不知钟馗营里怎么会有了这个东西。照着贩桃子的那小贩，就给那守卒班长几个桃子，难道我也就给他一卷棉纱吗？一小卷棉纱，既无用处，也不容易卖钱。但时间却不许我考量，两辆大车，已经到了城门下，走近这班守卒。我急中生智，在身上摸出了一张五元钞票，暗捏在手。等到那班长走近一步时，我便将钞票交给他，他看到是五元一张的便点了头笑道："啊！今天才回来，这次买卖好哇？改天街上吃茶。"我含糊地答应着，大模大样进关，心想，这也太容易打发了，两车子棉花，也不过五元的贿赂，就放过去了。

我这念头转过，才知道我是大大的错误，原来这是第一个城门的月城口。转一个弯，有比较大的城门，站着更多的守卒，一个小将官，身披软甲，腰横绿皮剑鞘，露出宝剑柄，柄上坠两挂红穗子，直眉瞪眼，瞧着进城客商。这已不是月城口那样马虎，无论什么担挑车引的货物，都要歇下来让守卒们检查一番。在检查的时候，货主就向站在将官面前一个侍卫，悄悄地手一伸。不用说，这是我在前面已实行的那个法子。我想，刚才送那班长五元，他很客气。这是一个小将官，加十倍奉侍，大概可以打发过去了。于是在身上又摸出了五十元钞票，等车子停着检查的时候，我也把这钱送到那侍卫手上。他看了一看，面带笑容，向那将官轻说了一声。到底是一位将官，颇有身份，面上那股子威严，略松了一松，便点头道："这人，我认得，是常来常往的一位商家，不用检查，让他去完税吧。"我听了这话，才恍然大悟，原来这两次贿赂，还与正式纳税无干，我看后面要进关的货担货车，还是很多，不要拦了人家的去路，立刻引了车子进关。

果然在关左侧有一座小洋房，门口挂了一块直匾，大书特书"私货严厉检查处"。进关的商贩，都把货物停在门口敞地上，再等候检查，我怕做错了手脚，露出了破绽，只歇在远远的，偷看别人的动作，见是经几位查货员看过了货物之后，给予一张字条，然后商人拿了字条进房去了。每个人手上，都拿好些钞票，看那样子，是去纳税了。不一会儿，查货员到了我这货车面前，看了一看，向我道："你就是这两车棉纱？"我道："是。"他道："你就是这两车棉纱？后面还有吗？"我道："没有。"查货员对我上下看了一看，冷冷地道："你当然懂得这里规矩，我说一声，你这是私货，你就全部充公。"我说："是是是。我是初次押车，不懂规矩，听你先生吩咐吧。"查货员道："凭你这两车货，给个二三百元，也不算多。过多了，你也拿不出手。"我也不再等他说一字，立刻数了两百元钞票给他，他在手拿的单子上，用自来水笔填了一张，撕下来，交给我，微笑道："你老板真是初次押车，一向没会过，你不是谎话。我索性指示你，大概你这车货，照定章要纳一万元的检查费。你和那位稽核说一声，这车上有一包纱是他朋友带给他的，请他收下。那么，他只要你纳一两千块钱就算了。朋友，我不白花你的钱啊！"说毕，笑着去了。

我拿了那单子一看，上面石印好了现成字句，中间留几个空格，是自来水笔填的。上写查得商人赵二，由口外运来土纱两车，共计十二包，委系土产，并无其他私货物及一切不法事情，请稽查后放行，年月日私货严检处章。看这张字条，由头至尾，并无一个要纳税的税字，不过是完成一回检查手续而已。可是贩货的人，都拿了这张条子到屋子里纳税，仿佛这是一种彼此默契于心的事。多此一举的检查放行，就不知其用意何在。尤其是那下面代我填的名姓赵二，姓是第一，名是第二，他倒是不费思索地代填了。相反的，这就可以想到所谓检查是怎么一回事。我拿着这字条，就随了那络绎不绝的人，也挤到屋子里去。哦啊！这里好忙的公事，像银行里的布置一样，纵横两个柜台，外面站满了贩卖私货的商人，纷纷向柜上递款。

我看到一位身着长袍，头戴方巾的人，坐在写字楼边，满脸正气。只看大家收款的人，想是一个权威。管他是不是那查货员所说的稽核，便遥遥地向他点了一点头。他便走近来，隔了柜台问我有什么事？我道："你先生是……"他道："我是这里总稽核。"我笑道："对了。我有一个朋友，托我带一包棉纱交给总稽核。"他立刻笑着点头道："有的有的，有这么一回事，东西在哪里？"只这一刻工夫，他的正气完全消失。带了两名工人出来跟随我到车子边，抬了一包纱走。那总稽核将我衣襟一拉，悄悄地引我到内会客室里来，随手将门掩上。深深一揖，请我坐下，他表示很亲切的样子，笑道："你们商家也很可怜。既要送礼，又要纳税，那未免太冤。你送了我一包纱，照现在的价钱，已经是可观，再要你照定章还税，我良心上也说不过去。这样吧，我给你一点便利，说这是公家所用品，给你一份执照，可以免费过去。不过，那你就太占便宜了，你何以报我呢？"说时，伸过手来，连连拍了我几下肩膀。我道："请总稽核吩咐就是，我无不照办。"他眯着两眼向我一笑道："你再送我一包纱，好吗？"

我想这家伙真是贪心不足，平白地收了几千元的贿赂还想个对倍，可是我根本不在乎这一车棉纱，只要能达目的，丝毫不用顾惜。因道："就勉遵台命，若是你先生肯帮忙的话，一回成交二回熟，在关外的商人，愿意在下回奉送十万两礼金，只要求一件事，他们的货进关的时候，免于检查。"稽核听到十万这个数目，不免脸色一变，但立刻又微笑着向我道："你阁下说的，是一句笑话吧？哪里有这样值钱的货，愿花十万两请求免查？"我道："你先生且不问有这事没这事，只问你能不能做主，假使你能做主的话，我明天就把款子送过来，同时，货也进关。你还是要现款呢，还是要支票呢？"

他听了这话，不由得抬起手来，连连搔着头发，皱着眉，可又向人微笑，因道："你先生倒像是个诚实商人，我信得过的，但是你所说的这批商家，不要是贩运违禁品的吧？"我笑道："但是他们预备下这么些运动费，不管如何，他们也可以带进关来的，你先生若不要这笔款子，也是好过别人。至于你怕我开玩笑，我这两车棉纱，还相当的值钱，我愿意拿来做抵押。我明天若不带十万现款来，你就把两车东西没收了。"那稽核听到我说话这样过硬，便笑道："你先生和我开玩笑，是不会的。不过我想到这一笔大买卖……"说着，又抬起手来，连连搔了几下头发，表示着踌躇的样子。我道："既是贵稽核觉得困难，我自然也不便勉强。"他忽然跳了起来，将手拍了颈脖子道："我拼着丢了这顶乌纱帽。有十万块钱，我哪里不能安身立命？好好！请你明天来。不过有一层，我也另外有个要求。支票我不放心。那样多的银子，我也带不动，你们折合市价，给我金子吧。有了金子，你们就尽管闯关相过，我在关口上亲自等着你们。你们运来的货，是车运是驮运，或者是担子挑？"我道："这三种运法都有。"那稽核沉吟了一会儿道："既是担子挑的也有，大概这里面不会有什么笨重东西。我守这关口子很多日子了，从来没出过乱子。"

这时我心里想着，这家伙真是利令智昏，糊里糊涂地就答应了我的条件，但这事究竟出乎常情，假如他一下子觉悟过来，他一定会反悔的，便向他微笑道："我们的话，既是说好了，我也不妨对阁下透露一些消息。要求免费进口的货，也并没有什么了不得，只是值钱而已。你阁下要的金子，也许他们不必远求，在担子上就可以拿得出来。"那稽核听了这话，昂头想了一想，笑道："莫非他们带的就是硬货。若果如此，我想，太便宜了。"我道："只要贵稽核放他们痛痛快快过关，我想事后他们多少再补送一笔，也未尝办不到。"说着我起身便要告辞。那稽核虽觉奇怪，也究竟怕将生意打断了，站起来深深和我作了三个揖。又执住我的手道："我们倾盖成交，兄弟快慰生平，等我兄再来，在舍下设筵欢迎。内人是歌舞班出身，叫她找了几位老同志来，贡献一点小玩意儿。"我连道谢谢。他道："我兄道谢，那就太生疏了。小女今年十五岁，叫她也拜在足下当干女吧。"他一面许着很多好处，一面亲自送我出关。

我想不到有这样意外的收获，回到大营，就把详情向钟馗报告了。他笑道："我说如何？这世界是贿赂胜于一切。"于是他在一晚之间，征发了几百辆货车，将长短兵器，一齐放在货车里，神兵都扮着挑夫车夫模样，押了车子向关里进发，我骑马在前引道，去关口还有半里路上下，便见总稽核带了七八公人打扮的人，站在路边等候。他也举着两面丈来长的杏黄旗迎风飘荡，旗上面大书"欢迎金矿工作人员过境"。

我倒有些犹疑，怎么把我们一行，当了开金矿的？那总稽核倒也十分见机，他也是笑盈盈地迎到我马前，来向我低声笑道："此地风俗，对开金矿的最为崇拜，所以兄弟这样举旗欢迎，好请痛快过关。"我也预先得了钟馗的指示，把身后一辆四轮大车指给他看道："送先生的礼物，都在这车上，请你先去过目。"他笑道："何必这样忙呢？难道我还怕各位过了关会赖债不成？"但他口里虽如此说，人已走近车子，打开车厢门一看，里面黄澄澄的堆着金砖与金条，他早已心房乱跳，两脚软瘫了动弹不得，他已是让这动人的东西吓慌了。我回头问道："我们可以进关了吗？我们路上这些车辆，只等着你先生一句话。"他听着才醒悟过来，笑道："是是是，我已在关上打过招呼，有我这两面杏黄旗子引路，什么地方都可以去。这一车子东西，似乎兄弟应当押解了走。若同路进关，透着有点不便。"我道："这个不妥吧？到了关口，守关的人不要我们进去，我们又奈他何？"

那稽核看到了一车子黄金，恨不得将身子钻入车厢，和金子化成一块才好。现在眼睁睁看到金子摆在前面，不能带走，十分着急，然而我说的话，又是人情至理，他无可回驳。在黄金车边

130

站着呆了一呆，因道："这样吧，我押了这车子先走，你们随后就来。"钟馗装扮一个行商，他正站在我面前，听了这话，便抢着答道："好好，就是这样办，我们只要有人引路，我们自然会冲了过去。"我听到他说出了一个冲字，觉得有些露出马脚，然而那位稽核员，全副精神都注意在那一车金子上面，钟馗所说的是什么，他并没有理会，自己跳上那辆骡车，接过赶车人的马鞭子，唰唰几声，将骡子鞭得飞跑。那些跟他来欢迎远客的人，莫名其妙，也就随在车子后面跑。钟馗督率装兵器的车子，更不肯放松半点，紧紧地随后跟着。果然那些守关的兵卒，看到两面欢迎杏黄旗在半空飞扬着来，后面跟了一道长蛇阵的车辆，都也毫不介意，由着他们过去。那些车子进了关，并不远去，都停在检货所门外的广场上。

钟馗看到了车子都到齐了，这就差手下亲信兵士，向天空抛了三个流星号炮，在轰轰轰三响之下，所有押车进关来的人，各在车子上抢得兵器在手，同时有人把荡妖军的大旗由车厢里取出，就落下欢迎旗，利用那旗杆，把这军旗迎风展了开来。关卒见飞军从天而下，早就吓坏了。各人丢了武器，或背包裹，或提皮箱，纷纷逃跑，有的跑得太匆促，提箱盖不曾关得牢，盖子飞开来，撒了满地的钞票，这样一来，前面的人，回转身来，要捡点回头货，而后面跟着的人，见财有份，抢上前一步，就地拾起来，大家见了钞票，忘了性命，钟馗带的神兵抢上前去，一个个斩尽杀绝。那位引狼入室的总稽核赶走了一骡车金子，拼命在前面逃跑，钟馗催马向前，紧紧跟着，他见事情已急，跑到路边臭泥沟里去藏躲。来了一个野狗，嗅到他周身铜臭，以为是一堆臭屎，一口把他脑袋咬掉。他要的那车黄金，正是毫厘不会带走。

阿堵关上这一阵纷乱，早把守将钱维重惊动，关里的二道关口，早早闭了。钟馗进到关前，只见城墙上悬了一幅白布，大书特书"与荡军决一死战"。钟馗以为钱维重必定开关前来迎战，便摆下阵势等候。不想一小时两小时地顺延下去，城里寂然无声。他一声号令，向城进攻，先进城的神兵，打开关来让我们大队人马进去，大家只叫得苦，原来关中守军跑得毫毛未留下一根。这里面地势低洼，全是烂泥，下马不得。据探子报告，钱维重把面上三尺地皮都已刮了走，落下这般情形，比清室空野的计划还要厉害，大队人马只好再退出二关扎营。

钟馗在中军帐里召集会议，因道："钱维重是我必须斩除的恶魔之一，难道让他逃走不成？"含冤参谋便笑道："在下倒有一个以毒攻毒之计，凡是贪财的人，还只有以财来治他。"于是如此如此，说了一遍，钟馗拊掌大笑道："此计大妙。"那含冤参谋，驾着云雾走了，不到大半天，他手牵一串大金钱，每个钱眼套上一个人，如戴枷一般，用大钱将人枷住。其中第一个，猪一般肥的便是钱维重。

钟馗站在中军帐前，便笑问："这批家伙如何就擒。"含冤报告道："在下到刘海大仙那里借了这串金钱，摆在大路上。这钱果然是宝物，放出万道光芒。钱维重带领千百辆车子，满载金珠，要到美洲新大陆去做黄金大王，他看到路上这样大的金钱，不肯放过，下了车亲自来审查。他对于金子的鉴别力最丰富，看出这钱是十足赤金，便伸头钻入钱眼，肩上挂着一枚要送上车去。他的老婆儿女，怕钱会落到他人手上，也照样钻入钱眼，各在肩上挂起一枚。哪知道这串钱的绳子，却在我手上，我念动真言，钱眼缩小，把他圈上，就牵狗一般牵来了。"

钟馗望了钱维重道："一个人要钱也不过为了衣食住行。你有了这样多的资财，要拿千百辆车子来装，你就是吃金子穿金子，你这一生也够了，为什么你见了钱还是要？对你这种人一刀一个，未免太便宜了。"便叫士兵们在中军帐前架起电炉锅，就把钱维重身上带的金条金叶子熬了一锅金汁。所有他家人不问男女老少，一齐灌瓢金汁。于是他们外套金钱内饮金汁，收拾了最后一息的生命。而身穿蓝布长衫，口喝绿豆稀饭的我，由他们看来，是天堂地狱之比了。

这时钟馗收复了阿堵关，休兵一日，再行前进。晚间他在案上批阅地图，一个人却哈哈大笑起来。我们在帐下办公的人，都有些愕然。含冤参谋便问道："元帅为何发笑，想必胜算在胸。"钟馗道："你有所不知，由这里去三条路，都是坠入魔道的，另两条路不谈，单说向西的这一座关叫作混虫关，里面是浑谈国。"含冤笑道："这名目就够有趣。当年晋朝人士如王衍之流，崇尚黄老，喜说不着边际的玄学，这叫清谈。如今有了浑谈国，浑者清之对也。莫非这里人都是谈酒色财气的。"

钟馗道："非也。酒色财气虽不是高谈，究竟是情欲中事。你也不见谁谈酒色财气，会有人打瞌睡的。这浑谈国的人，有一种习惯，每天要聚拢千百人在一处浑谈一阵。虽然人多，而谈者只有一个首脑人物，至多两三个，其余都是被派来听谈话的。他们所谈，没有准稿子，上自玉皇大帝，下至臭虫，谈话的人肚子里有什么谈什么。甚至谈话的人肚了里什么都没有，由他的幕宾，拟上一张稿子，到了谈话的时候，他捧着念上一遍，念完了，连他自己也不知道谈着什么。"含冤参谋点头笑道："如此如此，果然是浑谈。"钟馗道："其浑尚不仅止此。每谈话总有两三小时，谈话地方不甚重要，那还罢了。被派来听话的人，还可以坐着打打瞌睡，转转念头，若是遇到那重要的地方，听谈话的人要挺直地站着听。时间已久了，脑筋发涨，两目无光，两耳无音，两腿发酸，浑浑然不知身在何所。浑然一堂，如醉如痴……"钟馗说到这里，忍俊不禁，又哈哈大笑起来。

含冤参谋笑道："果然浑得厉害。所谓混虫关，那就是指这辈混世虫而言了。晋人清谈，尚且误国，这样浑谈岂不误尽苍生？"钟馗将手拍了桌子道："正是如此。我原来想着这个国家的人民只是浑谈，也无大过。可是这样浑谈下去，不到他人种减绝不止。我为挽救这一区苍生起见，只好先讨伐这浑谈国了。"说毕就发下命令，明日五更天明造饭，在青天白日之下，正正堂堂，向混虫关进发。我在钟馗帐下过了多日，胆子也就大得多。听说要到这样一个奇怪的地方去，也就十分高兴。

次日早起，随了钟馗干部，在大队后面前进。一路经过几个村庄市镇，很少几幢整齐的房屋，十分之八九，是有墙无顶、有门无窗的屋架子，有些连屋架子也没有，只是一块建屋的基地。老百姓成群结队就坐在树荫下，纷纷议论。他们谈得起劲，虽然看见大兵由路上经过，也不理会。后来我们走到一个水泥坑面前，见坑上树立一块丈来长的石碑，上面大书特书，"凌云大厦奠基典礼纪念碑，一八四〇年立"。钟馗在马上四周一看，不由得张开络腮胡子的大嘴，哈哈大笑。负屈将军问道："元帅又想起了什么笑料？"钟馗将马鞭指了纪念碑道："你看，这屋行奠基礼，今已足足一百年，这凌云大厦还是一个泥坑。这落成典礼应该还有几千年呢？"

一言未了，又听到水泥坑外有一阵鼓掌声。钟馗令负屈督队前行，却下马带了我和含冤到竹林子里看去。到时，见林子里一片草地，颇也平整。在竹子林上挂一块木牌，上面大书"凌云大厦设计委员会"。在草地上有二三十个须发苍白的老人，盘膝而坐。正面有一位胡须更白更长的老人，在那里演说。他道："我们这大厦要有十八架升降梯，要自备有两个自来水井，有个小发电厂，必须拿去和纽约大厦比上一个高下，方不负我们先人那一番惨淡经营的苦心。"我听到这些话，心里想着，这个设计委员会，还是这批老头子父亲所留下来的，那奠基碑上写的一八四〇年，大概倒不是伪造的古物。心里正忖度着，钟馗却是一位急性人，不肯稍待，向前大喝道："这些老不死，你们在这里说些什么？在做梦吗？"其中胡子最长的站了起来，向他微微一拱手道："请了，阁下何来？我们在此筑室道谋，自己干自己的事，却也与阁下无干，气势汹汹地开口伤人，意欲何为？"钟馗瞪眼道："岂但开口伤人？我简直要把宇宙间这批造粪机器斩尽杀绝。我告诉你，我是钟馗……"这些老头子听到这个姓名，再也不来设计了，爬起来就跑。别看他们是胡须苍苍的老人，跑起来向后转，却比青年要利落得多，不到几秒钟已是踪影全无。

钟馗笑道："世上议论多的人，都像这批老头子，一看形势不对，立刻就跑。只凭这几个老头子，也就可以表现这浑谈国是个什么国家。现在我们可以分三路向混虫关进攻。"含冤参谋就向钟馗道："依卑职意思，这般人也没有什么大恶，只是自误误人，若要诛伐，未免过分。"钟馗道："就凭你说'自误误人'，这四个字，也就罪有应得了。但我也不是一个好杀的人，果然自今以后，他们不自误误人，我也可以成全他们，只是这些人废话成性，有什么法子可以纠正呢？"我便向前道："元帅若有好生之心，我们到了关下，写一封信去招降吧。果然他们降了，我们在这国度里特立一个条款'说废话者处死刑'。那么，大家不说废话，就只有埋头工作，既不自误也不会误人。"钟馗沉思了一会儿，微笑道："到了关下再说。只怕二位这番好意，这些混世虫无福消受。"

于是我们走到大路上，骑着马，加上一鞭，不多久，也就追上了大队。进行未久，已到关口。远远见那关城在重重叠叠的山峰外，把两山的谷口，起立一道高墙，墙上用白粉粉着底子，写有丈来见方的标语："会而后议，议而后决，决而后行。"城关上却静悄悄的一点动静没有，只是关着两扇城门。钟馗因含冤主张招降，他也没有下令急急攻打关口，就下令在城外平原上扎营。写好了一封招降书，用箭射入城内，这信上限定十二小时内答复。好在大家料这关里的人定也不会有什么抵抗能力，坦然在营里休息等候关内的答复，还是下午三点半钟射进城去的最后通牒，直到次日下午两点五十分，还没有答复过来。钟馗认为他们是置之不理了，便要下令进攻。在这时，到达了下午两点五十七分，外面传达兵进帐报告，有关内两名代表请见，钟馗笑道："这些家伙，真有耐性。一定要等到这最后五分钟，才肯来答复，我且暂缓进攻。"说着，就着传达兵请那两名代表进来。

　　钟馗虽是一员武将，到底是个十足的文人出身，在礼貌上面依然十分地讲究。既是浑谈国有了代表了，却无论他们来得早迟，却也不能与人以难堪，便差着我和含冤到营门口欢迎。那两位代表穿了玄色西式大礼服，手拿高帽子，微弯了腰站在大路边，身体战战兢兢的，显然在惶恐的情态中，我向前还没有说上一个字，他那里已是齐齐鞠躬下去。我心想，只看他们这份可怜的样子，对于钟馗招降的话，也绝不会有何异议。便引道进营，到参谋帐篷里来，这两位代表，倒像是待宰割的羔羊，先在帐篷外顿了一顿，远远向帐篷里面张望着。及至看到帐内也并没有什么特殊之处，方才慢吞吞地进来，先不说话，向我们又是一鞠躬，我看着倒是不忍，因道："先请坐下吧，钟元帅很容易与你们和平解决。"一个代表道："我们不敢多耽搁，关里面也正等着我们的回信。请二位代呈钟元帅，元帅射进关去的信，我们收到后，开了一个紧急会议，商量几个办法。现在关内还在开会，办法没有决定。因已到钟元帅所约的限期，恐怕元帅误会了，特意差我们两人前来禀明下忱。"

含冤脸色一正道："这话不对！我们这边既决定有限期，你们就应当在限期以内答复。到限期不答复，我们就认为是拒绝了我们的建议。至于你们开会没有开完，那是你们自己的责任，我们不管。"两位代表听了，又再三鞠躬，只是央告。他道："一个国家的和战大计，不是平常小事，当然要讨论一番，这种大计，讨论不容易解决，也是常事，绝非敝处故意推诿。"含冤虽然板着脸子，没有作声，可是我看到他们那一种局促不安的样子，想他们也是事出无奈。便道："这件事，我们也不能做主，且请等一下，我们先回禀元帅，看他意见如何。"两个代表只管鞠躬，口里连说拜托拜托。

我们回到中军帐里，向钟馗说了，他一言不发，拔出腰间的宝剑临空一挥，便削除了一只桌子角。大喊一声道："他们把讨论两字误尽了事，落个国号浑谈。事到如今，又想把讨论两字来误我吗？先斩这两个狗头再说。"我们见钟馗发了大怒，这事也就越透着僵。鼓儿词上说的也有，两国相争，不斩来使，这两个当代表的，似乎不能不放他们回去。我便斗胆向前禀道："若是元帅不许可他们的要求，也应当让这两人去回个信。"钟馗撅着胡子，瞪了眼睛，倒默然了一会儿。最后向我道："你简直去告诉他们，我耳朵里讨厌他们所说的那一套开会的话。若把开会来搪塞我，就是叫我头痛，那我不管什么法理人情了。"

我和含冤二人匆匆出来，把钟馗的话，告诉了那两位代表，他们虽吓得魄散魂飞，一个代表却答道："既然如此，我们回去赶快召集紧急……"含冤抢上前去，伸手蒙了他的嘴，因而瞪着眼道："你还要说这些话，我就不保障你的生命危险了。"两位代表见口头的话说不得，而口头禅又一动就会说出来，这倒叫他没有了词儿，只管站着发呆。含冤道："我看你们为难，和你担点干系，你赶快回去报告，叫他们在一小时以内开关投降，我来请钟馗元帅从缓进兵。假使过了一小时，那结果就叫你们去想吧。"那两位代表连声"是，是"走了。含冤故意挨过半小时，才到中军帐向钟馗报告，又劝钟馗再等候半小时。

光阴似箭，转眼又到了限期，看看那混虫关上，并无一些表示，那钟馗再也忍耐不住，立刻下令向关口进攻。军队本来就准备好一切的，一声令下，真是风起云涌地攻向关口，那两山削壁间一道关城依然静悄悄的。这里喊杀声如潮水起落一般，声音非常宏大，可是那关城上也只有两个人伸头向外张望一下，立刻不见踪影。这里大军发动，自是按捺不住，地动山摇之下，一拥便斩关而入。大家进了关，见这里面虽也有两条街道，这时空荡荡的，并没有一个人。然而有几处高大一些的屋子，门口还挂着各种委员会的招牌。更有一种宫殿式的大厦，在门口悬一块议政堂的大招牌，前面停有一辆四轮马车，车上面堆了很多的印刷品，仿佛是还没有来得及搬进里面，人就跑了。

我们正张望着，钟馗督率一队卫兵已经赶到。他拔出宝剑来，指着那招牌道："名字倒也堂皇，我们不能不去看看他们议了些什么？"说着跳下马来首先奔进大门。当然大家都有一种好奇心，要看看这以开会见长的国家，他们的会场有什么特别之处。转过两层台阶，见迎面是一所门户洞开的屋子，门口悬了一块长木牌子，上书"十八会场"。奔进场去，很大的一个会堂，约莫有两千座位，都是每张小书桌，配上一把小沙发，文具是不必说，桌上有茶壶有纸烟，还有瓜子花生仁碟子。另有一个纸签，压在玻璃板下，上写五个字"请勿打瞌睡"。四周是吊楼，上面分着厢位，挂了牌子是来宾席。正中议台，是个镜面形，除了议席的桌椅而外，有广播器，有照相机，而最妙的是左面木架上悬了一面大锣，右面木架上支起一面大鼓。旁边各有一木槌，上写"睡眠者未过半数，禁止使用"。含冤看了这些，首先哈哈大笑道："这样看来，这里不是议政堂，倒是催眠堂了。何以到这里的人，都有要打瞌睡的毛病？"钟馗道："这何用说，这是讲台上的演讲词，有以逼迫所致！"说着话，大家巡视了这会场一周，看来看去，这里除了会场议事规则，也就是些会议记录，找不出什么例外的东西，于是我们出了这会议室，另找一个会场去，一连找了四五所会场，大小不一，内里设备，无非如此。而这议政堂，会场实在是不少，里外上下共有七十二所，钟馗看了长叹一声。

我们出了这议政堂，就向关里街道看去，家家门户洞开，并无一人。钟馗也正诧异着，向我们道："他们成天成夜地开会，何以一点办法没有？甚至逃走的时候，连大门也来不及关。"我们脑子里面，也和他一样，漆黑一团，想不到这是什么缘故。忽然一阵风迎面吹来，就听到很多人的喧哗声。钟馗道："是了，他们必然是在郊外备战。"于是指挥了所部的神兵，向着风头迎了过去。

约莫走了十里路上下，却看到面前丘陵起伏，簇拥了一片遮断云天的猛恶松树林子。那嘈杂的声音，就是由那树林子里放出来，钟馗怕里面有什么险恶的伏兵，不敢猛可地冲进去，且把队伍在树林子半里路外驻扎了，观看动静。派出很多侦察兵，到树林四周去探察消息。不多时，侦探纷纷回报，说是浑谈国的人，在这树林子里开紧急救亡临时大会，并没有什么军事布置。那一阵一阵嘈杂的声音，是他们在会场喊口号，钟馗听了这话，闹得气不是，笑又不是，手扶了腰间的剑柄，只是坐了发呆，负屈向前问道："元帅有何妙计，对付这群混世虫？"钟馗摇摇头道："诛之则不胜诛，不诛则无以去害群之马。"负屈道："卑职倒有一条小计，可以对付这般混世虫。"钟馗道："你有什么妙计，我想除非叫他们烂了舌头。"负屈道："虽不是叫他们烂了舌头，却也同叫他们烂了舌头差不多，我的意思随他们去开会，随他们去喊口号，我们只把他们林子团团围住，将溪水阻塞起来，他们说得口渴了，找不着水喝，他们没有法子浑谈下去。"钟馗道："这也不是治本之道，姑试之吧。"

于是一声令下，神兵就对这森林来了个大包围。那林子里面叫也好，闹也好，全不理他。这样有两日两夜之久，林子里渐渐无声，又过了两日夜，实在一点动静也没有了，大家这才放了胆子，进林子去搜索。首先让我们看得惊心动魄的，便是树荫下面，纵横躺着几百具死首，在那些尸首身上面有一幅白布，横挂在树中间，上面大书特书"临渴掘井讨论委员会"。钟馗站在尸场中，昂头长叹了一声道："造化不仁，以万物为刍狗，宇宙故意生就这批好谈的人，至死不悟，我虽奉令扫荡天下妖孽，可是根本办法还是请求上苍少制造妖孽为是。"他为主帅的人，都这样不忍了，我们也就更觉得上帝残酷，把许多人给说死而后已，大家便找死尸最少的所在去休息。我和负屈，走到树林外层，一丛小树下平地上坐着，以为这个地方是不会有人谈死了的。负屈坐下去，却在刺棵上发现了一个纸条，上写"求水设计委员会小组会议"。就在那草地外面，一横一直躺了两个尸身。我们看到，不由得不流一身冷汗的时候，我也就走出这个人间惨境了。

第五十五梦

忠实分子

　　我常这样想，假如在报纸上登一则广告，征求最忠实的人领奖一百元，那么，不难把全市的人都变成宇宙里最忠实者。反过来，有一群难民征求最忠实者，每人捐助一百元，那恐怕忠实者，就变成了人类中最少数的分子。那么，到底这人类里面忠实的人多呢，还是少呢？这不是幻想可以得到的结果，我得着一个机会，在忠实者的实验区里把这个问题解决了。

　　那天我在午睡时候，揣想着我对谁说的话应当加以信任。而窗户外面有人叫道："张先生你相信我吧！我能带你到一个地方去看宇宙里最忠实的人，但是你当给我一种报酬。"我随了这话出来看时，是一个七八岁的男孩子，天气太热，他周身一丝不挂，赤条条地站在墙荫下。我站在门边向他望着道："啊！你能知道宇宙里什么叫忠实不忠实吗？"小孩子道："我是天生的忠实分子，我父母又都是忠厚人，天天教我怎样叫忠实，所以我知道什么叫忠实。"我想一个乳臭未干的孩子，怎样说话这样有条理，也许是他家教育很好，便问道："你且说这忠实分子实验区在哪里？"小孩子道："你跟着我，你给我多少钱呢？你给我一块钱引路费吧。"我听说，这是个小数，便慨然答应了。

　　他拉了我衣襟一下，光了身子在前面引路，还不到十步，后面忽然有人追了上来，口里大喊道："那个小孩子站住。"看时，是个卖水果的小贩子，挑了担子跑过来。我站着问道："你追他干什么？"小贩子道："他偷了我的钱。"那小孩子两手一扬道："我偷了你的钱？你胡赖人。我身子光着的，偷了你的钱放在哪里，你搜！"那小贩子道："刚才在那墙荫下，只有我两个人，前五分钟，我还数着我的钱，不短一个。你一走开，我的钱就少了一半。"小孩子道："你的钱交给了我吗？怎么你少了钱，就向我要？"那贩子向他周身看看，黄黝黝的皮肤，有些发光。小孩子的身体，连毫毛也不见一根，漫说是藏着钱。他也无法逼着这孩子，只得叹口气就走了。

我们转过了一段山脚路，小孩子又拉了我衣襟，向半山里一丛人家指着道："那里是忠实新村，就是出忠实分子的地方，你自己去吧，我不引你了，也不要你的钱。"他说完了，转身就走。但我觉得有异，我的衣袋被他掏了一下子。我看时，他手上捏了一把钞票与毛票在跑着。我追上去，一把将他抓住，喊道："忠实的小孩，你偷了我的钱。"那小孩子倒不忙，笑道："实对你说，这不是你的钱，是那水果贩子的钱。你想想，你带了这么多钱出来吗？刚才我拉你一下，借着你的衣袋里放了，现在我不过取回来罢了。"我一想，果然我身上不曾带得那多钱，他偷的不会是我的钱。我道："虽然你没有偷我的钱，你这小东西利用我的衣袋，和你收藏赃物，我也不能依你。"那小孩听说，跪在地上，连连地弯着腰道："先生你饶了我吧。我做贼实在是没有法，我家里还有一个八十岁的老娘，等着我养活她。"我道："你这孩子光了身子都能做贼，不会说实话。"不曾留神，被他用手使劲一拖，就把手拖开，起身跑了。

我站着呆了一会儿，我忽然明白过来，我又被他骗了一次，这样大的小孩，会有八十岁的老娘吗？那么，他说的忠实新村，不见得真有这样一个地方，我也不必存这好奇心去拜访了。但顺了这条路向前，便看到那围住人家的白粉墙上，写有丈来见方长的大字标语，是"廉洁政治忠实人民"。我想，是了，这是小孩子说的那个忠实新村了。可是有了这小孩子的引见，我绝对也不能信任这标语是实话，我倒不敢猛可地走进去，只围绕了这堵白粉墙走。

后来走到一座寨门边，见上面题了"忠实之门"四个字。有几个白须白发的老头子分站在门两边，看到我向里面张望，就有一个老头子向我拱手道："先生莫非要到我这敝村参观吗？请进请进。"我一看他们，大布之衣，大布之鞋，倒像是几位忠实人，便也走过去问道："这里是忠实新村吗？"老人道："我们这里是世界上最忠实的地方，外人不可不一观。"我周围看了一看，问道："几位老先生，站在寨门口什么意思？"他道："我们这村里村外的人行路，需要修理，我们是让村民推选出来募捐的，这也无非是免了经手人中饱。说到这里，我们就不能客气了，请先生拿出五块钱修路费。"我这才明白，难怪他欢迎我进去参观，他们的目的，是在我五元钱上。

我还在犹豫着，忽然寨门里面，一声喧哗，有二三十个青年抢了出来，不问好歹，硬把这一群守村子大门的老人给围住，只听见他们喊着，"打倒老朽分子""扫荡贪污分子"。随着这口号声，有个三十多岁的人，站在寨门口石头上大声演讲道："村民们，我们来解放你们来了，大家跟着我们来扫荡这些土劣。"他说时，额上青筋直冒，满脸通红，嘴大容拳。他虽喊得这样猛烈，并不见一个村民跟了他起哄。可是跟他来的人，倒不冷落了场面，噼噼啪啪，同时鼓着掌。还怕鼓掌不够热闹，又一齐跳脚。这一下子，倒是把这新村子里老百姓惊动了，有好几百人拥出来，围住了寨子看热闹。虽然几个白胡子老头，都反缚了两手，他们也没有怎么说一句话，似乎这班小伙子做的事是对的。

那位站在石头上的壮汉叫道："把这几个老朽分子，逐出我们的忠实新村，大家有无异议？"站在石头下面的四五个小伙子，同声喊："无异议。"那壮汉叫道："现在我们就改为忠实新村民众大会，老百姓们，有无异议？"那四五个小伙子喊道："现在举冒出来当忠实新村的村长，大家有无异议？""无异议，无异议！"那四五个小伙子一齐跳起来答应。那壮汉道："请冒村长对老百姓宣布改良新村意见。"

说着，他跳下去，就在这四五个喊无异议的小伙子当中，有一个人跳上石头，我看他穿了一套哔叽短衣，舒适硬扎，没有一点皱纹，口袋上照例是露出自来水笔头。胸前挂一块黑角布条，上面有四个发光体的楷书字，乃是"忠实分子"。他站定了，将两手反背在身后，挺了胸，昂起头来，大有志气凌云之感。叫道："兄弟蒙全村父老兄弟公举为村长，实在不敢当。但这是公意，兄弟又不能推诿，只好勉为其难，关于改良新村的意见，兄弟作有二十万字的宣言，回头可以散布。总而言之一句话，我们第一要的是忠实，第二要的是忠实，第三要的是忠实。"围绕着石头的小伙子们，不问好歹，一齐鼓掌。

冒村长倒不再多说，率了一批小伙子，进寨门去了。那几个被绑的老头被一班人推推拥拥，拥出了村外，老百姓看得莫名其妙，也就要进寨去。可是那群小伙子首先抢了进去，把门关了。老百姓叫开门时，有个肥胖小伙子，站在寨墙上，向大家叫道："进村的，要一块钱的入村税。你们要进村的，各拿出钱来，领入村券。"老百姓听了这话，不问男女老幼一齐叫起来，其中有一个妇人挺身出来向寨墙上指着道："胖小子，你是什么人？随随便便就关着寨门和我讹钱。"那人道："我是新任冒村长委的征收股长，你们能够不听村长的命令吗？"人群中有个白胡老头子，手舞长旱烟袋，抖擞着道："你们说年纪老大的是贪污分子，都赶了走。换上你们来了，没有别的，第一件事就是搂钱，你们不是贪污，干脆，你们是硬要！你们忠实？"那胖子瞪了眼道："老贼，你废话少说。要不然我把你捆起来，照破坏新村秩序办你。"

这些老百姓听了，越是气，大家乱叫乱跳。可是这村子外面的墙很高，门又结实，实在无法可以进去。闹了很久，天色慢慢地晚了，这些人既渴又饿，站得疲倦更不消说。其中有几个熬不过的，就悄悄地向大家说："虽然我们这一块钱出得太冤，可是为了这一块钱就让他们关在村外，未免太不合算，纵然让他敲了竹杠去，好在只是一块钱的小事。"这话一说，十有九个软化过来了。我在远处站着，就看到那些被摒堵门外的老百姓，三三五五交头接耳地商量。在寨墙上的人，也不止那胖子一个，有三四个人面上各带了笑容，口里衔着纸烟，在寨墙上摆来摆去。他们看到门外人是这种情形了，就有一个人伸出脑袋来向下面问道："天快黑了，你们拿不拿钱出来？再不拿来，我们就要回家去了，那你们只好在露天里过夜。"这些人就陆续地叫着："我们买入门券就是。"于是寨墙上就有两个人下来，一人手上拿一卷白纸片，一人手上提了一只蓝布口袋。这人逢人收钱，向口袋塞进去，那人就对交钱的人，各给一张白纸，这就算是入门券。这二三百一个没落下，连那说不平话的老头子，照样给了一块钱方才进去。

我直看到这班人都进村子里去了，也向前纳一块钱的捐，以便到村子里去投宿，可是走到那里，村门大开，并无一人把守，让我自由地进去。我总还疑心着这里有什么机关不敢胡闯，在门内外徘徊了很久，看那里面，实在寂焉无人，我这就大着胆子走了进去。进门看时，路旁有座中西合璧的房子，里面七歪八倒地躺了几个人。有的睡在沙发上，有的伏在桌子上，有的索性倒在地板上，都是鼾声大作。桌上是酒瓶菜碗，装了鸡鸭鱼肉，骨头撒在四处。有两个穿着短衣的人，口袋包鼓鼓的，里面藏着钞票。我这就恍然，他们关门勒捐是什么用意。便故意叫了一声道："各位先生，购入门券的来了，你们还有没有？"那屋子里所答复我的，却是呼呼的鼾声，那几个人全成了死狗，一动也不动。我笑着点头，向他们拱拱手道："你们打倒贪污分子的，可是你们并没有人打，却也倒在这里。"可是我第二个念头立刻发生，且莫穷开心，现在要赶快去找个旅馆歇脚。不然，今晚徘徊在露天里，倒叫这里的忠实分子疑心我不是好人了。

顺路向前，张眼四处观望，早有一幢半西式的楼房，立在面前，一方"公道旅馆"的招牌，在屋檐下高高挂起，这当然心里大为痛快一阵。让我走到这旅馆面前，却见白粉墙上，红红绿绿，贴了许多宣传传单，其中有一张，却让我格外注意。上面大书"大减价一星期"。比这大减价一星期六字，稍为小一点的，却是下面几行字，"本社在此三周中，按原价提取三成现金，作为慰劳前线将士之用，故实际上本社只收七成房价。诸君既住本来廉价之房，并未增加分文负担，又能慰劳前方将士，一举两得，何乐不为"。我猛然一看，仿佛这旅馆减价了。可是仔细一想，他之慰劳将士是在原价上提取。虽说他已减收三成，可是旅客并未得一文钱的便宜。我正对了那宣传品出神，旅馆里却拥出了三四个招待，将我包围起来，争着道："先生住旅馆吗？这里大减价。"我虽不愿进去，无奈冲不出这群人的包围，只好随了他们走。

走进这旅馆的大门，看到在堂屋正中，悬了一幅直匾，大书"合群第一"，我想旅馆以合群的话来号召，倒也是对的，那么，

146

这家旅馆，也许是最公道的一家旅馆了。我认定一个面带忠厚的茶房，由他引到三层楼上去。这茶房一面开房门，一面向我道："先生，你算有眼力的人。到我这里来，楼下和二层楼，全不能住。那楼下外号恶虎村，二层楼外号连环套，客人到了那里，茶房就乱敲竹杠。"我听了这话，大为奇怪。怎么自己人说自己人坏话，因问道："你们不是一个老板吗？"茶房道："虽然是一个老板，只有我们三层楼是老板最亲信的。他们都想拆老板的台，好让自己来开旅馆。我们是忠实于老板的，宁可把这家旅馆白送给别人开，也不让这些浑蛋来捡便宜。"说着话引我进房。

电灯明亮之下，倒也铺陈齐全干净。只是墙上新贴了三张字条，一条写着："兹因电力昂贵，按房价酌加电灯费一成。"二条写着："兹因水价昂贵，按房价加茶水费一成。"三条写着："贵客如用铺盖，加收房价一成。"我不由得叫道："岂有此理！"茶房赔笑道："先生觉得房间不好吗？"我道："你们门口贴着传单，在这几天内，提取房价三成，作为将士慰劳金，并不加旅客一文房价。现在你们把旅客少不了的水电铺盖各加上一成费用，正好三成，补偿那损失，你们白得了慰劳的好名，负担却是加在旅客身上。借了爱国的名声，你们又可以多做些生意，这好处都是你们占了。"茶房笑道："先生，你纵然吃点亏，只有这晚的事，何必计较？"我笑道："你这话倒是忠实话。"

那茶房笑着退出去了，我倒也休息休息。正在这时，门房外有人喊了起来，我出门看时，正是两个茶房面红耳赤，各晃着臂膀子要打架。我不由打趣他们道："你们这就不对了。你们楼底下，挂着大字标语，'合群第一'。上得楼来，已经知道各层楼茶房互相不和。以三层楼而论，你们应该合伙做事了，怎么又打架？"一个年老些的茶房迎着我道："先生，你有所不知。我们茶

147

房工资很少，不能够维持生活，各人凑点钱，贩些香烟糖果，在旅馆里卖，这小子倚恃着和账房先生有点关系，他要做九股生意，只许我搭一股。"我觉得这话，过于琐碎，就没有理他，自回房安歇。

偏是左右隔壁，全有人谈天，吵得厉害。其中右隔壁有个人说口西南官话，他道："只要照着我这个自足社会的章程去办事，无国不强，无国不富。"我想起来了，这是一个提倡公道社会主义办自给自足社的金不取先生。他住在公道旅馆，倒也是名实相符。这位先生闻名久矣，却不曾见面，于是我走出房来，在那房间前楼廊上面蹀着步子。见那房门敞开，有一位道貌岸然的白须老者，穿了碧罗长衫，右手挥羽扇，左手捏了一串佛珠，好像是一位富而好善的财主。另一个人穿件老蓝布长衫，上面还绽了几个补丁。手拿一支竹根旱烟袋，斜坐在椅子上喷烟。听他那口西南官话，就知道他是金先生。

那老人道："素闻金先生大名，是位廉洁之士。有金先生出来办社会事业，我们捐款，却也放心。"金不取笑道："兄弟生平主张，是吃苦耐劳并重，因为光能吃苦，还是不行，只是节流并非开源。必定要注重耐劳，才可以做点事情。老先生，你看晚辈为人什么事不能干？洗衣、煮饭、织布、耕田，我都优为之。"老人道："我们也久仰先生大名，决计邀集十万元，请先生来办自足学校。今天兄弟带来的钱不多，先交金先生三千元做开办费。"金不取听说，立刻站了起来，举着右手拳头高过头顶道："我金不取，誓以至诚，接受这十万元，实践公道社会主义，兴办自足学校，盗取该款分毫，绝非人类。"那老翁十分欢喜，立刻打开身边的皮包，拿出三千元钞票来，放在桌上。那金不取，依然斜坐在一边抽旱烟袋，并不曾正眼看上一下，老人也站起来，拱手托重一番走去。

这位金不取先生送到房门口，倒回头向桌上的钞票看了三四次，就不曾再向前送了。隔壁房子里，却有个中年妇人，抢了进来，她穿了一套紫绸白点子衣服，涂了满脸的胭脂粉。虽是胭脂粉底层，还透出整片的雀斑来。光着臂膀，套上两个蒜条金镯。我想金不取那份寒酸，还有这样摩登的眷属吗？那妇人进房，两手把钞票抓着，放在怀里。这位金不取先生，这时颇有点名实相违，他把手里旱烟袋丢了，也做了个黑虎掏心的姿势，在那女人手里将那三千元的钞票抢了去。低声喝道："你不要见钱眼红，这是公家的款子。人家捐了款子，我们是要登报公布的。"那妇人把嘴一撇道："你这是什么鬼话？哪一回人家捐的款子，你不是一体全收，自己用了？怎么样？有了这一批款子你就改邪归正了吗？你不要痴心妄想，以为那老头子，也许有十万块钱没拿出来，先要向人家做点信用，那实在用不着，你这件蓝布长衫和这根竹子旱烟袋，已骗得人家死心塌地了！"

金先生已是将钞票放在椅子上，屁股坐在上面，顿了脚低声道："你只管叫些什么？戳破了纸老虎，是我一个人倒霉吗？这两个月手边没有一个钱用，东拉西扯，天天着急，你还没有尝够这滋味吗？"那妇人道："是呀！你既知道这两个月我们尝够了辛苦滋味，现时有了钱在手，应该痛快一下，补偿补偿。"金不取道："还有十万元没来呢。你不想这件大事办成功吗？"那妇人道："废话少说。我今天还没有吃饱饭。"

说着，她就大声将茶房叫了去，因道："你到隔壁馆子里去和我叫点东西来吃。"茶房道："我知道，一碗光面，两个烧饼。"妇人道："不，前几天我们吃素，现在开荤了，要一个栗子烧鸡块、一个红烧全鲑鱼、一个清炖白鸭，要一个红烧蹄膀，再来笼

149

米粉牛肉。"金不取在旁插嘴道："你怎么要的都是大鱼大肉？"妇人道："你是嫌没有海菜，好，添一个红烧鱼翅。"那茶房听了这话，望着她说不出话来，只是微笑。妇人道："你以为我和你说笑话吗？"说着，两手将金不取一推，在椅子上面，拿了一张一百元的钞票，交给茶房道："你先拿去交给馆子里，然后送菜来。"茶房见了一百元钞票，立刻鞠了个躬去了。金不取道："别忙走，带一斤真茅台酒来。"那妇人才笑道："啊！你也馋了，晓得要喝真茅台酒。我有三个月没有好好吃一顿饭，就不该吃顿大肉大鱼吗？我告诉你，明天早上陪我到银楼去买金镯子。"

金不取道："什么？打金镯子？你知道，现在金子是什么价钱？"妇人道："管它值多少钱，反正是别人给你的钞票，白丢了也不会有多少损失，何况还是买了硬货在家里存着呢？"金不取到了这时，似乎觉得门外有人会听到他们的说话，便在灯影下连连向她摇了手，既皱着眉又低声道："唉！不要闹，不要闹，我陪着你去买就是。"

我本也无心听人家的秘密，只是偶然碰到这种事，打动我的好奇心而已。在人家那分外为难的情形之下，我便悄悄地回了房。可是这边隔壁说话的声音，又随着发生了。我虽然想不听，一来这是木板隔壁，隔不住声浪。二来这说话的是上海浦东人，那声音非常响亮。那人道："这笔生意一定赚钱，我们的资本已经够了。因为运输困难，办多了货，也未必得来。先试办两万元，有三只箱子，可以把这些东西完全运来。到了本地呢，若像现在这种情形，我们可以赚三万元。为了我们将来其他生意合作起见，我们暂时欢迎你先生加入一万元的资本，你看至多不过是四十天的工夫，你先生可以赚一万五千元，这样的好事，差不多的人肯让出来吗？"这人一连串地说了许多，只听那人连连地说

150

着"是是是"。我猜想那是接受他的意见了。随后，这位浦东人又道："好，这一万元我先开一张收条给你先生。"这样子，他是转过那人股的一万元了。关于这生意经的事，我是个外行，也就没有仔细向下听了去。

到了次日早上起来，我想着，离开这个公道旅馆为是。把钱交给茶房，叫他去算清房钱，信步走出房门来，在走廊上等着找钱，这就看到一个黄脸汉子，穿的笔挺的西装，口角上衔了纸烟，也在这里徘徊。他听到我说的是外乡口音，便向我点点头道："你先生也在做进口生意的？"我听到他说的是浦东口音，正是昨晚上他收入股本的人，便微笑着点点头道："我们不敢在阁下面前谈生意经。"他笑道："你先生也知道我在做大生意。现在经商也很难，好像只要看得准机会，一下抓住，那就稳赚钱。可是人事千变万化，你又哪里说得定？比方说，贩了大批金鸡纳霜来，偏偏今秋没有流行的脾寒症，老百姓各各健康，药贩子就大失所望了。这奎宁丸之类的玩意儿，倒是不好倾销的。"他正在开始讲生意经，忽然一阵楼梯响，接着有上海的口音喊了上来："老魏，老魏，今朝有仔铜细，可以又麻将哉。"随着这话，上来一群西装朋友，这人答道："今朝我预备一千只洋捞本。"说着话，他们一窝蜂地拥进房去了。我听了这话，料想他预备下捞本的一千元，一定是取之于加入新股的那一万元之内。有人曾劝我，当此薪水不足维持生活的日子，应当找着商人搭股子，谋点外快，如此看来，大有和人垫赌本的可能了。这时，茶房已经把我交付房钱的剩余，找补了回来，我也无意再在这里留恋，便出了旅馆，要找个地方吃点心去。

在旅馆门外，遥远听到有人叫了一声"我兄何来？"回头看时，是一位日久不见的老申。他已穿了一套笔挺的西装，手挥一根拐杖七搦八搦地走近来。我笑道："士隔三日，刮目相看。我兄怎么这样一身漂亮？"他笑道："实不相瞒，跑了一趟香港，两趟海防，略略挣了几个钱。二十年老友今天见着，应当大大请一次客。"我知道，这种做外汇生意的商家，手头极阔，五十元的西餐，算是家常便饭，他说要大大请我一顿，必系这一类的请法，然而我何必呢？便笑道："不必不必，我来请你吃早茶吧。"老申笑道："不是我瞧不起你们文人，你们挣几个死钱，实在没有我做生意活动，今天相遇，老实不客气，应当我请你，到了到了，就是这里吧。"我看时，却是五六尺宽的屋巷子，门口有套锅灶，在炸油条。里面一条龙几副座头，坐满了经济朋友，在喝豆浆。这样用早点，我倒是极赞同的，不过老申说要大大请我一顿……老申见我沉吟着，拉了我一只手臂进屋去，他笑道："任何早点，没有这样吃卫生。豆浆富于滋养料，油条经过滚油炸了，一切细菌都已杀死。"我对于他的话，无可反驳，便在人丛中挤了坐下。

　　吃喝之后，也不过几角钱，由他看来，我虽是穷文人，我倒抢着会了账。这样，他倒未便出店就分手，因道："老兄既是要到这里来参观参观的，这里有一位绅士王老虎，我们不妨同路去拜访一下。我和他做过好几次来往，此公不可不见。王老虎公馆隔壁，有一位钱老豹，也是一位土产经济大家，多少可以供给你新闻记者一点材料。"

　　我想，这几毛钱没白花，这个是我极愿意看看的。于是随他转了两个弯，见一幢带有花园的洋房，耸立在前面，花园门是中国式的八字门楼，上有一块青石匾额，大书"洁净"二字，旁边两块木板联，乃是"忠厚传家久，清廉养性真"十个大字。就这文字表示，简直是隐者之居，何以主人会叫王老虎？但他也不容

152

我踌躇，已经在前引路，将我引导到堂屋里去。这倒是个怪现状，四壁挂着字画，左右也列了椅几，可是在屋中间，一边有四个竹席子圈了丈来高，里面黄黄的堆了饱饱的谷子。我不觉站着出神看了一会儿，心想为什么布置得这样不伦不类。这是第一进堂屋。进了堂屋后面的屏壁，不免向第二进屋子看去，却和那里又不同，连四壁的字书都没有，只是囤粮食的竹席子，圈了大小的圈子。一个挨着一个，堆平了屋顶。远远看到那囤子上面白雪也似的顶出一个峰尖，那正是盛放着过量的米，在那里露出来，可是在那堂屋屋檐下，还有一块红漆横匾歪斜着要落下来，不曾撤去。那匾上有四个字"为善至乐"，要不然，我倒疑心走到粮食堆栈了。同时我心里也恍然想过来，这正是这位主人翁，费尽心机的生财之道。不过米谷这样东西不像别的货物，人人都用得着的，何以他公开地在这里囤积着，也没有人过问？

我正站了出神，却嗅到一股猪毛臭味，由这堂屋侧面被风吹了进来。我偏着身子，向那里看时，有一片很宽敞的院坝，沿院子四周，都栽有树木，树木下，北面是矮矮的屋子，在屋顶上冒出两个烟囱，正是大灶房，看到一排酒缸，何以知道是大酒缸呢？因为一来有酒味在空中荡漾。二来在那檐下，有十来个竹篓子，里面都盛着酒糟。靠这院墙靠南，是一排猪圈，远远看去小牛一般的大肥猪，总有二三十只。在猪圈大棚外，正有人在拌猪食、酒糟和白米饭，在猪食槽里满满地堆着，我想食米、酒糟、猪，这样一套的办理，却是真正的生意经。这种主人外号老虎，那未免名实不符，应该叫王狐狸才对。

正说着，却有一个讨饭的，叫着"施舍一点吧"。一言未了，只见一个穿短衣的人手里拿了一根木棍子，喝着出来。后面三只驴子似的狗，汪汪地抢着狂吠。那叫花子将手上一根棍子乱舞着，人只管向后退了去。那个吆喝着的人，不去拦阻那狗，反指着叫花子骂道："你给我滚远些，这里前前后后都堆着粮食。"老申向他远远地招了两招手，他才放过叫花子，迎上前来答话。老申笑道："你又何必对叫花子这样大发雷霆？你把那猪食抓一把给他就行了，也免得这三条恶狗叫得吵人。贵主人翁睡在家里不动，天天进着整万洋钱，你还怕叫花子会把他吃穷了吗？"那人笑道："倒不是舍不得打发他们一些，只是这些人我们有点惹不起，一个人来了，就有一群人来，终日听着狗叫，也烦人。申先生今天又给我们带了好消息来。"老申点点头道："好消息，好消息，这一下子，准保你们老爷，又要发十万块钱的财。"那人信以为真，抢着再向后一进屋去报告。

我们再走入一重院子，见两旁厢房都掩上了门，外面铁环上，用大锁反锁了。我挨门走过去，由门缝里张望了一下，却见蒲包有丈来围度，里面装着饱饱的，又是一个挨着一个，堆靠了屋顶，我虽不知道这里面堆了什么东西，但这里面东西，不是储藏着主人翁自用的，那是可以断言。这也不容我仔细打量，主人翁已经出来了。他上穿一件麻纱汗衫，扛起双肩露出两条树根似的手臂。下穿一条黑拷绸裤子，拖一双细梗花拖鞋，手扶了一支长可三尺的旱烟袋，烟袋头上可燃着一支土制雪茄，他约莫五十上下年纪，光着和尚头，雷公脸，颧骨和额头三块突起，成个品字形。嘴上有几根数得清的老鼠胡子，笑起来，先露出满口的黑牙齿。老申也抢着向我介绍，这是王镇守使，我一听这称呼，就有些愕然，镇守使这官衔，还是北伐以前的玩意儿，现在有十年以上不用了，怎么这样称呼呢？那主人翁倒受之坦然，向我点了两点头。却赖老申代我吹牛，说我是一家运输公司的股东。大概他最欢迎这种朋友登门，乐得他满脸皱纹闪动，立刻笑嘻嘻地下

154

得堂屋台阶迎着我上去。

我看这堂屋里椅案字画，也是普通绅士人家一种陈设，在正中堂上有个特别的东西，便是在梁上悬了一块朱漆红匾，上写四个金字"急公好义"。上款是"恭颂王镇守使德政"，下款是"合邑绅士商民敬献"。在我打量时，已经升到堂屋里，那鸦片烟的气味，不知从何处而来，一阵阵地向鼻子里强袭着。主人翁对于这事，好像是公开的秘密，并不怎样介意，两手抱了旱烟袋，向我一拱，笑道："舍下住得偏僻，阁下远道而来，却是不敢当。"大家谦逊一番，在旁边硬木太师椅上坐下，他家里囤积的粮食，给予我的印象太深了。便笑道："现在兄弟路上，有人要买一点米，王先生有货没有？"王老虎摇了头道："这几天，哪个出卖粮食呢？放在家里一天，一担可以涨一二十块钱。"我道："粮食为什么还要涨价呢？今年年成还不坏。以前说怕天干，这下了一个星期的雨，应该好了。"王老虎毫不犹豫地，答复了我三个字："好啥子？"接了这句话他才道："为了这场雨，把黄豆一齐打坏了，昨日一天，黄豆涨了二十块钱一担。"我道："黄豆收成好坏，与谷子有什么相干？"王老虎道："这些家私，都是出在田里的，自然是一样涨。"

这时，有他家人，送上三盖碗泡茶来。大概他对于我这贵客，还不错待，随了这三盖碗茶，便送上四碟子糕点来。另外还有一听开了盖的纸烟，放在桌上。王老虎向老申笑道："我今天新请到了一个厨子，请老兄陪客在我这里午餐。这位张先生有什么麻货？分些给我。"老申见他打量错了人，又不便说破，因笑道："张先生有是有货。他还不是像王镇守使一样？留着不愿脱手。"王老虎自己起身将烟听子拿着，敬我一支烟，将火柴送到我面前，这像是很诚恳、很亲密的样子，他隔了茶几，伸过头来道："张先生，你这个算盘打错了。你运输的人和我这囤货的人，情形大不相同，你囤了货不卖，岂不压住了资本？货到了地，你赶快脱手，也好得了钱，再去跑第二趟。"老申道："这位张先生，也是个老生意经呢。这些关节，他还有什么不明白？"

王老虎笑道："别别脱脱，我就把我的意思说出来。五金、西药、棉纱、化妆品，我都要，既是张先生到舍下来了，就是看得起兄弟，当然可以卖一点货给我。至于款子一层，那不成问题。银行里汇划可以，支票可以，就是现款，五七万元，总可以想法子。"

我听了这话，心里就想着，这家伙真有钱，五七万元现款，家里可以拿得出来。正在这时，有几个穿童子军服的男女学生抢进院子来。其中有个大些的人，手里拿了一面白纸旗，大书"征募寒衣捐"。王老虎看了那旗子上的字，大声问道："做啥子呀？做啥子呀？这是我的内室。你们这些小娃好不懂规矩，乱撞。硬是要不得！硬是要不得！"那个拿旗子的童子军，行了个童子军礼，笑道："天气慢慢要凉了，前线将士……"王老虎不等他说完，拿起手上的旱烟袋，高高指着屋檐柱上道："你看，我早捐过了，这不是一张五角钱的收条？"那几位童子军，就都随了旱烟袋头向柱上看看。有一个人叫道："这是去年的收条。"王老虎道："我不否认，这果然是去年的收条。去年的收条难道就不能作数吗？"那一个大点的童子军笑道："算数当然算数，不过这是去年的事情，今年请你再捐一次。"王老虎把脸板着道："我不看你们是一群小娃儿，我真不客气。你们放着书不念，拿了一面旗子，满街满巷这样地跑，讨饭一样，二毛三毛，伸手向人家乱要。破坏秩序，又侵犯人家自由。"那个童子军倒不示弱，也红着脸道："救国不分男女老幼，我们年纪虽小，爱国的心可和大人一样。我们也就因为年纪小，做不了什么大事，所以出来募募寒衣捐。你捐了钱我们就走，不捐钱，也不强迫你，破坏什么秩序？"王老虎冷笑道："你们也该爱国，国家大事，要等你这群小娃儿来干，那中国早就完了。废话少说，这是我的家，我有权管理，你们滚出去！"

老申看这事太僵，便在身上掏出两张毛票，交给一个童子军道："各位请吧，各位请吧，我这里捐钱了。"他口里说着，手上是连推带送，把这群小孩子送出去。王老虎站在堂屋中间，只瞪了眼望着他们走去。虽是我也听到那童子军骂着凉血动物与汉奸。这位王镇守使却口角里衔了旱烟袋待抽不抽的，望了门外出神。老申回转来向我笑道："王镇守使是最爱国的人，这一点小捐算什么，往年他购买公债，一买就是几万元。不过他讨厌这些小孩子向人家胡闹，故意和他们憋这口气。"王老虎笑道："申先生就很知道我，无论什么爱国捐，我没有一次不来的。不过我认为捐款绝不是出风头的事，所以钱虽捐出去了，我并不要收款人公布我的姓名。"老申一拍手道："我明白了，我明白了。上次献金，听到王镇守使也献了一笔很大的数目，原来是你不肯公布。"王老虎将旱烟袋嘴子，指了自己的鼻子头笑道："报上不是登着无名氏献金一千元吗？这个无名氏就是我。爱国要出风头，那就不是真爱国，所以我献金千元，却不愿意在报纸上露一个字。这些小娃儿他们说我是凉血动物，他们自己就是一群大浑蛋。"

老申笑道："不谈这些话了，我们还想到隔壁钱公馆里去看看。"王老虎将手指头点了他道："这就是你不对。平常我们做些小来往的时候，你表示有主顾上门，绝不拉到别的地方去。今天这位张先生来了，我们很可以做一点生意，怎么你倒要拉到隔壁去。张先生你有所不知，这社会是个万恶的社会，专一和忠实分子过不去。我和隔壁这位钱道尹，让他们给取了两个外号，我叫王老虎，钱道尹叫钱老豹。以我为人耿直，他们叫我老虎简直是不知是非，不过他们叫钱道尹作钱老豹，倒是对的。他做官不过有家财几十万，于今经起商来，倒有八百万了。这位钱老豹见着了洋钱，犹之乎狗见了肉骨头一样，丝毫不肯放松一口咬住，拖了就跑。谁人要和他做上了来往，那就连本带利，休想拖出一文，只有完全奉送。张先生，你不必到他那里去，有什么买和卖，就和我商量吧。"我见他步步迫上了生意经，我拿什么来和他做买卖，正自踌躇着。老申早已看透了我这样为难，便笑道："老兄，你要办的那件事，你先去办。买卖的事，你不便当面接洽，可以交给我代表一切。"我料着他是先让我脱去羁绊，向那王老虎拱了两拱手。说声再会，便走出这存货山积的王公馆。

来的时候跟了老申瞎跑，未曾赏鉴风景，这时是个自由身子，安步当车，就缓缓地走着。这是一个两山对峙的长谷，中间一条清水石涧，流泉碰在石上，淙淙作响。点滴都留在地上，并不曾流出山去。涧两岸高大的松柏树，挡住了当顶的日光，这谷里阴森森的，水都映成淡绿色，我也是大树荫下好乘凉，顺了这边一条石板路上走，迎面忽然闪出一座玉石牌坊，上面刻有四个大字，乃是"无天日处"。牌下有个箭头木牌，横向前指，上写"'福人居'，由此前进"。再回头看那石牌柱上却有副七言联对。那字是："却揽万山归掌上，不流滴水到人间。"我猛然看到这十四个字，倒有些莫名其妙，后来参悟那横匾"无天日处"四字，觉得对这个阴森的山谷孔道，却也情生于文。

穿过牌坊下面，一直向前进行，走上有十来层山坡，翻过一座小山口子，前面现出一个小小平原。这里显然是经人工修理过了，一湾流水，绕着几畦花草。迎面一座最新式的七层立体洋楼，有白石栏杆周围环绕，一条水泥面的行人路，直通到面前。我心想，在这深山大谷里，有这样好的洋房子，这是到了桃花源了。要不，这是一等……这念头未曾转完，看到这屋边有个小山丘，在浅草里用白石嵌了四个丈来见方字乃是"俭以养廉"。对面是片草地，草地用花编字栽着，也有一句四个字的成语，乃是"清白传家"。我倒出神了一会儿，觉得这幢屋子，有些神秘。顺了水泥人行路，且向前走，见那洋房大门却是中式门楼，八根朱漆柱子落地。柱上也有一副对联，乃是"白菜黄粱堪果腹，竹篱茅舍自甘心"。这无论如何我猜定了，这副对联乃是旁人代拟的，而主人翁却是胸无点墨。不然，何以这样儑不于伦？

就在这时，只听到轰轰隆隆，头上马达声喧。抬头一看，一架巨型飞机，却在平原上打旋转。我看清楚了那飞机翅膀上的标志，是民航机。它虽老在头上，倒也不觉有危险性。不想我这又大意了，只在一分钟的时间，大大小小的方形、圆形物，像雨点般由飞机上落下，我下意识地向一棵小松树下一钻。我不知道经过了若干时候，我才恢复了我的意志，睁眼看时，一切如常，只是这花圃里落了几个布袋，又是几个蒲包。那洋楼里笑嘻嘻地出来一群人，将地上这些东西一样一样用木杠扛了走。在我面前不远，也有一个蒲包、一只小口袋，这两样东西都破裂了口子，可以看出是什么。蒲包里面是装着香蕉、砀山梨、苹果、美国橘子。那口袋里是大海虾、鲑鱼、北平填鸭、广东新丰鸡。在那袋子上，印有红字大印，碗大的字写得很清楚，富公馆日用品免税。一个来四川多年的人，对于这些食物都不免有点莼鲈之思的，现在我是个亲眼得见，而且嗅得到那种气味，怎不悠然神往？可是我对这香蕉大海虾也神往不了多时，那些扛东西的人，把这一包一袋也扛进了洋楼。我呆立了一会儿，想着这洋楼莫非就是富公馆。我又看看山坡上白石嵌的"俭以养廉"标语，又觉这不是富公馆了。同时我发现面前立着一块木牌上写着"平常百姓，不得在此停留"，自己不再考量，转身便走。

大概是我转身匆促了，所走的却不是那道山坡石板路。只见几根粗铁缆，在半空中悬着。铁缆下面，有铁杠子架的空中轨道，我明白了，这是空中电车。行驶空中，这是往年要在庐山建设，而没有实现的事，不想在这里有了。可是这轨道一直上前，并无山峰，只是直入云雾缭绕之中。这建筑也透着一点神秘，我不免向前看去。这轨道的起点，有铁铸的十二生肖：各有十余丈上下。左边一只虎头人，右边一只猪头人，各把蹄爪举起，共举了一个大铜钱。这钱有两亩地那么大，铜钱眼里，便是空中电车道。放了一辆车子在那里。就在这时，有两只哈巴狗几只翻毛鸡，踏上了车厢，车子便像放箭一般，直入云霄。我想着，这一群鸡犬要向哪里去呢？好了，那钱眼车站门告诉了我，原来那钱上将"顺治通宝"四个字改了，钱眼四方，各嵌一个大字，合起来是"其道通天"。

第五十八梦

上下古今

"无情最是台城柳，依旧烟笼十里堤。"一种婉转的吟诗声，顺着柳树林子传了过来。我于淡日西风之下，正站在后湖的堤上，看见紫金山依然峰影青青地举头伸到半天里，而湖上的荷叶七颠八倒疏落着，露出整片的水光，颇也发生一点秋思。这诗声吟过，我颇觉着吾德不孤，正这样想着，又听那人唱了昆曲道："无人处又添几树垂杨。"

随了这声音，柳树荫下走出一个人来，身穿青绸大领衫，头戴青方巾，三绺短须，一脸麻子，手执白折扇，背了一只大袖子，顺了柳林走出。我看了不免向他注意一下。他向我一拱手道："阁下莫非以作小说为业之张先生吗？"我立刻拱手回礼道："倒有些失认，敢问尊姓？"他将折扇指着柳树道："我姓这个，我们也算是同行。你猜我是谁？"

我一时倒想不起来他是谁，因笑道："前辈太多，恕我腹俭，实在……"他又将扇子头指了脸上笑道："知道我的姓，再加上我脸上的麻子，你还有什么不明白？"我恍然大悟，笑道："原来是柳敬亭先生。怪不得刚才念着《桃花扇》的曲子。先生还恋恋这六朝烟水之乡。"柳敬亭笑道："你我正是相同。"我道："这是天堂，还是地狱？不然！何以能与古人相晤？"他笑道："此地上不在天，下不在地。任何古今人物，此地都可以会到。"

说着话时，我信步随了他走，已走到一片烟雾丛中，山水楼台都隐隐地半清不楚，但听到一片铃子响："三郎郎当，三郎郎当！"我笑道："莫非到了剑阁，何以有这狼狈哀怨的铃声？"柳敬亭笑道："阁下耳音不坏，这正是剑阁闻铃的铃。但这铃子现时不拴在马脖子上，当了檐前的铁马，悬在屋檐下。只因唐明皇懊悔他生前的过失，把这马铃子悬遍了他的住屋左右。也正是'天长地久有时尽，此恨绵绵无绝期'之意。"我问道："明皇在此吗？"柳敬亭道："若有意见他，我愿引进。"我笑道："那太好了，我正有许多问题，要请教这位风流天子。"柳敬亭将手一指道："只这里便是。"

我但见雾脚张开，显出一座殿宇。柳敬亭引着我上了好多层白玉石台阶，只见一人龙袍黄巾，手抚长须，靠了玉石栏杆，对天上张望，左右并无一人。柳敬亭向前躬身奏道："启奏陛下，现在有一凡人到了此处，顺便探些上下古今之事，请求一见。"我料着这一人便是唐明皇，便在台阶下肃立。唐明皇点点头，让我上去。我见了他作一长揖道："今古礼制不同，恕不全礼。"

明皇笑道："此间别有天地，倒也不拘礼节。阁下远道而来，有何见询？但求莫问朕伤心之事。"我心想这就难了，见了唐明皇最紧要的是问《长生殿》这段故事。他说这伤心事不可问，那岂非入宝山空手而回？柳敬亭见我踌躇着，便笑道："陛下登位之初，也很多英明政绩，值得后人参考，张先生可在这一点上发问。便是辞章音律，陛下也极在行。"

我想正面进攻颇是不易，就在侧面去问他，因道："陛下看来，姚崇和李林甫这两位宰相，哪个好些？"唐明皇笑道："足下既读史书，难道这样贤奸分明的人物，还有什么看不出来？当然李林甫是一位大大的奸相。"我问道："李林甫和杨国忠相比，哪个好些呢？"明皇道："李林甫虽是奸臣，还有小才，杨国忠连这

162

个才字都谈不上。"说着，叹了一口气。我看了这样子，大概是有隙可乘了，便笑道："陛下知道杨国忠也是这样一个人物，何必用他？"唐明皇一听到我只管问杨国忠，脸上就有些不以为然，手摸了胡须，昂了头望天，兀自出神。

我想着我不应当不识相，再去问什么，笑道："清代有一位诗人，袁子才，他很替陛下辩护，陛下知道吗？"明皇点点头，脸色又和悦了一点。我道："他吊马嵬驿的诗，有这两句：'只要姚崇还做相，君主妃子共长生。'陛下以为如何？"我以为提到马嵬驿这个名字，一定触动了他伤心之处了，只管望他的脸色。

等我把话说完了，他居然脸上有笑容，手拍了栏杆道："对对对。家事是家事，国事是国事。当年朕尽管宠爱杨贵妃，乃是宫内之事，若是外面的宰辅，还是姚崇、张九龄，便也不会有安禄山之变，只是难言之矣。"我道："袁子才还和陛下辩护过，他说：'《唐书》新旧分明在，哪有金钱洗禄儿？'"明皇默然低头拈带。我道："陛下既已提出安禄山，小可不免要请教一事，安禄山之变，这责任应当谁负？难道杨贵妃丝毫不相干吗？"唐明皇脸色一变，拂袖而去。只听那屋檐上的铃子，又在那里响着，"三郎郎当，三郎郎当！"

柳敬亭道："唉！张先生，这是怎么了？他已有言在先，不要提他伤心之事，你怎么只说到杨国忠、杨玉环的事呢？"我笑道："你也未免太不原谅人了。见着唐明皇不问这道公案，犹之见了柳先生，不问《桃花扇》这道公案一样，这岂非舍正路而不由？"

柳敬亭听了这话，倒也微笑了一笑，因道："明皇已是不快而去，我们这不速之客，守在这里似乎没有什么趣味，可以另走个地方吧？"我心里大喜，在第一次访问就没有结果的时候，居然还没有打断主顾，便笑道："那就很好，到了这里，一切要请老前辈指教。"这一声老前辈倒很有效力，他笑道："我们出去再说，这个区域里，一部《二十四史》的古人，随处皆是，走着哪里，访到哪里吧。"说了，他引我出了宫殿又进入云雾中。

我道："柳先生，凡事莫真切于现身说法，我很想，就请柳先生自身说一点故事。"柳敬亭又将扇子头指了自己的鼻子笑道："你叫我现身说法，至多就不过富贵人家一个食客。现在的社会正要消灭寄生虫，把我这陈死人介绍出来干什么?"我道："话虽如此，但柳先生当年那一番际会，倒也是可以劝诫劝诫后人的。史阁部在这里吗?"柳敬亭道："自然也在那里。此公的性情与明皇不同，也许可以让张先生畅所欲言的。"我道："那就好极了，马上请行。"

一转身间，只见云消雾散，在面前现出一所竹篱茅舍。也不知是何季节，竹篱上拥出一簇红梅，其间配着两三棵苍松，颇觉在幽雅之中还有点热烈的情绪。柳敬亭指着那里道："这就是阁部家里。他因心中烦闷，常到海上观涛去，不知此时在家没有?让我先上前去看看。"说着先行一步，他走到那篱笆门边，回身向我招了两招手。

我料着史可法在家，立刻肃然起敬，随着柳敬亭进了竹篱，早见高堂里一位高大身材的人迎出来。那人长圆脸儿，三绺长须，雄伟之中，还有些斯文气象。他拱起身上蓝袍的袖子道："贵客来得好，小可正有满肚皮牢骚，要贡献世人。"说着引我入室。这里也无非是些藤竹桌椅，布置很是简朴。虽然史可法对来宾很是谦逊的，可是我终是执着一份恭敬的态度。

他见我不曾发言，倒先问起我来道："现在中国又受到异族侵犯了，炎黄子孙实在不幸，不过今日的民心，却比我当年所见的要好些。"我心里只管惶愧，不知道怎样答复才好。史可法又道："论到民心呢，当年也并不缺少忠义之士。只是朝里有马士英、阮大铖，正如南宋一般，橘子里面烂起，外面徒有如金如玉的皮，也包藏不了这一团败絮。现在是共和时代，马、阮之徒绝不能复生，只要将士用命，外侮是不足惧的。"他说着，望了我，待我的答复。我起身只答复了一个"是"字。我答复是答复了，但我心里仍旧惶恐着。

史可法手摸须杪，叹了一口气道："提起当年，真是无限伤心。当左良玉尽撤江防，向南京去扫清君侧的时候，北兵正加紧南侵。一旦北兵渡江，南朝君臣只有走南宋的旧路，退向海边，自趋死路。于今我们固守古雍、益之地，闭关西守，东向以争天下，汉唐复兴之业，不难期待。当年左良玉若有远见，下固荆襄，上收巴蜀，以建瓴之势，为明朝打开出路，何致清人以汉攻汉，同归于尽?"

说到这里，他将桌子轻轻拍了两下，叹道："论起马、阮，万死不足以蔽其辜。他竟说北兵南下，犹可议款。对于上游之师，非对敌不可。黄得功呢? 是个痴子。他竟听着马、阮的话，也尽撤江南之兵，和左良玉对敌。我再三阻止，他也不听。左军撤兵了，北兵渡江，南朝也就亡了。明之亡，不亡于清军，不亡于流寇，实亡于无文无武，各各自私。千秋万世，后代子孙必以此为戒。足下回去之后，可以把我这话，多多转劝世人。"

我听了这话，通身汗下，衣服湿透，躬身站立说声"是"。史可法见我十分惶恐，倒不解所谓，便将脸色放和悦了，因道："足下请坐。我想起当年的事，就不免有一番悲愤，其实我非敢慢客。"柳敬亭这才插嘴道："阁部谦恭下士，向来蔼然可亲的，张君倒不必介意。"我何尝不知道史可法是位最和悦的贤人，只是他说的话，句句都刺在我心上，不由我不惶恐起来，他既发笑了，我也就如释重负，便思索着要向这位民族英雄问些什么。

他又不等我开口，先问道："足下在南京住过吗？"我道："战事爆发之前，住过两年，直到国都西迁，方才离开南京。"史可法又道："秦淮歌舞，比之古代如何？"我道："若论风雅，今不如古；若论繁华，古不如今。"史可法吃惊道："当年秦淮声色，就觉得有所不堪。怎么，前两年的秦淮，还比以前更繁华吗？"柳敬亭道："相国有所不知，在前两年还有一种人欣羡我等当年的声色呢，那南京文人，用绸子做了横匾，到歌场上去张挂，上面大书'桃花扇里人'。那时异族虽已侵犯国土，还不曾进逼中原。可是南京的文人，就仿效《桃花扇》里人了。"

史可法道："有此荒谬举动？"我被他这一问，又不好答复，若说无这事，那匾额我已亲自得见。若说有这事，史可法正恭维后代比明末的人好得多。我一承认，未免说现代人太不争气，因笑答道："晚辈已经说过了，若论风雅，今不如古。那一班文人，根本不知道《桃花扇》是怎样一回事。只知道事出在南京，却不知是出在南京一个不幸时期，他们不懂历史就弄出了这笑话。"柳敬亭道："似乎这匾额随了歌妓走，由南京到汉口，由汉口到重庆，都曾挂过，难道尚没有一个人发现这是不通的？我们所演的故事，已是骂名千载，何忍后人去蹈我们的覆辙？"

史可法听着这话，面色黯然，若非为了我是一个凡间生客，他竟要落下几点英雄泪来。他手理着胡须，默然不语。我觉得对这位前辈的访问，徒然增加宾主的不快，只好起身告辞，约着改日奉谒。

柳敬亭依然陪了我出来，他笑道："你这位新闻记者，我有些不解。遇到不可问的人，你偏要问，而遇到可问的人呢，你又什么不肯说。"我说道："柳先生你不是现代的人，你不知道现代人的心事。"柳敬亭笑道："我且不管你的事，我们既是同行，我就叫你来尽兴而返。你说你还想访什么人，我好引了你去。"我想了一想，笑道："这却难了，天上这多古人，我哪里会得齐全？而叫我挑选一个去拜访，我又不知拜访哪一个是好。"

我心里一面踌躇着，一面抬头四处张望。却看到了一座小山上，堆了一堆太湖石，有一个人也身穿黄袍，扶了一株小松树，昂头四望，他头上没有戴帽子，也没有戴头巾，只是一块黄绸带子束住了牛角髻。我悄悄地问柳敬亭道："这是哪一代皇帝？倒有些潇洒出尘之态。"柳敬亭笑道："这不是皇帝，也不是公仆将相，可是他已叱咤风云，做过一番事业。"我笑道："莫非是一位寨主？"柳敬亭笑道："强盗不会有这种架势，这是当年与明太祖分庭抗礼的张士诚。"我道："此公虽是一位败则为寇的汉子，后来听到苏州人说，他是一个好人，我倒愿和他谈一谈。"柳敬亭笑道："去是可去，我恕不奉陪，就在这路边树荫下等你。因为他和朱明君是势不两立的，他骂起明人来，我有些难为情的。"

我想他所说也对，便朝着那山石走去，看到张士诚掉转脸来，便道："吴大王，现在凡间游客前来拜访，可以一见吗？"张士诚听说我称他大王，甚是高兴，他拱手笑道："请来一谈，那又何妨！"我向前两步，行过宾主之礼，就在太湖石上对坐了。

他先笑道："人人都叫我张士诚，怎么足下称我作吴王？"我道："我们是后人，落得公道。我们常称朱元璋作明太祖，又为什么不能称阁下作吴王呢？明太祖未尝对我们特别有恩，阁下也未尝特别有害。阁下不过是败在明太祖手上而已，这与我们后人何干？"张士诚道："朱元璋与你后人未尝特别有恩吗？他曾驱逐异族，恢复汉家山河。"我道："这一点我们并不否认，但当年吴

167

王起兵的时候，不也是以驱逐异族相号召吗？假使明太祖当年败在吴王手上，这民族英雄一顶帽子，便会戴在吴王头上了。"张士诚连连拱手道："痛快痛快！生平少听到这一针见血的议论。"

我道："据史书所载，大王当日也曾降了太祖，后来何以各行其是？"张士诚笑道："当年我和朱元璋起兵，虽然是苦于元人的苛政，但论起实际来，谁又不是图谋本身富贵？事到今日，我又何必相瞒？那时我觉自身力量很好，朱元璋他也不能容我这拥有吴越大平原的人。正是石勒所说，赵王赵帝，我自为之，哪能受他嫉妒？所以我就自立为吴王了。"

我道："明人说大王曾降元，真有这事吗？"张士诚笑道："凡是建功立业的人，使用手腕起来那是难说什么是非的。就像朱元璋当年，何尝没有和元朝通款？他果然是后代所称的一位民族英雄，当年他定鼎金陵之后，就先该挥戈北伐。然而当年的行为，后人可以在史书上查到，他就是东灭我张士诚，西扫陈友谅，南灭方国珍。若由着你们现代人看起来，他显然是个先私而后公的人。所幸是那些元人不争气，民心已失，无可挽回。假使元人是有能力的，当着我们南方汉人互攻的时候，他出一支兵，渡河入淮，由朱元璋故里直捣金陵之背，像我张士诚以及方国珍等人，固然是不免，可是首先遭元人蹂躏的，那岂不是朱元璋？这一着棋子，当时没有人看破，到后来，三镇争功，清兵渡江，还是蹈了祸起萧墙之戒。朱元璋也在这里，足下不妨访他一下，看他还有什么说的？我以为刘邦、李世民同是开国之主，公私分明这一点上，比朱元璋强得多。你不要以为我和他是仇人，其实还是照你们现代人的看法说的。"这位及身而亡的吴王，越说越兴起，说得面皮通红。

我想着，柳敬亭果有先见之明，他料定张士诚必然要大骂明人，不肯来领教，听此公所说，除了批评明太祖君臣之外，恐怕也不会有什么好史料来供给我；一味地听他骂人倒把柳敬亭冷落了，也许他不在山下久候着我，因向他告辞道："今日没有准备时间，不能与大王长谈，改日再来拜见。"张士诚有话不曾说完，见我告辞，颇觉减趣，便道："这地方不容易来，然而你真下了决心要来，也未尝不能来。难得阁下不以成败论人，下次我还愿做一度更长时间的谈话。"我也未便拂逆了他的盛情，便完全接受，方始下山。

柳敬亭果然有信，还在路边等着我。相见之下，老远便拱了手笑道："听他的话，觉得很满意吗？"我笑道："他自然不失去他的立场，我们现在同到哪里去？"柳敬亭想了一想，笑道："阁下来到此地，只管访人，而且只管访政治上的头等人物，未免近乎一套。另换一换口味，你觉得好吗？"我笑道："正有此意。"柳敬亭笑道："阁下来到此间，总是远客，忝为同行，我应当聊尽地主之谊，请阁下略饮三杯，幸勿推却。"我笑道："恭敬不如从命。"

说着，随他之后走不多远，便有朱漆栏杆、描金彩画的飞檐楼房，矗立在面前，檐前一幅横匾，大书"戒亡阁"三字，下书"仿羲之体，菊花道人书"。我看了倒是一怔。柳敬亭在后，拍着我的肩膀道："莫非不懂此意吗？"我道："正是如此。"柳敬亭道："这正是一爿以卖酒著名的菜馆，便用了大禹戒酒的这个典故。"我笑道："这酒店老板倒有些奇怪。人家开馆子愿意主顾上门，他倒说饮酒可以亡国。"柳敬亭道："这就是这里一点好处。虽然做的事是会发生坏事情的，但他也不讳言。"我道："这招牌倒是写的是一笔好兰亭书法，落了王羲之款，也可以乱真，来个'仿'字何意？"柳敬亭道："你想，王羲之的字有个不人人去求

169

的吗？可是人人去求他，他要有求必应，怎样应付得了？因此他请了许多代笔人在家里，由哪个代笔依然落哪个的款。读书人首先要讲个孝悌忠信，岂有到处将假字骗人之理？这也就是做事不肯小德出入的意思。"我笑道："凭这块招牌，那也就觉得这家馆子不错。柳先生要破钞，就在这里叨扰吧。"柳敬亭自是赞许，将我引进了酒馆，在楼上小阁子里坐下。

酒保随着我们进来，便问要些什么酒菜，柳敬亭指着我道："这是远方来客，请你斟酌我们两人的情形预备了来就是。"酒保去了，我笑道："这话有些欠通。菜哩，酒保可以估量预备。至于我们的酒量，他怎么会知道？"柳敬亭道："这也有个原因。在这里的人，根本就不会喝醉。而这里也只有一样作为娱乐的酒，用不着来宾挑选，多喝少喝无关。"我道："那要是刘伶这一辈古人到了此地，岂不大为苦闷？"

柳敬亭指了自己鼻子尖笑道："譬如我吧，我以前是借了说书的小技，到处糊口，于今到这里来，我用不着，何以故？这里一切无可掠夺，也无须竞争，没有抢夺与竞争就没有不平，人就不会发生苦闷。人生要没有苦闷，刺激、麻醉，这些东西就用不着了。这里人只有回忆往事而苦恼，所以谁也不愿听评书掉泪了。"我道："那么，我来得有些不识相，我见着任何一个人，都愿意提起他往事的。"柳敬亭笑道："为了劝劝后代人，我们就掉一回泪又何妨？"正说着，酒保送上酒菜，果然是一壶酒、三样菜，我们浅酌谈话，少不得又讨教了许多明末遗恨。

酒有半酣，却听到隔壁屋子里有人道："他们把这事情弄得太糟了，已经在法院里打起了官司。"另有一个人道："你何不再显一番手段，把后园那棵紫荆树再枯槁下去。"先一人道："唉！你以为这年月还像以前呢？他们兄弟要分家，平屋梁中间，一锯两段，扒开椽子，卸了屋瓦，由堂屋到大门口，拆了一条宽巷，作为兄弟分家的界限。风雨一来，房屋摇撼，遍地泥水，到了晚上，小偷和扒手，在这宽巷里七进七出。吓得小孩子哭哭啼啼，老太爷老太婆念阿弥陀佛，可是兄弟二人，还隔个巷子叫骂。不是哥哥说那边拔了这边一根草，就是弟弟说这边多瞪了那边一眼。老叫小哭，谁也止不住他们兄弟拼命，一棵树的枯荣，与他们何干？我忝为他们先人，实在无法。"

我听了这言语，低声问道："这莫非说的是田家兄弟吗？"柳敬亭道："来的大概是他们祖先，他的后代越来越闹意见，骨肉已经成了仇人了。"我道："京汉戏里，都有《打灶分家》这一出戏，不断地演了这故事给别人看，那位三弟媳妇想把家产独吞了去，颇为厉害。可是就在紫荆树一荣一枯，感化了她，这有点不近情理。"柳敬亭笑道："神权时代，道德所不能劝、刑法所不能禁的人，神话可以制伏他。于今人打破了迷信，神话就不能制伏谁。所以他们的祖先，颇也感着束手无策呢。"我笑道："往年我很反对人心不古这句话。于今看起来，倒也有两分理由。"柳敬亭笑道："到这里来了，是另一世界，喝酒吧，不要发牢骚。"

我们喝了两杯酒，听得对面小阁子里有人笑道："当年你老先生留下来的格言，把我们子孙教训坏了。你说的什么不为五斗米折腰，这米价未免涨得太高了，他们实在望尘莫及。于今一斗米可抵你们当年一年的俸禄，为什么不折腰呢？"我看时，一位斑白胡子的古人，身穿葛袍，发挽顶髻，身旁放了一支藤杖，那正是陶渊明先生。旁边一位头垂发辫、戴了瓜皮帽穿着大布长衫的人，颇也斯文一脉。我问柳敬亭道："那有辫子的是谁？"他道："此清代穷诗人黄仲则也。'全家都在西风里，九月寒衣未剪裁。'"他说完了，微笑着念了这两句诗，我便继续地听他们说

171

些什么。

陶渊明扶了酒杯道："上中等的官，只挣这么五斗米的钱，那风尘小吏怎么过日子呢？我看看中国的官，还依然过剩啊！"我倒没有听到那边的答复，却好酒保送上一碗菜来，把门帘子顺手放了下来了，我惋惜不能听这两位诗人的妙论，因向柳敬亭道："据传说，这'全家都在西风里'的诗句，很博得许多人的同情。送银子的送银子，送衣服的送衣服，这又是个人心不古。于今'九月寒衣未剪裁'的老百姓，固然满眼皆是，便是'全家都在西风里'的文人，恐怕也可编成一师，哪里找阔人同情去？"

柳敬亭笑道："寒士寒士，为士的都来个轻裘厚履，不是寒士是暖士了。"我道："在这里的寒士，总算不错，还可以上这戒亡阁喝三杯，现代的人间，寒士在家里喝稀饭还有问题。"柳敬亭道："这里无所谓供求不合，也就无所谓囤积居奇。寒士所以寒，乃由于富人之所以富，这里是不许富人立足的，所以寒士还过得去。"我道："那倒可惜，我正有心问古来的富人，何以致富的？现在没有这机会了。"

柳敬亭道："但有心于此，还可以访问得到，譬如古来有钱人，莫过于石崇。石崇虽不在这里，但绿珠有坠楼这一个壮举，不失为好人，我可引你去一见。"我觉得这访问换了大大一个花样，十分高兴，吃过了酒饭，便请柳敬亭一同去访绿珠。

见一片桑园，拥了三间草屋，门外小草地上，有一眼井，井上安着辘轳架子，一位布衣布裙的美妙女子，正拉着辘轳上的绳子在汲水。我隔了桑林低声问道："这个就是绿珠了，何以变成村姑娘的模样？"柳敬亭道："一个人经过大富，不想再富，经过大贵，不想再贵，宋徽宗在宫里设御街，装扮了叫花子要饭，那就是一个明证。所以说听遍笙歌樵唱好了。"说着话，穿过桑林，到了草屋门前。

柳敬亭为我介绍一番，绿珠笑道："我不过是一个懂歌舞的人，恐怕没有什么可贡献的。"我笑道："我也不敢问什么天下大事。"说时，宾主让进草屋，也是些木桌竹椅。绿珠自敬了茶，坐在主位等我发问。我笑道："看石夫人现在生活，就很知道不满当年奢侈。但在下有一事不明。石常侍和王恺斗富的话，史书所载很多，当然有根据。但像《世说新语》所载，让姬人劝客饮酒，劝客不醉，就即席杀死姬人，这未免形容太过吧？这种事夫人必定曾亲身目睹过，请问到底有无？"

绿珠道："击碎珊瑚树这故事，想张君知道。珊瑚虽是王大将军拿出，却是借自武帝，皇家珍宝，他还敢打碎照赔，别的事他有何不敢？"我道："固然钱可通神，但威富作得太过，岂不顾国法？"绿珠道："张君难道不晓得所谓二十四友，是党于贾后的吗？"我道："据史书所载，晋朝豪华之士，共是三家，羊绣、王恺和石府上。羊、王两家，他们是内戚，自然不患无钱。府上并无贵胄关系，钱反而比羊、王两家多，那是什么缘故？"绿珠笑道："我家也做了两代大官。"

我道："比过府上人做大官的，那就多了，何曾有钱？令翁石芭，做过扬州都督，似乎也不算位极人臣。《晋书》这样说过：'石崇为荆州刺史，劫夺杀人，以致巨富。'莫非这话是真的？"绿珠被我一问，脸色红了起来，低头不语。

柳敬亭便插嘴道："史家记载，有时也不免爱而加诸膝，恶而沉诸渊。"我笑道："我们也并不打千年前的死老虎，只是想问一问做官怎样就会发财而已。知道了这个诀窍时，将来我有做官的一日，多少也懂一点生财之道。"

我这样一说，绿珠也微微一笑，她道："张君要知道，发财做官，总不过机会两字，石常侍当年做荆州刺史，正在魏蜀吴三国彼此抢来抢去之后，这个时候，朝廷政令，对那里有所不及，便多收些财赋，自然也就无人过问。有了钱，再找一个极可靠的靠山，也没有什么困难。总而言之，升平时候，吃饭容易，发横财难。离乱年间，吃饭难，发横财容易。"柳敬亭连连鼓掌道："名讫不磨。"

绿珠叹了一口气道："多了钱有什么用？先夫当年每一顿饭，都是山珍海馐摆了满桌，也不过动动筷子，吃个一两碗饭。可是看看那些农人工人，每顿粗菜淡饭，人家倒吃四五碗饭。有钱人日食万钱，无下箸处，正是像祭灵一般。由这样看来，有钱人也不过白糟蹋，何曾享受得到？糟蹋多了，结果就是天怨地怨。先夫若不是有钱太多，何至于砍掉脑袋呢？人生穿一身吃一饱，死了一口棺材，钱再多也还是这样。人生最难得的是寿命。钱有时也可买命，而送命的时候却居多数。为了钱送命，甚至送掉一家的命，那是最愚蠢的事。离乱年间，虽是发横财容易。有道是'十目所视，十手所指'，并不要什么大变化，有钱人就要发生危险的。"

她这一席话，真是翻过筋斗的人说的，把有钱怕得那样厉害，这让我还能追着问些什么呢？柳敬亭坐在旁边，看到我们宾主酬对热烈，也就笑道："张君访问古人多了，恐怕要以访问石夫人为至得意，别人没有这样肯尽情奉告的。而张君所问，也是单刀直入，毫不踌躇。"

他这样一说，倒弄得我有些难为情，莫非我说的话，有些过于严重了？因笑道："我因为看到石夫人荆钗布裙住在这竹篱茅舍里，是一位彻头彻尾觉悟了的人，所以不嫌冒昧，把话问了出来。"绿珠笑道："那不要紧，做官的人，若不兼营商业，他发了大财，根本就不会是一个好人。张君虽然有些责备古人，古人也就罪无可辞。"

正说着，却听到一阵笛声悠扬，随风吹来，因向柳敬亭笑道："莫非苏崑生之流在此？"绿珠笑道："这又是张君值得访问的一位女人。这是陈圆圆，在弄笛子消遣的。"我问道："怎么，她也在此吗？为了她，送了大明三百年天下。"绿珠笑道："吴三桂卖国，不能说为了她，吴三桂不降，倒是为了她。'冲冠一怒为红颜。'这一怒他由山海关打回来，不能算坏。至于吴三桂降清，这本账是不能算在她身上的。后来吴三桂称帝，她闭门学道，这也算是个有觉悟的女子了。阁下若愿相见，我可以派人请她来。"我说："那就极好。果然我像这样直率地问话，不要紧吗？"绿珠笑道："当年是非，我们女人并不身当其冲，也倒不值得隐讳。"

她说着起身入内，着了一位女仆去请陈圆圆。不多一会儿，竟来了两个女人。前面一个是道家装束，都大大方方地进来。柳敬亭笑道："张君面子不小，请一来二，前面这是陈夫人，后面这是钱牧斋先生的柳夫人。"我明白了这是大名鼎鼎的柳如是，便起身相迎道："荣幸之至，荣幸之至。小可由人世来，想来要些史料去做一做世人的实鉴。二位夫人都是与一代兴亡有关的人，不免提出几个疑问，直率地请教，不知可能容许否？"陈圆圆道："刚才石夫人着人去说时，已经知道张君来意。只是与一代兴亡有关的这句话，我们有些不敢当。"柳如是道："陈夫人还可以，我却是真不敢当。"说着话，宾主落座。

我心想吴三桂之忍心害理，莫过于在缅甸取回永历帝来杀掉，这种变态心理，倒值得研究，因道："当年明主由榔逃入缅甸，中国已无立足之地。满清要的是中国土地，吴大将军把云南也给他囊括个干净，这也就够了。由榔这个人既被囚在缅甸，这条性命让他活下去好了，何苦定要把他斩草除根？吴将军也是世代明臣，何至于这样毫无人情？陈夫人能从实相告吗？"

陈圆圆道："这何待张君来问？当年入滇的文武官员，私下掉泪的就很多。"我道："既然如此，何以那些武官，居然肯随了吴大将军远入缅甸？"陈圆圆道："本来永历帝到了缅甸，清朝也就无意再用兵了。大将军却存了一点私心，他以为云南远离北京万里，到了这里，就是他的天下，他可以仿明朝的沐家，代代在这里称王。既然把这里变成了自己的天下，倒是满清的新主子远，而出亡在缅甸的旧主子近。那时，明臣李定国还有几千人，照着少康一旅可以中兴的故事说起来，他若由缅甸人手里解放出来，第一就是打回云南。这分明是永历帝在一日，吴将军就一日的不安。他要进攻缅甸，为的是自己的云南，并非是为清朝天下。吴大将军如此想，随从的武官当然也是如此想。所以后来把永历帝捉到了，过了几个月杀他，无非是没有祸害可言了，也有些不忍心下手。"我道："吴大将军是肯听陈夫人之言的，当时何不劝他一劝？"陈圆圆叹了一口气道："到了那时，我也知道他势成骑虎了，劝又有什么用？所以到了后来，我伤心已极，只有出家。"

"说到钱夫人劝夫的故事，是见之私人笔记很多的，请问哪里有效？"柳如是接嘴道："我现在算是明白了，把人生看得太有趣的人，他就怕死。张君从人世间来，不妨想想现代，最怕死的人，他就是生活最奢侈的人，牧斋当年，也不过如此而已。"我道："钱牧斋读破万卷书，什么事不知道？何以清兵渡江，他既不殉节，又不出走，守在南京投降？"

柳如是道："那也许正是读破万卷书害了他。一样读书，各

176

有各的看法。有的看着人生行乐耳，有的看着是自古皆有死。牧斋是看重在前一说的。这也不光是晚明的士大夫都着重享乐而已，所有秉国政的人，最好是不让他的文武官吏享受什么。人有钱可花，有福可享，他就要极力去保留他的生命来花钱享受，哪肯以死报国？晚明的南京小朝廷从福王起，就是叹着气没有好戏可听的。拿了政权的阮、马，那更不消说，在这种君不君、臣不臣的朝廷，气节两字，早已换了声色两字，不能死节，也不能专责姓钱的了。姓钱的不死，我死也无益，所以我们就这样活下去。"

我道："读徐仲光的《柳夫人传》，知道柳夫人最后还是一死报钱家的。我们相信当年柳夫人劝牧斋殉节，绝非假话，牧斋之不受劝，那也正和吴大将军之不受劝是一样。"我说到这里，又把话转到吴三桂身上，因之再向陈圆圆问去。她便笑道："这也可见得女人不尽是误人国家的。"我道："吴大将军建国，几乎可以摇动满清了。后来失败，最大的原因何在？"

陈圆圆道："最大的原因吗？那还不是为了吴将军是自私？其一，假使那时候永历帝还在，民心思汉，一定不是那个局面。其二，清朝还是用那个老法子，先用汉人杀汉人，灭亡了明朝，再用汉人杀汉人，平定了三藩。其三，清朝各个击破的法子也很毒，若是那个时候，三藩各除了私心，团结一致，恢复朱明天下，掩有东西南七八省的地方，练有几百万的精兵，清朝进关的那些八旗兵是没奈何的。做这种历史上有重大意义的事，先就出于私心，根本使用不了百姓，而几位起事的人，又各人打着各人的算盘，失掉了互相呼应的效力，怎的不失败？所以吴将军彻头彻尾是败在这一个私字上。"

柳敬亭拍了膝盖，昂首叹了一口气道："这可以说是千古一辙！张君，现在人世间，到处贴着'天下为公'的标语，这覆辙大概可以不蹈了？"我觉得古人倒很看得起现代人物，不免笑了一笑。柳敬亭向我笑道："听说上海方面，拍制古装影片把我们眼前两位明末美人都做了材料，不知他们的着眼点在哪一方面？"我笑道："少不得有研究二位夫人之处，他们的着眼点在于钱。"

陈圆圆道："那倒没有关系。贩卖古人赚钱，也就是由来已久。北平城里许多剪刀店，家家说的三代嫡传王麻子。姑无论麻子不过是个打剪刀的匠人而已，便是这名字写在招牌上，也有点不雅。但开剪刀店的人，硬赖着他是王麻子的子孙。可见名利所在，不但远古的古人没有了权利干涉，尽可贩卖，便是眼前三十年的老辈，也是只管贩卖。其实他贩卖古人，自己也够吃亏，不姓王而硬继承王家做子孙。"柳敬亭指着脸上道："不但如此，他们脸上未见得有麻，也硬袭了我们这麻子的商标。"说着，大家笑了起来。

柳敬亭道："本来呢，标榜什么，贤者不免，二程兄弟要来个洛派，三苏父子要来个蜀派，何况比他们万万不如的人。"我被他一提，猛可地想起来，因笑道："柳先生所说这二程三苏，当然都在这个世界里的人，我去拜访拜访，可以吗？"陈圆圆和柳如是都微微一笑。我道："二位夫人为何发笑，莫非说我不宜去见他们？二程道学先生，或者不大好见，这三苏父子，尤其是大苏，是个潇洒不群的文人，有什么见不得？"

柳如是笑道："我们倒不是这意思。我们以为张君见过我们这亡国莺花，又去见那识大学之道的程老先生，却是有些不伦不类。而且看看我们这面孔，再去看看他那面孔，这是你们现代人所谓一种幽默。"我本来无意幽默两位贤人，被如是点明，我也就做了一个会心的微笑。

柳敬亭道："东坡先生我是佩服的，可以引张君去拜访一下。至于二位程夫子，我这个说书匠，往往拿了圣经贤传做说书的材料，这是大逆不道的侮圣行为，他必不见我。"我笑道："那就先见一见东坡先生也好。"三位夫人听说我另要拜访他人，倒不必我告辞，已是站起来送客。我虽觉得还有很多的话还未曾问完，可是在女宾面前不能稍为失态，只得随柳敬亭告别而出。

出了这桑拓园外，却挑了弯曲的路前走。路的两边，虽也有葱茏的路树，可是每在一个弯曲的地方，便有一条很宽的大路呈一直线前进，不是寻常公路的式样。柳敬亭引着我走，偏是舍却那较宽的路，而走着一根线索下来的弯路。我因笑问道："舍正路而勿由，我们这岂不要多走许多路吗？"柳敬亭道："这弯路不免迂回得远些，可是始终是平坦的，那宽路虽是一直线，不问高低水旱，尽量地向前奔，随处都可以遇险。天下画一直线过去的地方固然是有，然而并不是每一个目的地方可以画一直线过去的。文人是容易行险以侥幸的，这倒是文人区的路，四周是歧路，没有眼光、没有定力的人，尽管十里路走了九里九，他还有掉下泥坑里去的可能。所以我们尽管迂回两步，并无关系。"我心想，这麻子倒有意讽刺我两句吗？好在我是个向不侥幸的人，却也不必介意。

这样缓步当车，迂回着走了若干里，遇到一大片苍翠的老竹林子，竹林里一条鹅卵石小路，点缀着很滑的青苔，在竹子稀松的空当里，有两支树枝伸了出来，点缀了鲜红的点子，正是野桃花。林外一弯青水沟，几个鸭子在水里游泳，在鸭子前面起了圈圈的浪纹。我笑道："到了到了，此'竹外桃花三两枝，春江水暖鸭先知'也。"

一言方了，有人在竹林子里喝道："好大胆的现代文人，在书摊子上多看了两本杂志，敢上班门来弄斧！难道不知道先生在上莫吟诗吗？"随了这话，出来一个和尚，身穿皂布僧衲，大袖飘然。我斗胆作上一揖，问道："来的莫非是佛印法师？"那和尚打个问讯笑道："东坡家里和尚客，除我有谁？我自然认得这个说书的麻子，问你是何人？"柳敬亭向前一步代我介绍了。

佛印和尚向我周身上下看了一遍，笑道："原来是位作家。"他说作家这两个字，颇为沉着。我笑着奉了两个揖道："法师这般说法，却叫我无地自容。作这个字，连孔夫子还不敢自承，说个述而不作，后生小子，多看两本铅印书，东抄西摘，凑篇稿子求饭吃，作还远离十万八千里，何敢称家？"佛印道："常在报上看到作家访问团、作家座谈会、作家这样、作家那样，那便是怎样一班人物？"

我想了一想，只得作个遁词，便笑道："他们不会认得法师，法师又何以认得他？法师想必由东坡先生那里来，可否介绍一见？"佛印想了一想，因笑道："阁下要见他，自去便了。只是休像刚才那般鲁莽，念着他的诗句。"我道："我只说是个卖菜的便了。"佛印笑道："那倒不必。你只说是个新闻记者便无妨。新闻记者访新闻，东坡先生倒也不会怪。"他说毕，念了一句"阿弥陀佛"去了。

柳敬亭回传头来，向我做了一个鬼脸，那意思是说我受了和尚一顿奚落。我倒处之坦然，本来自己是后生小子，受点教训也是应当。我们走上山坡，早见前面竹林梢上，拥出一间草阁，笛子琵琶交杂响着，有人放声地唱："只恐琼楼玉宇，高处不胜寒。"柳敬亭扯了我的衣袖道："东坡先生正在唱他的得意之句。"我道："这吹笛子的定是朝云之流了。我们去见他，这时似乎有些不便。"柳敬亭道："东坡先生，却不是那种人。"

说着话，走近了草阁，已见一位穿蓝衫而有一撮大胡子的人，迎了上来。他笑道："柳君来得正好，说段书我们听听。"

　　我料定这是苏轼，便躬身一揖。柳敬亭与我介绍了。东坡手扶路边竹子，昂头想了一想，笑着反问我道："难道我这嬉笑怒骂皆成文章的人，与现代还有什么关系？却值得你新闻记者来访问一番。"我道："前代任何一事，都可为后代借鉴。"东坡道："那是你要问我当年这'一肚皮不合时宜'了。"说着，拍了一拍肚子。柳敬亭代答道："固所愿也，不敢请耳。"

　　东坡看了竹子下有一块平石，便让我们在那里坐了。他笑道："我现在是个古人，有话尽管问。"我道："后学所不解的，便是后世所说，理学不但南宋，北宋已种了这个根了。当先生之世，真是人才极一时之盛，何以紧接着这个一时之盛，不是国运昌隆，而是中原失守，成了偏安之局？"

　　东坡道："你问得有理。可知那时人才，也不过分着两派，一是王安石一派，做事过于褊狭。变法未尝不有些道理，但没有深知民隐，坐在宰相衙里发号施令，硬弄得柄凿不入，变了一个朝代的法，一事无成。二是司马光派，做事迂阔，只讲大道。如富弼见神宗，愿二十年口不言兵，只把中原百姓，养成了一种文弱之民。这样的人才，便有千千万万，何补于天下大事？"

　　我听了这话，觉得此公倒着实有点见地，因躬身道："后学有一件事要冒昧一问了。那时人才，外不讲以弭边患，内不讲以除权奸，却是分了朔、洛、蜀三党。世推先生为蜀党领袖，却专和洛党的程家作对。门户之见，贤者亦不免吗？"

　　东坡笑道："阁下不到程门去立雪，却来我这里谈天，我想你也不会是那些腐糟，此何待问？在那时，王安石的法已变完了，那一套周礼，搬到大宋来试验，正是不灵。至于二程，他们

181

所学的是《大学》《中庸》，更是周礼挖出来一些虚浮不着实际的东西，真把皇帝弄成了他明道、伊川两先生一般，终日端坐在皇宫里格物，那成何话说？我觉得他兄弟两个，就标榜得有些肉麻。程颐说千百年来无真儒，只有程颢可以上继孟子，你看有兄弟们这样自己恭维的吗？程颐入宫讲学，我怕他会把皇帝弄成个书呆子，故意和他开开玩笑那是有的。"

我道："苏老先生曾说王安石不近人情，而先生对程伊川之规循步短，也说不近人情，先生一家，当然是以近人情为治国之道。请问在大宋当年，怎样才算近人情？"

东坡道："我当年的主张，你可以看我的《策论》。若是在这几百年后的眼光看起来，那我们这班文人都是有罪的。'议论未了，金兵已渡河矣。'说到个近人情，当年的司马光派和王安石派，不闹意气，把保甲保马方田等法办好了，库有可用之财，国有已练之兵，也就不至于金人所说有两千兵守河，他不得渡了。我奉告阁下一声，转语世人。除了酒色财货之外，意气也可以亡国。"

我听到这里，觉得他已是不惜金针度人了，便作一个揖，问道："先生著作等身，最得意之作是什么？"东坡笑道："若问这得意二字，那就可以说篇篇得意，不得意我何必留了它？比较地说，是那《咏桧》十四个字'根据九泉无曲处，人间唯有蛰龙知'。我的对头把这话陷害我。神宗说：'彼自咏桧耳，何与联事？'说了牢骚话，竟没有罪过，这是我得意之处了。"

正说到这里，忽然竹林里有人大声喝道："你们毁谤君父圣贤，还说得意，一齐抓去办了！"随了这一声喝，青天白日，罩下一层不可张目的雾烟，我也就不得再起古人而问之了。

第六十四梦

"追"

宇宙间的事实，造成许多名词，而许多滥熟的名词，也会生出许多事迹，于是我就想到这个"追"字。"追"本是追求的缩称，根据字面，颇涉于空泛。但是谈追（以下略引号）的人，他们脑子里，不会有工作学业等等，更无论于国家民族。他们所知道的追求这一名词，第一为男人找女人，第二为女人找男人，第三为男人女人互找。所以缩称的这个追字，只是一种性欲冲动的行为。

我常遇到一位年轻女子，谈到她为何中途废弃了她的事业。她答复了我一句很妙的话："那里的人追得厉害。"我知道这女子是沧海曾经的人物，她竟为人追得不敢出头，那么，也许可以代表这新阶段社会的一环吧？但是，我知道这一事实，却没看到那一事实，颇有心去体验一下。

是个月光如洗的晚上，我熄灯看月，若有所思，仿仿佛佛就到了西湖的南屏山下。在一条石板小路上，走进一扇月亮门里，见一个古装的白发老人，手上握了一把五色丝线，正坐在月光的一块太湖石上清理。我不知道他是干什么工作的，未免站在一边估量着。偶然一抬头，却看到里面正屋柱上，悬着曲词集句对联："愿天下有情人都成了眷属，是前生注定事莫错过姻缘。"

我这就明白了，这是月老祠，那老人便是月老了，因上前一揖道："月老先生，你工作忙呀。"他向我看看，依然清理着手上

183

的丝线，答道："你且不问我忙不忙。你自问闲不闲？如闲的话，我解答你所要知道的一个问题。"我很高兴道："莫非月老先生要让我看追的玩意儿？"

月老微笑着，先牵动了一根红丝线来。随着线头，在太湖石后，出来一群狗，右边线头，缚着一只白花点子的小哈巴狗，看那胸下，垂了两行乳头，是一头雌狗了。左边线头，却缚了一串雄狗，狼狗、狮子狗、哈巴狗、村狗、粪狗，各种都有。他笑道："你看这个。"我道："月老，你错了。我所要知道的是人事，不是狗事。"

月老笑道："我不错。天下把这追字发泄尽致的，莫过于狗。大庭广众之中，光天化日之下，它们可以把什么事放到一边，大胆地去为性欲而奔走、而斗争。你守着这一群，你自然可以得到许多社会另一角落的现状。"说着，把手上理出来了的那根丝线，交到我手上。

那群雄狗，脱离了月老的手，向小雌狗便扑将来。小雌狗见有群狗扑来，拔腿便跑。缚狗的绳子，兀自在我手上，我被狗拉扯着，立脚不稳，也只有跟了后面跑。脚下绊了一块石头，向前一栽，翻了一个大筋斗。我爬起来睁眼看时，手上的红丝线、眼前的狗都失所在。我却站在一大群青年男女中间，同时我一看我自己，也缩回去了二十年，成了一位青年。

却有个人拍了我的肩膀道："密斯脱张，来来来，我有一件事和你商量。"我回头看时，是二十年前的朋友梅小白。他是从前在汉口干风月小报的记者，作得一手好戏评，当年在汉口的时候，曾由他引着看过许多白戏，这交情来路并不正当。不想在这个地方遇着了他，便笑着点了两点头道："梅先生久违了，怎么到这里来了？"梅小白握了我的手，向前拉了我走。走到一个房子里，里面横直列了几张写字台，摆了沙发椅子，倒像一间公事房，有两张桌子边坐了两位西装汉子在那里用钢笔写中国字。

梅小白和我介绍了一下，一位是胡经理，另一位是宋协理，让我坐在沙发上。梅小白顺手向我敬着烟卷，微笑道："我在这里当宣传主任，还干的是本行。你在新闻界熟人多，帮帮忙吧。"那位胡经理便向我点头笑道："少不得请张先生当我们公司里的顾问。"我道："小白，你们贵公司是做哪一项工商业？"小白笑道："我们这公司大得很，包办一切中西娱乐事业，从业员，男女多到两三千人呢，你看。"说着手向外一指。

我顺了他手指的所在看去，见两三个男子夹着一个女子，或四五个女子跟随了一个男子，在窗子外面来来去去。男子多半是蓄着长而厚的头发，有的穿了蹩脚西装，脖子上一条黑绸巾做的领带打着尺来大的八节领结子。有的在身上加着一件大腰围的大衣，两手插在衣袋里，把肩膀一扛，北平土话"匪相"。至于那些女子，虽然各有各的打扮，但是都不外在绸衣或布衣上，外面罩了一件蓝布大褂，最是里面穿着红紫绸衣的，故意将蓝布罩衣做得短窄些，露出绸衣的四周来。

我看了一看，心中便有数了，笑问小白道："这是你们的人才？"小白道："他们都是思想前进的人物，不信，你可以自己去访问一下。"他这句话倒是正中我的下怀，便起身道："那很好，你不用代我介绍，让我去自由访问一下，假如我得着好材料的话，我一定替你们着实宣传一下。"说着走出这写字间来，却是一座花木扶疏的园林。迎面一座牌坊，上有四个大字的匾额"无遮大会"。旁边直柱上一副八字对联："恋爱至上，社交自由。"穿过牌坊，在葡萄架下，有一套石桌石椅，围了一群男女在那里说笑吃喝着。有些石头上，红绿纸包一大堆，有陈皮梅纸包糖、盐卤鸭肫肝、花生米、鸡蛋糕。另外几只玻璃瓶子，不知里面装着什么饮料，几位男青年互相传递着，嘴对了瓶口，瓶底朝天，嘴里咕嘟咕嘟发声，把那饮料喝下去。

这时，有个十六七岁的女孩子，笑嘻嘻地说话。她脑后垂了两个一尺来长的小辫，各绽了一束红辫花。身上一件蓝布罩袍，罩了里面一件短红绸的短旗袍。一二寸高后跟的紫皮鞋，赤脚穿着，跋着地面笃笃有声。她脸上的化妆，是和普通女子有些分别，除了厚敷着胭脂粉而外，双眼画成美国电影明星嘉宝式，眉角弯成一把钩子，眼圈上抹着浅浅的黑影，正和那嘴唇上猪血一般红的唇膏相对照。

她笑着道："喂，老王，你怎么把包糖的一张蜡纸也吃了下去？"这就有一位身材高大的青年，笑着紫红脸皮向她说："你有什么不懂，因为包的糖纸，你把舌头舔过了，这纸很香。"她将手指头点了他道："缺德！"于是一群男青年哄然大笑道："老王吃了白露的豆腐了。"白露笑道："这算什么吃豆腐？谁愿意吃口水，我倒不在乎，我现在就预备下了。"说着，连向地面吐了几口痰沫，将手指着笑道："哪个愿意吃豆腐？"大家哄然一声笑了。

这就有个白胖子少年，穿了一身旧灰哗叽西装，听了这笑声抢着走来，问道："什么事？什么事？有豆腐让人吃，还有不吃的吗？"老王笑道："胖子，你对白小姐是愿做个忠实信徒的，白小姐吐了几口吐沫在地上，你能舔了去吗？"胖子将眼睛笑成一条缝，把肩膀扛了两下，笑道："白小姐，真有这话吗？"

白露向他瞪了一眼，还没有作声呢，她身边另有个身材长些的女郎，却伸出皮鞋来，把地上吐沫踏了，冷笑道："谁愿和那无聊的人开玩笑？"胖子笑道："哦！刘小姐，你怪我吗？你和老陈的事，真不是我说出来的。你自北碚回来好几天，我才晓得。老陈的太太就是那脾气。"提到了陈太太，这位小姐脸皮就红了，把皮鞋在地上连连顿了几下，表示气愤，扭转身就走了。于是男女一群，也就散了。

只剩下白露向他微笑道："何苦呢？又碰着这样一个钉子。"胖子笑道："不用忙，总有那样一天。"刘小姐走过去好几步，便又转身走了回来，瞪了眼望道："总有怎么一天呢？大概你还要向我报复一下。"胖子笑着一鞠躬道："你不要误会，我说总有一天，你需要我帮忙。老陈对我说过，要我介绍我表姐和你认识。吓！她是一个有名的产科医生。"那刘小姐听了这话，倒不怎样生气了，面皮红红的。

这就有一个烫发的男子，把视线注视在刘小姐脸上。刘小姐忽然脸色一沉道："那要什么紧？我和老陈的关系也不瞒着谁，不久我们就要宣布同居。私生子多少做伟大人物的，告诉你，我将来就是一个伟大的母亲。"她高声说了一遍，还是扭身去了。

我在一边看着，觉得这位小姐颇为伟大，便遥遥地跟着她，打算请教她一下，怎样可以教育着一个伟大的人物？在大湖石前，却有一个烫头发穿西服的少年，先拦住了她，脸上放出十二分的诚恳，眼眶里似乎带着要流泪的样子，低声叫道："刘，你就这样抛弃了我？老陈他和他太太很好，绝不会有什么不忠实行为的，你还是回到我这里来吧。我知道你已经怀孕四个月了，假如你答应我的要求，一切我都承认。"他说话时，两手一伸，拦住了刘小姐去路。

这样，她只好站住了脚，向烫发少年冷笑一声道："你还有什么话说的？至少，你这种话我听过一百遍了。我根本就不爱你，你说得水点了灯，也是枉然。你不是说你要到前方去吗？你可以把女人丢开，去轰轰烈烈干一场吧。"

烫发青年微弯了腰，做个鞠躬的样子，答道："无论干什么，总得要一点精神上的鼓励。你若答应了我的要求，你叫我去跳火坑，我立刻就跳。假若你要我上前线，我立刻就去。你只答应我一次，你……"他说着，伸手就扯那刘小姐的衣襟，而且跪在地上。

就在这时，旁边花丛里，出来一个身体高大的男子，叫道："刘……你在这里做什么？"说着，走向前，挽了那刘小姐的手臂膀就双双地走了。这位烫发少年还呆呆地跪在地上，总有十分钟之久，他才醒悟过来，然后慢慢地站起，拍了西服上的尘土，总算他这份委屈还没有多少人见着。

那花丛路上，有两个穿草绿色短衣的人走了过来，老早笑了和他点着头。一个道："老倪，你这套西服该换下来了。开会你又不去吗？在大会里，这样漂亮不大好。"烫发少年道："我现在想破了，出出风头也好。"来人问道："演说词儿你记得吗？"

烫发少年道："我怎么不记得？我演说给你看。"说时，他跳上一大块太湖石上，高抬了一只拳头道："青年们：现在到了最后关头了，我们要咬紧牙关，克服一切困难。要知道我们是中国的主人，一切责任，要我们来担当。前方将士流血抗战，我们住在大后方的人，醉生梦死来……"说到这里，的咯的咯，有一阵高跟皮鞋声由远而近。他举起高过了烫发的那双拳头，已缓缓地落下来，把那个"死"字声音拖得很长，去听那高跟鞋声是由何方而来。同时，那两个穿草绿色衣服的人，也就把注意看他面孔的眼光，掉转过来向着高跟鞋子发响的所在地。

听了这响声，一位十八九岁的女郎，穿着蓝底白印花的长褂子，外罩红羊毛绳短大衣，脸上和嘴唇上的胭脂浓浓地涂着，几乎和那羊毛短大衣成了一个颜色。她倒不是梳着两个辫子，散了头发成半边伞一样，披在后脑上。高跟鞋上两条裹着丝袜的大腿，格外撑得高些，人颇像个大写的字母 A。这里三位少年看到了她，正如苍蝇见血一般，一齐拥上前，将她包围着。

那烫头发少年笑道："余小姐你又失信，昨晚约你吃点心，你又临时不到。"余小姐道："真对不起，昨晚有人派汽车接我吃晚饭。"她说到这里，突然把话撇开，因道："我老远地听到你在激昂愤慨地演说，以为这里有什么会议呢，你捣什么鬼？我讨厌这种口是心非的演说，你要为国出力，没有人拦住你，不到前方去你尽管对人胡嚷些什么？我就不爱听！"那烫发少年虽碰了一颗钉子，他并不介意，笑道："你看我是那种做口头爱国的人吗？我是在这里模仿三幕剧里的一个角色，闹得好玩呢。"

就在这时，那花园墙外边呜呜地有一阵汽车喇叭声。这位小姐不爱听人家说抗战言辞，却爱听这怪叫的喇叭声。她笑着指了墙外道："钱处长开车子接我来了。他那汽车的喇叭声音我是听得出来的。"说着，连跳带跑地走了。这里剩下三位男士，却面面相觑，作声不得。

这时另有热烈的一群走上来，前面是五位女士，除了三个短旗袍之外，另有两位特殊装饰的。一位是穿着白羊毛紧身，把两个乳峰至少鼓起有五寸高，似乎这衣服里面曾塞着两团棉絮在帮衬着，外面套了一条挂绊带的翠蓝布工人裤，下面却又穿一双玫瑰紫高跟鞋。头上两个小辫扎着两条红绸带子，却由耳边披到肩膀前面来。

另一位穿着桃色的细毛绳褂子，敞着胸脯，露出一大片白胸脯来。拦腰一条白皮带，把腰子束得小小的，下面也是一条枣红呢的裙子。虽然天气凉，还赤脚穿双白鞋。她没有梳辫子，头发尺来长披在肩上，上面却用白绸小辫带束住额顶。这位小姐周身的色调都配合得富于挑拨性，所以脸上的胭脂涂得格外红，而眉毛也格外画得长。

紧随在这五位小姐后面的，却是两位西装男士。他们肩上，各扛着几件女大衣，胁下夹着小皮包，左手提着旅行袋、热水瓶，右手还握着一束鲜花。他两个都是不能受军训在高中脱逃，跳进了艺术圈子来的人，论起气力来，实在有限，所以他们头上的汗珠，都带着生发油水一阵阵地滴下来。可是这五位小姐，并不介意这个，一路说着谈着，剥了纸包糖吃。

那位穿羊毛衫的小姐，手里挽了一把小纸伞，她还嫌累赘，回身交给后面那个男士道："老何，交给你。"这老何两手都有东西不算，右胁下还夹了另一小姐的手皮包呢，怎么能去接她交下来的那把伞？这烫发少年看到，却是千载一时的机会，立刻抢了上前，笑道："吴小姐，交给我，交给我！"吴小姐向了他问道："交给你？凭什么？"这老何见烫发少年来抢他的差使，十分不高兴，难得吴小姐肯维持老奴的地位，竟拒绝了他的请求。因笑道："凭什么呢？凭他这烫头发。"吴小姐向烫发少年瞟了一眼，操着纯粹的一口儿北平腔，笑道："这份儿德行！"于是所有在面前的小姐都哈哈大笑起来了。

老何道："吴小姐，我右胁夹窝里还空着，请塞在我胁下吧。"吴小姐真把这柄伞塞在他胁下，正色道："这伞是我心爱之物，你这样夹着，别丢了它。丢了它我不依的。"老何满口答应道："不会不会！"那个穿桃色衣服的小姐也道："你别只顾了伞。好不容易，这把花带了上十里路，你丢了我也不依你。"老何半鞠了躬道："不会不会！我负全责，一样也不丢。"于是大家继续走了。

这三位男士，全把鼻子耸了两耸，向空气嗅了几嗅。这风正迎面吹来，好一阵胭脂花粉的摩登女郎气味。那一位穿草绿色制服的少年道："老何有什么长处呢？除了他会见人鞠躬。"另一个少年道："他那副贱骨头，谁学他？"三人只管呆了嗅着下风头的空气。

"喂！你们三个人站在这里干什么？"在太湖石后，随了这话，钻出一个女郎来。双辫子，短旗袍，也和其他女郎一样，只是既矮且胖，身材显然不一样，而且脸大如盆，粉涂着像抹了一层石膏。这三位男士竟没有一个人理她，还是她走向前来，向三人笑道："你看，昨晚玫瑰剧团排演《赛金花》，把我累得腰杆直不起来。"说时，将一双肉泡眼瞟了这三人，将肉拳头反到身后，捶着自己水牛似的肥腰。烫发少年望了她道："《赛金花》戏里，还有你一角？"

胖女郎又哟了一声道："你瞧不起我？我肚子饿了，想出去吃点东西。三位哪个陪我一下。"一个穿草绿色短衣的道："我们今天要讨论到西北去的路线问题，恕不奉陪。"她伸手将烫发少年的手臂膀一挽，夹在胁下，说道："前两天你当了刘小姐的面，说请我们吃点心的，你也不能失信吧？"说着把头直伸到他怀里来靠着，鼻子里哼道："你你你，真让我这样失望吗？"这烫发少年到了这种情境里，不软化也不可能，只好随了胖女郎挽手走去。

我站在一旁，看呆了，心想，白日堂堂，光阴不再，这些青年男女，就干着这些你追我、我追你的事情吗？这一个问题，我研究了约十来分钟，还不曾解答，却见梅小白老远地笑着走来，问道："老张。你看我们朝气勃勃，有何感想？"

我笑道："我倒正要问你，你们收罗的这些男女青年，自然

191

都是救国人才了。我有几点疑惑，请你指教一下。第一，看他们年纪很轻，尤其是女士们，她们都受过什么程度的教育？第二，旧道德是他们所鄙弃了的，他们信仰中心在哪里？第三，我知道你必定答复我，他们的思想很前进，但任何一种主义，不会叫男子烫发、女人涂着花脸似的胭脂粉。第四，贵处自然以这些青年是人才，且不问他们目前，对于国家，对于社会，无丝毫的贡献。青年不会永久是青年，现在他们除了追求，不知其他。将来由壮而老，既无可追了，而学问能力一点没有准备，又找不着一点信仰中心，这一大群摆在哪里也不合用，何以善其后？"

小白哈哈一笑道："老夫子，你的思想太落伍了，我一一答复你吧。第一，这些男女虽不说受过高等教育，但多半是中学生，常识水准是不会低的，这就成了。我们这里杂志很多，他们天天看杂志，还正在加油呢。第二，道德值几个钱一斤，现在还值得一谈吗？中心思想，那也很难说，你焉知他们所行所为，就不能构成当代一种中心思想？第三，爱好是人之天性。女子可以烫发，男子就可以烫发。你不知道自然界的现象吗？公鸡的毛，必定要比雌鸡的毛长得好看，雄虫必定要比雌虫会弹着翅膀响，这为了什么？为了可以求配偶呀！至于女子多擦胭脂粉，这理由更简单，因为'女人就是艺术'，而艺术可以不美的吗？第四，这倒是我要启示你的。他们受着我们的领导，走上这条路。他们壮而老了，也可以领导下一辈子青年。既可以领导青年，职业就不成问题了。"

我笑道："领教领教！但对于国家社会，并没有什么贡献，你还不曾答复我。"小白笑道："这也是仁者见仁、智者见智的看法。你说他们对于国家社会没有贡献，可是由我看来，也可以认为贡献很大。譬如什么开募捐大会，我们这里就人马齐全，歌

192

剧、话剧、舞蹈、唱歌，我们这里，都寻得出角色来。甚至于戏馆子里卖票查票所贴街头广告，我们这里全有人。"

我笑道："我得挑你一个眼。广告是你们贴的，我敢说，写广告的人，你们一定很缺乏。他们平常用的是铅笔和自来水笔，国产毛笔根本不合作。既不与毛笔合作……"小白点头道："这个我承认，我们这里的人，百分之九十是不会写毛笔字的。不会用毛笔，那有什么关系？毛笔是落伍的文具。你去看看，现在哪个像样的机关，不是用钢笔和自来水笔？"

说到这里，远远地听了娇滴滴的声音叫道："梅先生，你救救我吧。他们追我呢！"随了这叫声，一个十五六岁的女孩子带着笑容跑了过来。那女孩子跑了过来时，看她两只小辫格外的长，辫子上束了两枝白辫花，越发显着她娇小。小白对于她，似乎也十分垂青，因笑道："怎么了？有什么事？啊！老张，我来和你介绍介绍，这是杨小姐，是我的妹妹。"我笑道："她姓杨，怎么会是梅先生的妹妹呢？"小白笑道："这又何妨？只要彼此愿意，什么关系都可以发生。"

杨小姐鼓了腮帮子，将鼻子哼了两声，身子扭了两扭，在小白身边挨挨蹭蹭地道："人家请你救救，你还开玩笑呢。"小白道："什么事要我救？"她还未曾答复呢，只听得后面屋子里一阵喧哗，男女出来一大群。有一位穿绿格子呢西服、头发梳得溜光的小伙子，被几个人拥着直推到前面来。杨小姐藏在小梅身后，咯咯笑道："你看他们来了。"人丛中有人笑着道："老梅，你还不动手吗？杨小姐今天和小开结婚，你应当做男傧相。"又有人道："不，他是大舅子。"

那绿衣小伙子，在前胸上佩了一张红绸条子，上面写着"新郎"两个字，我知道这是小开了。他被人推着，只是笑，并不

193

跑。杨小姐藏在小白身后，笑道："你们别闹，没有这样的，没有这样的。"她在喊着"没有这样"的声中，早抢过来两位小姐，一个人挽了她一只手臂，也笑道："客气什么？"这两位小姐，个儿很大，十四五岁的小姑娘，就没法抵抗。于是她被人推走了。她一走，大家哄然，也笑着在后面跟着。

我想，这玩着有点出奇了。大家欺侮这小姑娘，把她当新娘，行结婚礼玩。这位以兄长自居的梅小白，他不但不来保护，竟向小开一拱手道："恭喜恭喜。"也在后面起哄。我又想，七八岁小孩子，也有扮作新郎新娘玩的。这小开二三十岁也好意思干这儿戏的事吗？我倒要看个究竟，于是也在后面跟着。

他们这群人，把杨小姐推到了一座楼房前，把杨小姐先推进一间屋子去，然后又把小开推了进去。众人并无人进去，一位大个儿女士叮咯的一声将房门给反带上了。这屋子虽有两扇窗户，都已关上了的。门一关，里外就隔绝了。只听到杨小姐在里面叫道："青天白日的，你们有这样开玩笑的呀？"说着，叮咚叮咚，捶了门响。外面人笑道："杨小姐，恭喜你了，回头再见。门有暗锁，非有钥匙打不开的。你捶痛了手，也是枉然。"说毕，外面围着的人又哈哈一阵大笑。

小白就隔了窗户问道："小开，听见没有？大舅子和你在守卫了。"那里面的小开，虽没有答复，却是咯咯地笑着。小梅道："不开玩笑，大家该散了，全围在这屋子外面起哄，叫人家怎么进行任务？"有人笑道："也当远远地派两个人监视着，免得有人替杨小姐开门。"小白两手同时挥着笑道："去吧。这会子，你开门，杨小姐还不高兴哩。过了六小时，再来起哄。"于是大家一哄而散。

我跟着小白后面走了一阵，问道："老梅，你们这是真事，

194

还是开玩笑?"小梅道："人生本是一场玩笑，随便你说吧。"我听了这话，心里想着，在中国的社会，就有这么一群，那个杨小姐，虽然情窦已开，却显然是个发育未全的女子。至于意志薄弱，那又是当然的事。他们这群男女要取得小开的欢心，竟把这位杨小姐做牺牲品了。这是个什么场合？论他这些个青年男女。孔子说，"群居终日，言不及义"，已经是"难矣哉"了。他们简直"多行不义"，是不是有个紧接下文的"必自毙"呢？

我想着出神，却听到有人问道："先生，到会计课去，向哪里走?"我抬头看时，梅小白不知道到哪里去了，面前却站着一位胁下夹了皮包的人。我道："我也是来客之一，摸不清这里面的组织。"他道："这里面乱七八糟，真是寻不出头绪来。我又不敢随便乱闯，这里拿着三万块钱支票呢。"我问道："三万块钱支票，你到这里来买什么？这里只有讲追的男女，并不出卖什么。有呢，除非是人格。"他笑道："言重言重！我是送本月经费来的。"我道："一个月经费是三万？三个月可以买一架飞机了。留着一年的钱，是一小队空军，那不比养活这一群男女强得多吗?"那人笑道："但不能那样说。"我道："怎么不能这样说呢？这还是什么不能省下的钱吗?"

他笑着拍了两拍皮包道："二十年来，我这里面来往账目和开支这笔款子都差不多。若是全可以省下，中国的飞机虽然赶不上德国，也还不至于对日本有愧色，无奈就是向来不曾省过。譬如说吧，南京城里，面对面的铁道部和交通部，不建设又何妨？若是省下来的话，就是几百万元的硬币，能买多少飞机！便是程砚秋一趟欧洲游历费，就可以按照当年的市价，买七八架驱逐机呢。往日花硬币也不省，于今花法币，省些什么!"

这位先生似乎也有点刺激在身，我随便问了两句话，竟惹出他这一大套。我有心问每月花三万元经费，养活这一群男女有用何处？可是究竟是人家的机关所在地，只好忍住了。这位送支票的先生，拿了三万元在手，不知向何处送交才好，也不再对我多说，还是寻他的对手去了。我心里也就怀疑着，虽说这些男女除了追以外，不知别事，多少总有点用处，不然，这机关里的办事人，每月向人伸手要三万元经费，那是拿出什么理由来说话呢？

我一面想着，一面不经意地走着，也不知到达了什么地方，忽听到有个女子发怒的声音道："你们这种臭脾气，什么时候才会改呢？在南京是这样，到了这里，还是这样。"我随了这发声的所在看去，是一带向外的窗户，有那开了的窗子，可以看到里面，女大衣、女旗袍随处挂着，这正是女子的卧室。一个西装男子，把砖头叠在墙基子，一只脚踏在上面，两手扒了窗台，有个想对窗子斩关而入的姿势。窗子里有一位散了长头发的女子，手拿镜子和梳子，当窗拦住，似乎拒绝男子爬进去。

那男子笑道："你既知道在南京有这个作风，那我无非援例而已，为什么不可以？人有什么脾气，就总是什么脾气的，改了是人生反常，非死不可。譬如，我们水先生的法国太太，她非抽水马桶不能大小便。疏散下乡的时候，水先生就替她盖了一所有抽水马桶的洋房。然而她还觉不称心，终于是回法国去，做贝当政府的良民了。"那女子道："喂！你太高比。"男子笑道："他是中国人，我们也是中国人，有什么不能比呢？我们在南京把窗户扒惯了，于今要不扒窗户，就像有点反常了。"他说着这话，已是身子一耸，跳了进去。那女子半笑半恼地向后一退，红着脸道："青天白日的，你看这成什么话，"那男子笑着抓住她的手，却反过来把窗户关闭住了。

我站着树影子下，呆呆出了一会儿神，心里可就想着，这倒简单明了。可是这么些个人，终日地只这样追着，似乎也很昏迷了神智，创伤了身体。这些人自然是可鄙，同时也觉可怜。他们像一群小鸡，时时刻刻有被人家拿去做下饭菜的可能，而它们挤在一处，还是吃着小虫或米粒，努力去制造一种炒辣子鸡的材料。国家多有了这种人，国家必亡。世界多有了这种人，世界必会毁灭。我仔细想了一想，并不止发生气愤，我简直发生了悲哀，于是掉转身躯，就向原路走回去。

正好那位梅小白先生，笑嘻嘻地迎面走了来，问道："你到哪里去了？"我道："你们这里的事情，我都看得很清楚了，无须再看。"小白握着我的手笑道："到我公事房里去坐坐。我还有好的材料贡献给你。"我道："你一路笑着来，我已知道：你有什么材料。大概你这大舅子，已算是做成功了。"小白笑道："你谈的是杨小姐的事？那还有什么问题吗？"我道："你们这里一些男女，何以终日就只做那个追的工作？"小白道："青年男女追求不是正当其时吗？"

我被他这直截了当的一棍拦住，其余的话，就不必向下问了，背了两手低了头只管随在他身后走着。小白道："老张，你看这情形，总不以我们这里的情形为然。"我笑道："我并不是对整个的情形不以为然，我是和我们男子打抱不平。"小白道："你和男子打抱什么不平？这里面还有什么不平的待遇吗？"我道："据我所见，只有男子追女人，没有女子追男人，为什么是这里的男子，不高抬身价？"

小白哈哈大笑道："你外行！你外行！这可以把练武术来打譬。男子之追，用的是外功，女子之追，用的是内功。这外功你可以看得到，内功你怎么看得到呢？"我笑道："可不可以让我也知道一点？"小白笑道："我晓得，你是来收罗材料的，但是我们也并不把这事隐瞒着谁，人生是追求高于一切，正应当鼓吹鼓吹。你要知道内功，我就带你去看看内功的表演吧。"说着，挽了我的手便走。

仿佛之间，走到一个小运动场上，他站在篮球架下叫道："粗线条呢?"只这一声，过来了一位大个子，下面穿了西服裤子，上身罩了一件柠檬色的运动衣，胁下又夹着一件西服上身，长圆脸儿配上两只大眼，头发虽不曾烫，前部梳得溜光，后部曲鬈。小白笑着和我介绍道："这是朱先生，是位全才艺术家，五十米赛跑得过冠军，游泳也很好。尤其表演话剧，取慷慨激昂的角儿，压到当时。而且上过镜头，另一班朋友，和他起了一个外号叫粗线条。"说着，将手伸了向这位全才艺术家上下比着，偏了头向我笑道："你看，这岂不是一位典型青年!"

梅小白在介绍的当儿这样大大地恭维他一阵，我倒有些莫名其妙。那粗线条笑道："好吗! 大概又有啥事要求我! 来上这么一顶高帽儿。"他说话竟很带了几分天津味，所以这"吗"字音格外沉着。小白笑道："实不相瞒，我们需要半打曹小姐穿浴衣的照片，除了你，不能得，希望你带我们去一趟。"

粗线条道："我知道，有某财东迷上了小曹，暂时还无法进攻，就想弄她几张相片去解馋。那财东有的是钱儿，送她一笔款子就行了。小曹本想在香港买化妆品，这笔小外汇，约莫合千把块钱法币，正在张罗着呢。"小白道："你何必这样糟蹋小曹? 近来外面都说小李打了两针六〇六……"粗线条道："怎么不是? 我还知道给她打针的医师是谁呢!"小白笑道："别闹，眼前站着有新闻记者呢!"我笑道："那倒不必顾虑。为了抗战，暴露社会的腐烂真相，望有心人起来加以纠正，事则有之，但我们绝不揭发人的隐私。"粗线条笑道："我们这事情，暴露也没关系，反正……"

小白不等他把缘故说完，只拖了他走，回头又向我使一个眼色。我会意，跟着走去，到了一所西式洋楼上，我们拜访到一间门帘深垂的房门口。门外人还没有开口，里面已是有娇滴滴的女人声音笑着。她道："哟！贵客到了，欢迎欢迎。"那声调分明是个南方人说国语，尽管说得流利，音韵是另一种软性的。

　　随了这话，首先是五个染了红指甲的白手，掀起了门帘。随后出来一位白嫩皮肤的女郎，点头让客进去。看她那装束，显然与别个摩登女郎不同，身上穿了一件橘红绸旗袍，周身滚了白绸的边沿。并没有挽着普通式的那两只小辫，在头发溜光之中，大把蓬松起来，掩着两耳，垂在肩上，发梢上是微微卷起两排云钩。只看她这头发也就可以知道消磨了不少的光阴去整理。这样，所有脸上可以用化妆品的所在，都尽量地使用了。眼皮上的睫毛，长得很长，使用了欧美妇女的化妆法，一簇簇地夹成了辐射线条。

　　我很锐利地观察了她一下，觉得她在这被追的一群之下，是带有富贵气味的。小白这才替我介绍道："这是红榴小姐。"我一听之后，这是一位不使用姓氏的人物，首先表示了思想前进的作风。她和我们周旋了两句话，却把眼光向粗线条很迅速地一溜，低声地问道："这时候怎么有工夫来呢？"粗线条道："这位张君要我引来见你。"我听他如此说明之后，觉得这位摩登女性，交际娴熟的人物，定要客气一番，可是大大地出于我意料，她竟低着头，露出雪白牙齿微微一笑。在这有若干难为情的姿态之间，又把眼珠在长睫毛里对粗线条很迅速地一转。

　　这时，有个年轻女仆送上茶来，共是两只玻璃杯、一把小瓷茶壶。我和小白，各得一只玻璃杯。那把小茶壶呢，红榴先接过去，嘴对嘴地吸了一口，然后把那小茶壶交粗线条。我这时明白

199

了，这就是梅小白所说的内功，同时，我也就打量打量这个屋子。这位红榴小姐，大概是位突出的人才，所以她所得的待遇，也就比别人更好。

这里是前后两间屋子，后面自然是卧室了。我没有法子去观察一下，而这前面屋子，便是立体式的摩登家具，漆着白漆，不带一点脏迹。这地面是铺着寸来厚的白纯毡地毯，更是觉得室无微尘。但墙漆不是漆的，粉刷着阴绿色。两扇玻璃窗户，也掩着白窗纱。除非那大小两张桌子上花瓶里插的两束鲜花，不见有过于艳丽的颜色。在正面的墙下，有一张小小的白漆方桌，上面供了一个石膏制的圣母像，约有尺许长。圣母前有两个小瓶子插着鲜花，花丛中两支白蜡烛，插在白色细瓷烛台上。当中有部西装书，厚厚地横列了，不用说，那是《圣经》了。《圣经》边放了一个五金质的十字架，斜靠了书页立着。

这些点缀，将红榴小姐这件红旗袍陪衬得别有一种艳丽，而我就也相信她是个极端干净的人。我所坐的，不是椅凳，是个白绸的锦垫，也许是红榴小姐在圣母面前做祷告用的。锦凳是比椅凳矮一点，我俯视是极其容易。在这时，我看到长衣角拖在地毡上，我将衣襟提了一提，却有一张蓝色纸条出现。在那纸条上，印有一行黑字，乃是"'九一四'女性特用药"。我骇然地想着，谁把这单方丢在小姐房里？在小姐面前看这类药品方单，那是失礼的事情，我便将纸捏成一个团子，暗暗地塞在衣袋里。其实红榴正全副精神向那粗线条说话，倒没有理会。

这红榴小姐虽是很随便地和来宾谈话，但我不以为她是在谈话，而是在舞台上演话剧。因为她每句话吐出来，都把字眼咬得很真，同时，把声带故意绷紧来，说得每个字音清脆入耳。有时用到舌尖音，"如是的吗"是字念团，"的"念着"得"，"吗"字轻轻吐出，加以脸上的表情，眼睛向人一瞟。孟子曰，"我四十不动心"，我想这颇费考虑。而子见南子，子路不悦，也不无理由。

在她这样不住向那粗线条用着内功的时候，粗线条道："曹小姐，有人托我向你要点东西，你看我可以代人家要求一下吗？"红榴笑道："这个人倒会找脚路啊。要什么东西呢？"粗线条指着小白道："你让他先说。"小白将颈脖子伸着，笑道："上次我也说过的，有人要曹小姐半打相片。"红榴道："你这不是多余来问我吗？谁不收有我几张相片？你们随便一凑就有半打了，还来向我要干什么？"小白道："自然是要那不容易得着的。曹小姐那穿浴衣的相片，我看到过两张，真是能代表健康美。这是一家美术馆……"

红榴摇摇头道："我还不当模特呢，把这相片送到美术馆去陈列，什么意思？"小白笑道："但是他们也不一定要陈列出来。"红榴望了他道："那么，他们要我这相片做什么？"小白没得话说，却伸起手来搔搔头发，然后向粗线条道："我们不善于措辞，交涉不易办通，这就托一托阁下和我办一办吧。"说着，向我道："张兄，我们先走一步。"他既是代主人催客了，我也只好起身向外走着。

那粗线条虽也曾起身和我一同走，可是当红榴连连向他递眼色之后，他就坐着没动。当我们出门不远的时候，却听到红榴在屋子里用鼻子哼着，连说："我不要，我不要！"我跑了两步，方才站定。小白追上来问道："你好端端的跑什么？"我道："程砚秋唱戏，那要断不断的唱法，人家叫游丝腔又叫要命腔，其实倒不见得怎么要命。可是这位红榴小姐说话，各各字带着弹性，那才叫要命腔。我受不了，我只好跑。"

小白哈哈大笑道："现在你该恍然大悟什么叫是内功了吧？"我笑道："懂得了。这位小姐是基督教徒吗？"小白笑道："我们这里没有宗教。"我道："没有宗教，为什么她屋子里面供着圣母的像呢？"小白笑道："这是她一种外交姿态，表示她心地洁净。"我道："她心地洁净？"小白道："她不但心地洁净，同时她还有个洁癖。你不看她屋子里，无论什么都是弄得雪白的？"我不由得打了一个哈哈，因道："她有洁癖？这上面应该加个'不'字才对。"小白道："你太挖苦人。"我笑道："这是你们这里捡着的东西，我不愿带了走，我还是交给你吧。"说着，我就把那张"九一四"的字条交到他手上。

小白看到，红了脸道："这……这也没什么关系。"我道："当然没关系，不过是治病而已。仁兄，我以朋友的资格，要劝你两句话，民族到了这样生死存亡的关头，大家总要对大局着想着想。为了个人的饭碗也好，为了个人的旨趣也好，你这种从核心腐烂的集团生活，最好是自己检点检点。你以为关起门来，至多是腐烂你们这大门以内的一群男女青年。其实不然，他们或她们所带着一个摩登人物的头衔，社会上都认为是一种稀罕人物。意志薄弱的青年，只要接触到他们或她们，立刻就会传染上那种腐烂生活的习惯。简直地说吧，你们是个病菌培养室，你们这里每一颗病菌出了这大门，都是社会的不幸。"

小白笑道："你何以深恶痛绝至此？"我道："我并非有所痛恶。我看到许多青年，每每为了一个极偶然的机会，遇到你们这一群中任何一个，他立刻就开始腐烂了。我可惜国家的青年，我不得不发点牢骚。我根本不是医生，对此病菌，有何办法？便算我是医生，我也没有那种能力，可以把宇宙里的病菌扑灭。"

小白见我说得很激昂，走着路很久没作声，最后他才答道："这是你那封建脑筋作怪。"我道："我不否认你这句话，但严格地说起来，讲得起礼义廉耻的人，都是封建脑筋，因为这四个字，全是贞操问题。"

正和小白两个人谈着话，忽然有个女子的声音插嘴道："贞操？我讨厌这两个字。"我听了这话大吃一惊，这女子太勇敢了，她明目张胆反对贞操，便站住脚回头看去。这时，在旁边花丛里走出两位女子、一位男士，对我呆望着，好像也吃了一惊，他们没有想到提出贞操问题的，是另一位事外之人。我也不知这两位女士之中，是谁反对贞操。可是其中有位年纪大些的，约莫在二十五六岁，头上盘着两条辫子，显然不是一般少女那样摩登。鼓着腮帮子，脸红红的，这是和人在生气。刚才那些话，也许是她说的。

另一位年纪轻些的女士，比那位长得好看些，脸上冷冷地带了一些冷笑的样子。小白迎着他们问道："你们三个人问题最多，怎么又闹起来了？"那年长的女子指年轻的女子道："她欺人太甚！我已把丈夫分一半给她了，她还不满足。昨夜是应该老王回到我这里的了，她不让他回来。"那男子横了眼瞪着她道："是我不到你那里去，没有人家的事。你和老陆同居一个星期了，人家不要你，你又来找我。"那女士两手一扬，很坦然地道："这有什么奇怪？你需要女人，我也需要男人。你既不来找我，我当然临时去找一个。我们这个圈子里，哪个男人是一个女人？哪个女人又是一个男人？怎么着？到了我这里就行不通了吗？"

我听到这里，觉得话说得这样赤裸裸，人类已进化到了与原始时代无二。所不同的是他们穿了衣服，没有穿树皮。我觉得说穿了，也不足感兴趣。正待举步离开这群人，这却听到路外一阵狗的厮打叫号声，十分猛烈，越号越厉害，直叫到我身边来。我猛然地惊醒，却看到在齐窗外院坝里，正有七八只狗追着打旋转。

第七十二梦

我是孙悟空

　　常是听到无常识的人说，我们有了孙猴子的法术就好了，他拔一根毫毛，就可以变成一架飞机。拔一根毫毛，也可以变成一尊大炮。有了十万八千根毫毛，一半变飞机，一半变大炮，将日本鬼子，打得粉碎。我听了这些话，先觉得颇是无识得可笑，继而想着是无识得可怜，最后我便想到是无识得可哀。还有人驳以先那个人说，既有孙悟空那种千变万化的本领，何必变什么飞机大炮，把那金箍棒向东洋一搅，把那小小岛国，用地震法给它震碎，岂不更简单明了？我想，人之知识程度不齐，在二十世纪，还有把西游记的神话，当了解决国际战争的妙策的，这绝不是个笑话，实在是个问题，也许，那还是社会上一个严重问题呢。

　　这个念头，印在我脑子里，总有几天溶解不开。恰好我拿了一份报在手上，躺在床上看，有几段新闻，让我看了不高兴。虽不是战争之事，却也需要变成了孙悟空才有办法。正这样打算着，却看到半天云里，金光灿烂，五色云彩，东西飘荡着。在云堆里，冒出许多青色大莲花。每朵莲花，都有车轮些样大小。其中有一朵最大的莲花，上面站着一位赤脚妇人，头罩白风帔，身穿白衣，画了竹叶花纹。那女人手上拿了一只白瓷瓶子，插了竹叶，好像印度妇人去买酒。在这个装束情形中，和脑筋里那个观音大士画像，颇为符合。心里就想着，莫非是她吗？不然，哪里会有人站在云端里？这就听了她道："你们这些半瓶醋的文人，略懂科学皮毛，就抹杀神话。其实神话这个东西，未尝不可变为事实。举一个实例，你们所住的地球，是多大一个东西，可是它悬在天空里，自己会昼夜不停地飞奔与转动。地球朝下的那一面海洋里的水不流出去，你们脑袋朝下脚朝上，谁也不感觉到头昏，这就是莫大的神话！"

我听了，觉得这位印度装束的女人，将以毒攻毒之法来攻击科学，绝不是寻常家数，因望了她在沉吟着没有出声。她笑道："事实胜于雄辩。让你自己经过一番，你知道西游记也不能完全算神话。"说着，她将手向我一指，我打了一个冷战，立刻天旋地转，人在半空里翻筋斗。心里想着，这就是孙悟空的筋斗云了，我怎么会玩得来？心里一啾咕，两脚站在地面，睁眼看时，乃是一片荒山，四周一看，黄沙白草，尘霭接天，很是凄凉。

正疑惑我到了什么地方，却见一位头戴方巾、身穿葛袍子的白须老人，手拖拐杖，战战兢兢跪在地上，口称不知大圣驾到，有何吩咐？他这么一称呼，把我当了齐天大圣，看他那情形，准是本方土地。因道："此地如何这样荒凉。"他道："大圣有所不知，只因这附近，来了三位妖怪，甚是凶恶，每天要吃三千人的脑髓和心血，他手下那些小妖，不只专门吃人，连带把飞禽走兽、蛇虫蚂蚁，不论肥瘦，见着便要吃。这里本叫黄金谷百宝山，自从来了这群妖怪之后，不但把老百姓吃光，连地面上生物也都弄个干净。现在渐渐弄到挖开地皮三尺，去寻树皮草根，所以变成这样荒凉。"我道："你是本方土地吗？既有这等事情，你为何不上奏天庭？"他道："小神是本方土地。大圣明鉴，那妖精没有把我小神拿去敲骨吸髓，已是天大人情，小神如何敢上奏天庭，小神位卑，又怎能上奏天庭，这就叫天高皇帝远了。况且这三个妖怪，都有万年道行，法术通天，恐怕玉皇大帝也只是开一只眼闭一只眼。小神是人家脚底下泥，又能怎样？大圣是道法高超的人，既来到这里，请为这一方生灵除害。"

我见他口口声声称我大圣，心想莫非刚才那个女人，就是观音大士，她一指点，就那一指禅中，传授了我的道法。我这样想着，顺手在身上摸索着，摸着了一根毫毛，两指拔出，暗暗地叫声变，向空中一晃，我手上却拿了一面很大的镜子。我对了镜子仔细观望，虽然我还不失本来面目，可是猛然一看，我却是火眼金睛雷公脸腮的和尚。心想，我既有这副外表，又有许多道法，我正好泄尽生平抑郁之气，为人类打尽抱不平。土地都认我是大圣了，我便索性冒充一番。于是暗暗一念，将镜子变回为毫毛。因问土地道："这妖怪叫什么名字？现住在哪里？"

土地道："这三位妖怪，统号大王。第一位是无畏大王，第二位是无遮大王，第三位是无量大王，这三位大王之上，还有一位通天大仙，这法号正与大圣遥遥相对，功法更大。住在一个上不沾天、下不沾地的所在，小神道法浅薄，说不出那是什么地方。这三位妖怪却住在这里西南角无维山无情洞。大圣若要前去，经过万骷山便是。"我道："何以叫万骷山？"土地道："便是那三位妖怪吃剩下的人骨头堆成了几十座山头。"

我听说之后，不由得怒火上冲，丢下土地，两脚腾云上了半空。站在云堆里，向西南角看去，只见白茫茫一片丘陵，好像是下了雪。驾着云头，向那里飞去，果是无穷尽的人骨头，堆成了山谷。这人骨之上，黑气如烟如雾，不住上升。在这里面有数不清的冤魂，随风飘荡。隐隐之中，但觉哭泣之声，如荒野秋虫，半夜号泣。我道："各冤魂不必悲号。公道若天在壤，必有一日，可为你们申冤。"云头过了这万骷山，眼界一新，只见前面金碧辉煌，风云彩灿烂里面，起了几十幢凌空的宫殿。早有一阵笙歌鼓乐之声，顺风送来。我想，这金碧辉煌的宫殿，如何紧接了人骨头堆的山？这里虽有些像琼楼玉宇，不见得是神仙所居，大概无维山无情洞就是这里了。

按住云头，向前看去，只见前面云彩下有五座五彩牌坊相连。中间那座牌坊上，有四个字的匾额"法力通天"。我想主人翁好大的口气，竟与我齐天大圣的名义不相上下。不过这金玉映照的楼阁上下，却是乌烟瘴气，上层为青天白日所照，上下左右，稍矮一二尺，便模糊一片，什么也看不到，正是妖气冲天。

我按下云头，在烟瘴外仔细看去，却见两小妖，一长一短，都是蓝衫方巾，像个斯文人的样子，由宫殿里面出来。但是那白面书生的脸上，青筋直冒，眼珠通红，嘴里透出两颗獠牙，便只这一点，可想到他已是杀人吮血的丑类。我摇身一变，变了只小虫儿飞到他方巾上站住，听他说些什么。那矮子道："长哥你看这送早点的人还不曾来，大王等得发急了。"长子道："咳！这实在难。大王的量既大，附近几百里路的百姓，都已吃光。那些和大王打猎的人，少不得跑到千里路以外去捉，虽说他们能腾云驾雾，究竟他们道行低，来去费时，我们就在这里等一等好了。我这衣袋里，还藏着有两个人肉饼子，就在这里吃着消遣。"说着，这两个小妖在牌坊下石墩上坐着。长妖在怀里掏出两个紫色的人肉饼子和那矮妖各把两手撕着吃。

矮妖笑道："你怎么还有富余的人肉藏在身上？"长妖道："昨天三大王下了一道手谕，说是大仙娘娘要人乳洗澡。限六个时辰内，要捉三千个小孩母亲挤乳。这手谕在黑心狼手上经过，他就在三字中间，加了长短两直，变成了五千个小孩母亲，除了关起三千女人每天挤上两次人乳而外，还多着两千个人呢。这两千个人关在铁牢里，黑心狼慢慢地拿出来享用。这件事虽是瞒上不瞒下，知道的人，究竟不多，我就在他手上分得百十个肥胖的妇人，藏在山后小洞里，留着有便的时候拿出来吃。"

我藏在这小妖的方巾上，把话听了个够，心里想着，这还了得，像这么一个小妖怪，也就可以藏着整百活人在山洞里，留着慢慢地吃。此地的老百姓，实在是太可怜了，任何妖魔小丑，都要难为他们。我跳到了那二小妖面前，现出了原身。那矮妖却大吃一惊。长妖笑道："哪里来个瘦和尚，不够一顿……"我不等他说完。耳朵眼里取出金箍棒。迎风一晃，变得大了，两下将这二小妖送归西天，把这尸身踢下山沟里去。就在这时，远远听见一些呻吟之声，由山下传了上来。我先跳到云端里一看，原来是几个小妖，赶着一群面黄肌瘦的老百姓上山来。那些老百姓，都被绳索反缚两手，缩着颈子，一步一颠。那妖怪拿了长鞭子，只管在这群老百姓身上乱抽乱鞭。我看了这情形，知道是给这里三位大王送点心的，便走回牌坊下，拔根毫毛变了矮妖，自己却变了长妖，闲闲地站着。

不多大一会儿，那群人被赶到面前来了。我就喝住那个拿鞭子的蓝面妖道："你叫他们走就是了，为什么这样乱抽乱打？"蓝面妖道："哥呀，你看这些痨病鬼，走一步，顿一步，好不急人！我不拿鞭子打他们，他们什么时候可以走到呢？"我道："你为什么找痨病鬼来。"蓝面妖道："稍微有点人肉的，都被大王吃光了。"我道："你懂得什么，人肉是打不得的，打一下，皱一下，肉皱了，吃在口里是有酸味的。这有两三个老百姓，让你抽得周身是伤痕，那不等到洞府，人就要死。你让大王吃死人肉吗？你应该和几个兄弟把他们背到洞府去。"

蓝面妖是最下一层的小妖，我发了的命令，他倒不敢违拗，只好和他的伙伴，背了几个受伤百姓在前面引路。我押解了众百姓顺了牌坊下一条石板路向前走去，沿路雕梁玉砌，油碧回廊、朱漆柱子，都灿烂夺目。可是在这些华丽陈设之下，却隐隐藏了一种血腥气味。这时，早有一幢七层玲珑起顶的宫殿式房屋，矗立在面前。殿前两根旗杆，悬了杏黄旗，上有墨字，大书"替天行道"。我想，不要小看了他是山中妖怪，却还学着人世上的欺骗行为，也来个自我宣传。那几个蓝面小妖把老百姓赶到这里，他们也知道要把父母遗下来的血肉，自己挣扎下来数十年的性命，立刻要去做替天行道大王的一顿点心，一个个面色苍白，眼色无光，战战兢兢地站在这华丽的七层大厦面前。

那两个小妖虽是一路作威作福而来，到了这洞府门口，他也失却了勇气，恭恭敬敬地站着，向我道："哥呀，我们不敢登大王的宝殿了，这一批新鲜点心，就请你带了进去吧。"我想救这批静待宰割的百姓，乐得把这送人的权抓到手上，可是这洞府里面，我没有到过，我又怎能把这批人送进去？踌躇了一会子，便向蓝面妖笑道："你交不了差，我就交得了差吗？"蓝面妖道："大王喜欢的是你和矮哥两个人啊，因为你们常常向通天大仙那里送东西。由大仙脚路来的人，在我们洞府里是金字招牌呀。"我听了这话，点点头，放着蓝面妖走开。

我且不走去，拔了一根毫毛，变着一个长妖，自己变了个蜜蜂儿，向洞府里面飞着，飞进了几层宫殿，见一座雕梁画栋的殿宇，上面设着三个宝座。果有三个怪相人高坐在上面，金脸的坐中间，银脸的居左，紫铜脸的居右。在宝座下面是五彩地毯，像深草一般厚，占着殿上很大的面积，这里有无数的少女，披了头发，脱得赤条条的，穿梭般来去，和这三位大王焚香、捧茶、唱歌、奏乐。那金脸妖将黄袍子一摆，露出嘴里四颗獠牙，发出猫头鹰的惨叫声笑道："我那群忠仆哩？"只这一声，殿屋四角，虎跳狼窜地，钻出来十几条狗。狗的形式不同，有狼狗，有狮子狗，有狐狗，有哈巴狗。其间最小的一狗，比兔子还小，竟有些像大耗子。这些狗由其大如虎到其小如鼠为止，全部俯伏在地，真个狗通人性，各各朝上舞蹈九拜，起落有节。

金面妖左右相顾道："二位王弟，你看，这几天，手下儿郎贡献的人肉人血，未免太少，恐怕日久弊生，这些东西，有点中饱。我想打发这批狗，出去搜查一次。"银面妖道："不破小费，不养小人，大王也不必察察为明，免得叫他们都跑了。"金面妖道："本来我也不是这样小量的人。只是大仙现想朝拜西天，要取得十万八千人的鲜血，炼一只飞天宝艇。像现在这样子，连我们洞府的每日开支，都有些应付不过来，怎么去应付大仙这笔账。"那紫铜面妖，究竟位分低些。听到大仙这称呼，他有点"祭神如祭在"的情景，立刻站了起来，弯了腰把它铜铃似的圆眼，微垂了眼皮，因道："既是这样说，我们想到人间去搜罗人类来吮血。万一找不到许多人，我想，我们洞里这些儿郎们，肥胖的也不少。他们那脏腑里，每人至少也藏千百人的血液，差一万个凡人，把他们十个人拿去抵数就够了。"那金面妖笑道："老弟，你怎么说出这样无出息的话，我们在山上修炼，各有几千年道行，于今弄得没有办法，把自己儿郎们也拿出去榨血。若是这样做了，请问，谁还跟我们后面兴风作浪？"银面妖道："此话有理。但是这通天飞艇，也不能不炼。若得罪了大仙，她祭起追魂夺魄伞来，我兄弟三人休矣。"

金面大王把面前长案上一只大如面盆的玻璃杯子，在嘴边碰了一碰，偏头在出神细想。我看那里面，盛着殷红色的液体，好像葡萄酒。然而我飞下去在杯子上打个旋转，却嗅到一股血腥味，这不用提是人血了。我趁那金面妖不理会，依然飞到大殿横梁上钉住，向下偷看。那金面妖道："这些事，且放下一旁不提，于今肚子有些饿了，我们的早点怎么还没有送来？"那紫铜面妖听了这话，把鼻子尖向上耸了两耸，笑道："点心来了，我已嗅到大门外有生人气。"

我听了这话，觉得不好，立刻飞到大门口，现出原身，吹了一口罡风，把那些被捉来的老百姓一齐吹上天空，指了几十块石头，变成那面黄肌瘦的老百姓站在门口。我也跳上天空，站在云端里，念动真言，早有六丁六甲值日功曹赶到面前，躬身问大圣有何法旨？我指着飘在天空里的百姓道："这些人也是父母所生，天地所养，竟被此处妖怪拘来，只当一顿早点。现在我把他们救出，烦尊神押送他们各回原籍，至于此处妖怪，自有我来对付。"功曹道："此妖魔术通天，多少天兵天将奈何它不得，大圣须要小心一二。"我喝道："都为你们胆小怕事，姑息养奸，把这三个妖怪，养得这般无法无天，你还叫我小心一二。"功曹们是、是连声，不敢多辩，径自去了。

我站在云端里，看到百姓已平安去远，然后变个小鸟飞到洞府外面，见有几个小妖，七手八脚把石头变的百姓，一个个向里抬。有一个小妖道："你看这些人，瘦得都像饿狼一般，不想每个身子都这样沉重。回头大王把他们的骨头剥出来，我们倒要捡起两根来看看，是怎么个东西。"另一个小妖道："吓！你倒想吗？这一程子，大王吃人，是连骨头都咀嚼着吞下去的。像这样的瘦鬼，一定嫌着没有一点滋味，正好将骨髓敲出来，慢慢地吸些油水呢。"我听了这话，心里好笑，趁着这些小妖不留神飞到路边一块石岩下，再将身体一变，变成了又肥又高的一个胖和尚，手脚都让绳子拴了，人躺地上，只管发哼。那小妖听到哼声，立刻跑过来，伸头向岩下望着。一个妖道："吓！不想这地方，居然还有这样一个肥胖的人，快拿去给大王解馋。"说着，便有两三个小妖抢了过来，抬着我进洞府去。

我故意把身子变轻了，让它们好抬。抬到那大殿上，三大妖，见抬了个胖大和尚来，各把舌头伸长了尺许，馋涎如水溜般滴将下来。金面妖道："这一阵子，找来的百姓都是瘦的，难得今日有这个肥胖和尚，我兄弟且忍耐一下，把他转送给大仙去受用吧。"那银铜两妖自不敢违拗，连说是是，早有小妖们把石头变化的老百姓，剥去了衣服，推推扯扯，送到三妖面前。那金面妖顺手掏起一个人，便向嘴里塞去，它那獠牙，虽是厉害，吃惯了人类的血肉，却还没有碰过钉子。他将这石头在嘴里一咬，痛得呀呀怪叫，把人向地下一丢道："这痨病鬼怎么比石头还硬呢？"一句话点破，石头变的人都还了原形，正是满地都是石头。

金面妖忽然醒悟，跳起来道："了不得！这有个胆大如天的人，在我们面前使障眼法儿。我们枉说有几千年道行，竟是不曾看出来。"说着，他睁了圆眼向我望着道："这个胖和尚不是石头变的。"我把脸一摸，现出法相，站在大殿中间叫道："齐天大圣在此，受了百万生灵之托，前来诛妖。"这三个妖怪一见有人拿它，都跳出了座位。我要抢它们的先着，先一个筋斗云跳在云端，由耳朵里取出定海神针迎风一晃，变成丈来长的金箍棒。这时，地面一片阴阳怪气，只见白云滚滚，三妖顶盔披甲，各拿一口大刀直奔将来。

金妖先催起云头和我并排，大声喝道："你这猴精，不到西天拜佛求经，到我洞府来多事，你好大的胆。"我道："佛家以慈悲为本，普度众生，宇宙里留下你这样整天吃千万人血的魔鬼不除，还求个什么经？把你这三妖除了，胜似建下千百万个道场。"铜面妖能耐虽低，脾气却大，喝道："这无维山无情洞，哪有你说话的地位？看刀！”说着，它先举起刀砍来。随着金银两妖，也把刀向我头上砍来，我不慌不忙，拿了金箍棒抵敌它三个。

战了百多个回合，杀得三妖汗如雨下，我只纠缠住它们耍子，不把它打落云端，也不放松。那金面妖突然将口张开，哗啦一声，吐出一道黄雾。我虽有火眼金睛，猛然也失了这三妖所在。尤其这黄雾里有股臭气，熏得人头晕眼花。我不知道它使的什么妖法，有点挡不住，便跳出了雾丛，站在天空向下看去。只见这无情洞小妖们却泉涌一股，在黄雾里向前冲杀，这三妖却在小妖群后面，从容指挥，原来它们用的是这个毒招：牺牲了众人来挡头阵，它藏在后面来个自在。我便变了一只海雕让开黄雾里这群幢幢鬼影，然后向三妖头上直扑了去，心想这一下子可把三个怪物同时去掉。忽然汪汪之声大起，有百十条狗从斜刺里直奔将来。杨戬一条哮天犬，我就没法对付。这三妖有许多恶狗，我如何对付得了。我又摇身一变，变了一只猛虎，大声咆哮，对着那群狗反扑了去，那狗虽然怕虎，可是它们跑回去几步，藏在那腥臭的黄雾里汪汪地乱叫，我想我纵然道法无边，绝不至于逢着狗各各咬它一口，只好站在云端里遥遥地望着。

那一群妖怪看到没有人追击了，便逍遥自在，收起云雾，转回洞去，那群狗却不住地高低上下在妖怪后面狂叫，当了掩护部队，我近前不得，正在为难，却见两个布衣儒生，驾云冉冉而来。我看他们头顶上一片正气，料是正当仙人，便闪在一边，让他们过去，可是他们倒按住了云头，有人叫道："大圣，有礼了。"我便向前答礼，请问大仙法号。那个年纪大的道："我首阳山伯夷。"又指了年轻的道："这是我兄弟叔齐。"我道："原来是两位大贤，失敬失敬。"伯夷道："知道大圣在此收妖，为黄雾所困。此雾是金银铜气所炼，平常的人，一触即会昏迷。其实要破

213

这妖雾，也很容易，只要人有一股宁可饿死也不委屈的精神，这雾就不灵。愚兄弟破此种法术，有独到之处，特来助大圣一臂。"

我道："多谢多谢。现在兄弟所感到困难的不是黄雾，是那恶狗，我让杨戬的哮天犬咬怕了，近前不得。"叔齐道："是的，这无情洞除了养着这一群狗外，还有一群鹰呢。我以为大圣法术齐天，也不怕鹰犬小丑，现在大圣如此说了，光是破它黄雾，还无用，现将敝处带来的薇蕨，送大圣一把。真和妖怪交起手来，把此草含在口里，黄雾自然不能为害。至于破那妖犬，愚兄弟是深山息影之人，也是毫无办法，大圣还是另请高明。"说着，他在身上掏出一把薇蕨来交给我，然后拱手而别。

我把薇蕨收下了，站在云端里，倒呆了一呆。心想，这两位书呆子，是孔夫子最为佩服的人，他们遇到鹰犬一流，也无办法，这可见虽曰小丑，实未可小视。鹰呢，我还未曾遇到，须是先把这狗的问题解决了再去做捕鹰的打算。我想着，中国也不少屠狗英雄，去找他们一二位来，也许可以有手段对付它们。我如此想着，驾了云头，在空中飘荡，显出了犹豫的样子，忽听到有人喊道："大圣何往？"我回头看时，是弥勒佛，挺了大肚子笑嘻嘻地踏云前来。我便躬身一礼，告诉徘徊不定的原因。弥勒佛道："依你之见，莫非要去找樊哙张飞之流！"我道："我想，狗总怕屠夫吧！"弥勒佛笑道："那太费事了，我介绍你一位伏狗的名手，可是你不要嫌老。"我问是谁？他道："廉颇可以对付这些恶狗。"

我听了倒有些疑惑，这虽是一位名将，但也没有听说他有治狗的能耐。弥勒佛见我又犹豫起来，笑道："大圣，你难道不知此公一饭三遗矢吗？"我想了一想，倒不禁哈哈大笑起来。就在这时，只见一位白发银须的老将，戴盔披甲，驾了一乘四马大战

214

车，冲云而来。见了我们，跳下车来，却问何事见召？弥勒佛笑道："大圣捉妖，为狗所困，特暗暗念动真言，请廉将军助他一阵。"我听了才知道此是廉颇，此公闻言，也哈哈大笑，因拱手道："当得效劳。"

于是我们三人共乘一车，奔向无情洞去，洞里三只妖怪，倒是使了老着，又把那群狗放了出来。山前一片汪汪声，狗头蠢动，直奔将来。正好这位善于吃饭的老将，等着要大解，跳下车去，向一个僻静地方去了。看看群狗要奔到车前，它把鼻子在地面嗅嗅，似乎嗅到了排泄的气味，立刻减下了凶焰，放缓了步子，也紧紧随在廉颇后面，悄悄地跟到僻静地方去。我又想着廉颇虽是一位勇将，可是这一大群恶狗，我都对付不了，未知此公可曾受它们包围？那弥勒佛却笑嘻嘻地不言语。不多大一会儿工夫，廉颇回来了，那群狗却夹了尾子遥遥相送。廉颇上车来，指着狗道："你这些孽畜，带了一张吃屎的口，你就静等人来排泄好了，何必和妖怪做爪牙？"群狗吃了粪，睁眼望着，不敢喊叫，廉颇将狗骂了一顿，那些狗觉得深受了他的恩惠，毫无反响。只是站在山坡上成群地向他摇着尾子。

我看了又是好笑，又是好气，因骂道："你们和那些妖怪当前锋，我以为有什么了不得的享受，结果，你还不是等着大肚汉排泄了粪渣给你吃。从今以后，你们若再狗仗人势，在这洞口胡闹，我孙大圣有那本领，让天下人都坐抽水马桶，活饿死你们这些孽畜。"那些大小狗给我骂了，也夹着尾子，转身去了。我向弥勒佛和廉颇道："得二位相助，收服了这群狗，我要再去捉妖了。二位请便吧。"

说着，我一拱手跳下了车子，又向无情洞口奔去。站在云端里大声叫道："三个妖怪，你和我滚了出来，你那群狗都让我收抚了，你还有什么本领？"我叫骂了一阵，那三妖忍受不住，鸣金擂鼓地率领着几百名小妖，冲出洞来；这回他们下了毒手，学着倭寇放毒气的办法，一面驾云，一面就放他们的毒雾，在那毒雾之中，陆陆续续地现出宫殿、车马、珠宝、衣服、美女、佼童、名花、美酒，都非大圣所好，也就像电影里面玩意儿无二，转眼就跟着消灭了去。最后，却现出一片桃林，结着红桃子。我心想肚子饿了，用得着再尝一回蟠桃。只这么一转念，头就有些昏沉。我立刻想到这事不妥，乃是敌人用的魔术，立刻把伯夷叔齐送的薇蕨取出一根来，放在嘴里咀嚼。说也奇怪，牙齿咬到这草根，不但面前引诱人的那片桃林完全消失，便是三个妖怪撒下来的那天罗地网的黄色厚雾，也完全消失。原来隐蔽在黄色尘雾里的群妖，这时原形暴露，也不过拿了平常的兵器，站在陆地上呐喊。我哈哈大笑道："我大圣咬草根也可以过活，你那妖法怎能害我？"说着，手舞金箍棒向三妖直舞了去。

那三妖倒不交战，却指指点点的，在洞里招出一阵风，在风雨中黄的白的东西，在平地上起了两道墙，挡住人的去路，我拿着金箍棒向那里捣搠一阵，却丝毫不见动静。我待使出一点法术来，恰好那三个妖怪，手挥大刀，怪叫一声，却有一群大鹰，从墙里飞出，如一丛苍蝇一般，不分上下高低，向我身上乱扑。我虽法术通天，不怕这小小畜生，无如它是苍蝇一般的东西，就叫我周身是手，也不能赶着它此去彼来地那般纷扰。我一个筋斗云离开了无情洞，脱了这些蠢物的羁绊，不觉摇了头自言自语道：没想到我一路西来，擒捉了无数的妖怪，对于这无情洞的三个妖魔却接连败下了三阵。以往我没了办法，便是到南海去找观音大师，于今看起来，还是去找这位万能的菩萨了。于是驾着云向南飞去。不一时，却远远看到善财童子迎将上来，大声叫道："菩

216

萨有法旨，着我来帮助你了。"我道："小兄弟，你知道我是为鹰犬赶了来的吗？"善财点头笑道："正为此来。天下没有收服不了的妖魔小丑，你随我来。"

说着，他驾云起下走，引了我直奔无情洞，到了那里天空，他并不向下去讨战。喝了一两句雨师风伯何在？随了这话，风伯拿了个大葫芦，雨师捧了个盂钵出现在面前。善财道："奉了菩萨的法旨，着实下一场透雨在这无维山上。"他二人应声去了，立刻云头下风雨大作。善财又道："雪娘何在？"一个白衣服女人站在面前。善财道："奉菩萨法旨，着你在风雨之后，率领寒风地狱群鬼，在这里大大地下一场雪，要平地雪深五尺。"雪娘也答应去了。立刻大地茫茫一片白色，遮盖了人世坎坷不平之处。我看了善财童子这种做作，自然是莫名其妙，但他却还是很得意似的，站在云端里看动静。一会儿工夫，只见那山洞里的大鹰，三三两两地飞了出来，只在雪地上空盘旋，呱呱地叫着。善财笑道："大圣，你看见了吗。我们坚壁清野，让这些孽畜找不到丝毫油水，你看它们还有什么能耐？它们是生成饥则就范、饱则远扬的贱骨头，非让它们饿着不可。它们饿着了，我们若有吃的，全数就可以归我们收抚。"

说着，他将手向半空里一招，来了一条猪婆龙，她张牙舞爪地在云端里盘旋一阵，就张开了口，在牙缝里流出一大摊黏涎来。龙是鳞甲之属，这黏涎当然有些腥味。那群在雪地里找油水的大鹰找不着油水，正在着急，嗅到了这里的口涎味，便又像苍蝇觅食似的，一齐飞奔了前来。有在地面啄食的，有在龙口边接饮的，有在半空中抢夺的，它们只在图谋那一饱，虽然有我们这样两位法术无边的收妖捉怪人在它们身边，它们也不计较。于是我掏出一把毫毛，向空中一撒，变了无数的鹰头套子，所有那些来争取龙涎的鹰，一个不曾跑掉，全上了套头，善财一索将它们串缚了，然后向我笑道："这些东西，和它们斗智斗力，都透着太胜之不武。现在我们只消耗点龙涎就把它们收拾了。"

我笑道："犬既逐臭，鹰又追腥，果然收之有道。去了这群鹰犬，那洞里三妖，算是少了耳目与爪牙，我们可以把它捉到了吗？"善财笑道："大圣虽然法术高妙，怕还不能那样容易。"我道："孙悟空一辈子就只有好高这个毛病，没有到最后关头，我不相信单独收不到这三个妖怪。"善财笑道："既如此说，再见了。"说着，他带领那群缚着的鹰向南海复命去了。

我落下云头，站在无维山头，大声叫道："呔！那三个吃人的妖怪出来，你们还有什么本领？"我说着，摇身一变，变成个大无常鬼。手拿哭丧棒，向那黄白物堵砌的两道墙捣过去。我知道只有无常鬼能破这丑物，常言不是有"无常到万事休"吗？果然，我这样过去，那黄白物做的铜墙铁壁便变成豆腐渣一般地倒下去，那三妖见他唯一的法宝不能拦阻我，也就各拿了兵刃迎着杀上来。哪知他们天不怕，地不怕，就怕是无常到。走到近处，见我是这样子打扮，不敢迎战，掉转头就落荒而走。我叫道："你这三个孽畜，打算向哪里走，还不现了原形？"那三妖头也不回，一直向东南角奔去。我哪肯放过，紧紧追去，忽然前面黑气腾腾，上接青天，挡住了去路，那三妖钻入了这烟雾丛中形影俱无。

我逼近那烟雾时，只觉瘴气郁塞，呼吸困难。隐隐约约，看到里面，现出一座金碧牌坊。上面有一横匾大书"至上宝地"。这好像是仙境，但仙境不会这样云愁雾惨，恐怕又是夸大狂的妖精所在了。看那牌坊下面，虽有几条大路的影子，却又十分空虚。我睁开火眼金睛，仔细观望，便发现那里，四周都长了荆棘，中间不断地藏着陷坑。腾云进去，空气窒死人。走路进去，又障碍横生，眼见这三妖躲进去，却是无法捉他们。入境问俗，还是先打听一下吧。于是向空念着咒语，召集本方山神土地。奇怪，我的咒语到这里也有些不灵，便又念着咒语，召集值日功曹。

不多一会儿，功曹带了六丁六甲，远远地在云端里施礼，问有何法旨？我道："我追赶三个妖怪，来到这里，看到一座牌坊，上面写了许多大话，牌坊里面，天日无光，我没有敢追赶去。召集本方土地，也不见人影。请尊神代我查查。"功曹躬身道："大圣是出家人，可以不必管这些闲事，三妖既然逃走，那就算了。"我听了这话很是诧异，因瞪了火眼金睛，向他问道："你这是什么话？聪明正直之谓神，除妖剪怪，是神仙的天职，说什么不要多事？便是我出家，也存心救世，出家人慈悲为本，除怪为天下除害，你说什么是多事！"

功曹经我这番责骂，倒并不生气，依然笑嘻嘻地躬身答道："大圣有所不知。这里的事，休说你我，玉皇大帝也让他三分。"我道："那是什么缘故？"功曹道："大圣召集土地不到，并非土地不来，根本是这里天庭所管不到。这里面雾气腾腾，天地变色，日月无光，到底是怎么一个局面？道法微末的小神，自然是毫无所知。我们也只听到传说，这里面有一位通天大仙住着，本领之大，我们也无法形容，反正闹得宇宙虽大，无人敢侵犯他。譬如当年大圣闹天宫的时候，玉皇又何尝没有让大圣三分？那就因为大圣道法高，天上许多天兵天将，都奈何不得。大圣是过来人，一定也想得很明白。"

我道："我当年虽倚仗了我的能耐，闹过天宫，但并不像这妖怪一般，残害生灵。便是如此，也请了观音大士来把我收服。"功曹笑道："便是这妖怪，总也有那么一天。有道是善有善报，恶有恶报，不是不报，日子未到。"我笑道："好，你这话有理。焉知那它要受报应，不就是今天，待我大圣来收服它。"

于是拔下一把毫毛，送到嘴里咀嚼得碎了吐出来向地面一撒，立刻变成一大队旗帜鲜明、鸣金擂鼓的神兵。我想这妖怪既有先声夺人，也不能不以其人之道，反治其人之身，便继续地咀嚼着毫毛，继续变了神兵，站在半空里向下一望，但见浩浩荡荡像蚂蚁一般，围困了这一片地带。我也摇身一变，变着身高百丈、腰大十围、青面红须、三头六臂的一位天神。这六只手上，各拿了兵刃，都是长可几十丈的刀叉棒槊。另拔一根毫毛，变成一位执掌大纛的神将，他手执一面高达五十丈的大纛，上写降妖大元帅字样。我想，这一番排场，足可以吓那妖怪一下子了。加上那些神兵神将，把金鼓打得震天震地地响，更是先声夺人。这还不算，我又拔了一根毫毛，变成一条恐龙，当了坐骑。据地质学家说，这是二十万万年前的玩意儿，世界上只有土里可以找到它很少的骨化石。我骑着这么一只活玩意儿，那就是说我的岁数在二十万万年以上，不然我怎么能养活这样一个古董动物呢？主意打定，我六手舞动了家伙，一龙当先，直奔那至上宝地的牌坊。

我大喊道："呔！这里面藏着什么妖怪，快给我滚出来。"我连喊了几遍，却见那雾气里面，伸出了一个圆柱般的黑头，上面有两个小眼睛。我以为这是妖怪了，正待举剑砍去。那东西看到了恐龙，见了活祖先出世，头突地一缩，又不见了。我本想追进去，又因眼前黑漆漆的只怕糊里糊涂地进去，又着了那妖的圈套，且在牌坊前继续高声大骂。

随了我这骂声，仿佛有人替我拍板一般，噗的一声，又噗的一声，在那黑暗里响着。我也来不及奇怪，骑在恐龙背上，三个头六只眼睛，都注视在牌坊里面。那声音慢慢响近，由那里出来，顺着地面屈溜，我不由得哈哈大笑，原来是只直径长约两丈的大玳瑁。它的甲板，打着地面噗噗有声。伸了四只风扇一般的爪子，在地面上爬着。戴过玳瑁眼镜框的人，一定想到这是一种有富贵气的爬虫类。可是它也和那守财奴一样，肌肉里面含有一种反麝香作用的气味，与臭虫相等。玳瑁甲上，放了一把秦桧发明的太师椅子，上面坐着一位白雪盈头的老太婆。虽然是老太婆，周身找不出一点老人的慈祥气。她的头发像千缕银丝，纷披下来，罩着一只黄金色的骷髅脸。虽然那像霍桑先生所写《黄金指》里的金子公主，可是她那脸上的乱柴皱裂纹，已记上她的年岁，她身披黄袍，足踏黄靴，金光射人。而两只专看黄白的乌眼珠，却在骷髅上滴溜溜乱转。

我想，这绝不是西天王母，也非后西游上说的不老婆婆，一定是个妖怪。便大声喝道："齐天大圣到此，还不滚下爬虫来？"那老妖坐在椅上，不慌不忙，张开血杯小口，哈哈笑道："你以为你骑上恐龙，便是一个了不得的老前辈。漫说你不算老前辈，就是真正的老前辈，到了我通天大仙面前，也都变成了三岁小孩。老前辈其奈我何？你以为带了这些军队来了，就把我吓倒。我要不显一点手段给你看，你也不知道我的厉害。"说着，她将口角一歪，连连嘘了几口气，立刻平地卷起一阵旋风，向我阵上吹来。我那几万根毫毛变的天兵天将，随风溃散闹个形影俱无。便是我胯下的这只恐龙，也依然成了一根毫毛。

我打了两个冷战，一个筋斗，翻上半天，连连摇头道："这女人口角吹嘘，如此厉害。"我定了一定神，只见太白金星，拖了拐杖，由云端里跌跌撞撞而来。我还了原形，叫道："老友，你哪里去？助我一臂之力，我给一个女人吹上了天了。"太白金

221

星笑道："我正为大圣之事而来。大圣，你取你的经，她吃她的人。你何必管这闲事？我看你不是她的对手，算了吧。她要弄大油水，你这么一个瘦和尚，她也不放在眼里。你走了，她也不会来追究你的。"我道："星君，怎么你也说这话？天地之间，邪正不两立。我们为生灵请命，岂可眼睁睁地看了这妖怪吃人过活？"太白金星道："你的话诚然是不错，但你我没有打抱不平的力量，我们怎么能去打这番抱不平？"

我一听这位老头的话，过于不对劲，又一个筋斗云翻了下来，依然站在宝地面前见那老妖骑在臭虫背上，并未移动，笑道："孙猴，你还有什么本领？"我道："我有一股天地正气。"老妖哈哈笑道："正气卖多少钱一斤？你那点本领，在我这里吹什么正气，便是你救星观世音也比我差之千倍。"我听她口出狂言，怒气上升，两手舞了金箍棒便向她头上劈去。那臭虫将尖嘴向上一顶，先把金箍棒挡住。老妖笑嘻嘻地向空中举起了一只右手，立刻天日无光，空气闭塞，我虽有火眼金睛，也看不出一点什么，东西南北，全是黑洞洞的。

我想不到这老妖有了多大的法术，在一伸手之间，把宇宙变成这样。记得观音大士一伸手掌，我翻了一个十万八千里的筋斗，还没有翻出观音大士的手心。难道这位老妖，也有这样大的魔力？既有了一回经验，这回不可蹈了覆辙，我便不跳远而跳高，极力地向半空里一翻。哪晓得这样空洞洞的天空，竟会有了隔板，我一头撞在软不软硬不硬的东西上，头皮发晕，眼睛发昏，又往下一跌。幸我道行很高，虽不带着降落伞，倒也不至于落在地面，立刻变了一只大鹏鸟，在半空里悬着。这大鹏的能耐，庄周说过，其翼若垂天之云，一飞不知几千万里，扶摇而上。我想凭了这点能耐，可以撞出这黑暗世界去。哪晓得任凭我

222

怎样飞，眼前还是黑洞洞的。我生平好高，怎肯失败在这个老妖手上？大的既不行，我且变个小小的试试。

于是突然将身体缩小，变了个小蠓虫儿，慢慢地飞着。究竟赖我身体小的缘故，仿佛在黑暗中，冒出一丝白影。我孙大圣生平不是有隙即钻的人，然而于今到了谋逃生命的时候，有一线生机，却也不必放过。于是我再一变，变了一只疥虫，在这头顶的障碍物上，慢慢地倒爬。这疥虫是能在人的汗毛里钻了进去的，很容易找着缝隙。于是就在这一条白影里面，缓缓地前进。这个伟大的障碍物，忽然一颤动，突然露出一条天空，立刻空气流通，呼吸舒畅，我更变了一只燕子做个出巢的姿势，向半空里冲了出去。

这一下子天日重光，在太阳里面，我回头看来，有一只无可比拟的大手向地面缩了去。那手上，每个手指上，套有黄金、白金、赤金、钻石、宝石的戒指。我不敢停顿，现了原形，直奔南天门，只见邓辛两天君，在云端里不住张望。见我来了，都向我拱手道："恭喜恭喜，大圣脱险了。"我这个天生好胜的人，落了这么一个逃命而归，十分难为情，因摇摇头道："我也不知道遇着了什么妖怪？她一伸手，弄个天日无光。这是什么法宝呢？"邓天君笑道："这法宝什么名字，小神说不上，反正它有那权威叫人人都得屈服。"我道："果然如此，那么，这妖怪的本领，要胜过观音大士了。"邓天君道："我们道法低微，不敢批评。大圣现欲何往？"我道："我要上灵霄殿奏上一本。"辛天君笑道："天上有办法，不会让大圣这样狼狈了。大圣真想除了这妖怪，还是到西天去求求如来佛吧。"我低头一想，也只得如此。一个筋斗云，正在翻着。但听人说，做得好凶恶的梦，几乎要滚下床来了。

第七十七梦

北平之冬

　　和在北平相识的老友谈天，不谈起北平则已，谈起北平来，就觉得那里无一不好。当年在那里生活着，本是住在天堂里，但糊里糊涂地过着一下子，就是一二十年，并不感到有异人间。于今沦陷了，真个落出墙去的桃子是好的，一回味起来，恨不得立刻收复了这座古都。

　　我这样悠然神往之下，仿佛木哑的声音，呛啷呛啷，由墙外经过，那正是骆驼项脖上挂的铃子撞击声。在那每半分钟响一次的情形上，可以知道那必是有骆驼在胡同里走着，我俨然身居北平了。这时的北京，应当还称北平，因为我心里老这样想着，"五四运动"好像就是前几个月的事情。

　　隔着窗户向外一看，满地是积雪，积雪上面，杈杈丫丫的，秃立着几棵庭树。我正也想到，纸阁芦帘，是最大一种诗料，雪窗无事，不如来作两首诗消遣消遣，趁这个兴致，摊开书桌上的纸，提笔便写了七个字"雪积空庭凡榻寒"。刚写完，便觉意思太平凡，而落韵在十四寒里，也是咏雪的老路子，便停放了笔，两手挽在身后，在屋子里踱着步子打旋转。这就是平常所谓，心里在抓诗了。

　　忽听得有人在院子里叫道："屋子里静悄悄的，老张在家吗？"随了这声音，是我的朋友胡诗雄来了。他站在屋檐下，扑着身上的碎雪。我开了风门，让他进来，因道："这样大雪，我不料你有此雅兴前来会友。我可怕冷，没有出去。"胡诗雄脱了身上大衣，挂在衣架上，走近屋角的炉子边，伸着两手向火，然后又互相搓了几下，笑道："冷有什么关系？冷不能打击我们奋斗精神。今天师大有雷诺博士演讲，题目是什么叫'烟士披里纯'（英语 inspiration 的音译，表示灵感的意思）。此与我们爱好文艺者关系甚大，不可不前去一听。我特来邀你。"我笑道："这题目虽然时髦，可是我们对这名词，也耳熟能详，何必冒了雪去听讲？"

胡诗雄把手烘热了站起身来，看到桌上纸片，写了一句旧诗，因笑道："你还弄这平平仄仄的玩意儿。"我笑道："这不成问题，我是兴到就作，兴尽就完。作一句可，作十首也可，而且也不在那刊物上发表。"

诗雄把头摇晃了两下，笑道："提到作诗，我颇为得意。最近《雪花》杂志上，发表了我一首小诗，给了我二十块钱的稿费，而且版权还是我的。据编者按语，我那首诗，有泰戈尔的作风。昨天我看到胡适之先生，站在街上和我谈了三十分钟的话。"我道："他一定看到了那首诗。"诗雄笑道："可不是？他常和陈独秀先生提到我。他们《改造》上还要约我作稿子呢。"他说着，掀起袖子看了看手表，笑道："快到时候了，我们一路去吧。"我笑道："这样冷，我实在无此兴致。"

诗雄一面说着，一面穿大衣，我却看到他的大衣袋里，整卷的小册子露了一半在外面，其中也有几张油印的字纸和几张红格稿纸。我道："老胡，你真用功，把讲义带着，又把写文章的稿纸带着。"他道："哦！我忘了一件事。"说着，把那卷油印纸拿出来，分给了我一张，笑道："你也加入一个吧。"

我看那油印纸上第一行写着"文艺革命同盟会"，接着是七八行"缘起"，十来行"简章"，倒也一目了然，可是后面有整百行，都是发起人的名字。照例，第一名是蔡元培，第二名是胡适之，第三名是陈独秀。以下几名，虽与别种集会的赞成或发起人名字，有点上下先后之别，但前十名，也不外疑古玄同、刘复、周作人、李大钊等，总之，越在前面的名字越熟，越在后面的名字越生疏。

在这发起人一百八九十名之间，有一个人的名字，将蓝墨水连打了两行圈圈，格外引人注意，那正是面前的这位诗人胡诗雄。我笑道："这上面全是当代名人，将不才的名字摆下去，自己也当自惭形秽。"诗雄道："这上面都是发起人和赞成人，那另外是一回事，加入的不过当会员而已。第一次会，我们将讨论诗的问题。"我觉得他来邀我的事，不能完全拒绝，就答应加入当一个会员。

诗雄笑道："走走，我请你去东升平洗澡。"说着把衣架上我一件旧破大衣，也和我取下，两手抱着交给了我。我笑道："你不是要去听讲吗？怎么又有工夫请我洗澡？"他道："我们听了讲去洗澡，也还不迟。"

这又听到院子里有人叫道："张，不要听老胡的话，他是奉命拉夫。"说着话，走进一位少年来，身穿深灰布滩羊皮袍，头戴黑毛绒土耳其帽，颈上围着宝蓝毛绳长围巾，绕着脖子两个圈圈，身子前后还各拖着一二尺。他进门之后，两手互扯下手套。诗雄笑道："姚又平，你这称呼人的脾气，还是不改，密斯脱三个音，你总只喊出两个，所有阳性的朋友，你都称为阴性。"姚又平向我点个头笑道："哎雷！"

我笑道："老姚这一身穿着，正是这北京人土话，'边式'。你那公寓对门，有几位是意中人吗？"他笑道："我好意点破你，

226

免得老胡拉夫拉了你去，你倒俏皮我。"我道："我正要问你这句话，怎么叫拉夫？"姚又平笑道："这有什么难懂？这样大雪，听讲的人一定很少。事先大家很捧场，演讲的人也自负得不得了。若是闹这样一个结果，透着有点尴尬，于是和演讲者有点师友之谊的，就不能不出外拉人去听讲了。"说到这里，他笑嘻嘻地和我来了一串英文。

我笑道："老姚什么都还将就着讨人欢喜，只有这三句话不离英文，有点令人毛戴。"他笑着耸肩膀，又说了一句"唆雷"。胡诗雄道："老张，到底去不去？"我道："你看老姚由景山东街老远地来了。"诗雄忍住笑道："这年头儿，'北大'两个字，固然是香透了顶，就如北大附近的街巷，如汉花园景山东街之类，也不可一世，我没法儿等，先走了。"他看我真无走开的意思，只好掉头走了。老姚隔了风门，还和他来句"谷摆"。

我和姚又平傍了火炉子附近坐着，因笑道："幸得你来，免我被拉了去。不过这样大雪，你老远地跑了来，必有所谓。"他先向我笑了一笑，然后又搔了两搔头发。我道："你必然有什么为难之处，也只管说。纵然我办不到，此处也无第二个人，并不泄露你的秘密。"听到"秘密"二字，他脸上一红，把头低了看看自己鞋子，仿佛是真有什么秘密。我这倒很后悔，为什么故意踢着人家痛脚呢？便笑道："人生谁无秘密？我就有很多秘密。"

他这才笑道："其实也算不得什么秘密，我要到一个世交家里去拜寿，缺少礼服，想向你借件缎子或礼服呢马褂。"我道："这当然可以。不过我昨天还在某报副刊上，看到你的一篇小品，着实把北京小官僚挖苦了一顿。你那文里说，哔叽皮袍，外套一件青呢马褂，口里衔着雪茄。谈起话来，不是徐东海，便是段合肥。在小百姓眼里看起来，那是一个官。在有识之士看起来，那

227

就是亡中国的微菌。由这点看起来，你对穿青呢马褂的人深恶痛绝的程度，也就可想，怎么你倒要……"我说着，看了他的脸。

他搭讪着将铁炉上一把白铁水壶提起来向桌上茶壶里冲着茶。但他并没有斟茶喝，将水壶放到炉子上，依然坐在炉边椅子上，向我笑道："我家道很贫寒，你是知道的。我一个七十岁的老娘，还寄住姐丈家。我虽半工半读，实在入不敷出，非另外设法不可。我这位世交，现时在交通部当司长，他是合肥人，和段芝老……不，不，段祺瑞。"我笑道："人家那么大年纪，就叫声芝老也没关系，你向下说。"

他笑道："他很走得通段府这条路子。他向老头子左右说一声，随便在哪个衙门里可以和我弄个挂名差事。明天是他生日，许多亲友同乡都去拜寿。我为了和他联络联络，不得不去一趟。"我点点头道："那也是人之常情。但是我还没有看见过你穿马褂，你突然穿起来，不嫌有点别扭吗?"姚又平笑道："为了饭碗，这点穿衣服的小别扭，也就在所不能顾了。"我听了他这话，觉得他借衣是实意，便翻箱子取出一件马褂交给他。

他将衣服用报纸包了，笑道："一客不烦二主，还有一件事，我索性请求你一下。不过这样东西，并非马上就要。"我道："还是那话，你要看我是否力所能办的。"姚又平道："天气这样冷，应该让你出点汗，我请你到胡同口上去吃羊肉涮锅子。"我笑道："我还没有和你做事，倒先敲你的竹杠。"姚又平道："这无所谓，就是你要请我，也未尝不可，吃完了看我再告诉你要求你什么。你不去，我也不请托你了。"我见他邀约得十分诚恳，只好和他一路走出门来。

这时胡同里积有尺多厚的雪，两旁人家都掩上了大门，静悄悄的，不见什么行人。雪盖住人家的房屋与墙头上的树枝，越发

228

显着这雪胡同空荡荡的。雪地中间，一行人脚迹和几道车辙，破坏了这玉版式的地面，车辙尽头，歇了一辆卖煮白薯的平头车子。一个老贩子，身穿蓝布老羊皮袄，将宽带子束了腰，站在雪花飞舞之下，扶了车把吆喝着："煮白薯，热!"他说的是热，平头车上铁锅里，由盖缝里向外锅冒着热气，可是他周身是碎雪，尤其是他那长眉毛上，也积着几片飞雪，越形容出他老态龙钟。

我和姚又平由家里走出来，第一件事便是看到这位老贩子。姚又平道："我有一个感想。雪片飞到眉毛上也不化，他的脸冻得没有一丝热气了。"这句同情之言，果然是把这位老贩子打动了。他放下了车把，向我们望着，叹了口气道："没法子呀。这样大雪，谁不愿意在家里烤火？一下几天雪，煤、面全涨钱。人一天不死，一天就得干。"

姚又平最是和穷苦人同情，他不但在口头如此，而且是常常形之于文字；这时听得老贩子说了这番话，越发站在雪地里向他笑道："你这话还得说转来。咱们一天不死，一天得干，还有人一天也不用干有吃有穿，干了倒是要死哩。"说着，将手向胡同左边一扇朱漆大门里面指了一指，因笑道："你瞧人家那里住着的。到这个时候为止，也许还没有出被窝呢。"

老头子笑道："那怎么能比？人家是前辈子修的。"他说着，那清鼻涕水，只是由苍白胡子上向下滴着。那鼻子眼和口里喷出来的白气，和铁锅里喷出的热气，纠缠住了一团。我扯着姚又平道："不要耽搁人家做生意了，走吧。"姚又平走着，笑道："我就是和穷人表示同情，将来我要作一部长篇小说，专门描写这些苦人儿。"

我们一面说话，一面走着。走到胡同口时，待要转弯，却有一辆汽车轧得地面积雪呼呼作响，飞奔前来。我们两人赶快闪到人家墙根下站定，那车轮子在地面上滚起来的雪泥点子，还是溅了我们一身。我正要申斥那汽车主人一声，却听到车轮嘟呀响着，发出了惨叫，接着有人哎哟了叫着。我和姚又平回头看时，见那辆卖煮薯的平头车子，已打翻在地上，那老头子跌在几丈远。姚又平道："你看，出了乱子了。"我也来不及和他说第二句话，回转身就向前跑了去。自然，我们都是同情卖煮薯老人，要和那坐汽车人辩是非的，同时，我们也还觉得这汽车主人也有可取，他的车子撞了人，并没有逃跑。

然而我们这念头还不曾转完，那汽车的前座门开了，跳下来一个司机，跳到老头子面前去，抬起腿来，就向他脚上踢了两下，骂道："你这老王八蛋，眼睛瞎了！汽车来了，你不让开。"我平素虽也讲个十年读书，十年养气，到了这时，实在不能忍耐，便老远地大声叫道："呔！打不得，打不得，北京城里是有王法的地方。"说着，我两人跑近那卖薯老人看时，他正在积雪里挣扎着要爬起来，看看他周身，倒没有什么血渍，也许是跌在积雪里，并没有碰伤他哪里。

那司机穿着湖绉面的白羊皮袍子，卷着两只袖子，翻出一大截羊毛在外面，却是很潇洒的样子，他还指手画脚对着地上的老头子大骂，两手捏了拳头，举平了胸口。我便插嘴道："朋友，你没有把他撞死，算是少了一条人命官司。他这样大年纪，跌个七死八活，你还忍心要打他吗？"司机瞪了眼道："干你什么事，要你管？"姚又平见这人过分强横，也挺了胸道："天下人事，天下人管。我们一路去找警察，这老头子究竟伤了哪里还不知道，你还脱不了身呢。"

那老头子左手扶了墙，已经弯腰站起来，右手捶着腰，哼道："人倒没关系，只是我这辆车子打翻了，不知道哪里折了没有？那一锅薯全倒在雪里，稀化得沾着烂泥，也不能再卖给人吃了。"姚又平道："不成问题，那得要他主人赔。"司机道："赔？赔他坐死囚牢。"说着，扭身便要走上车去。这时，惊动了胡同里人家，纷纷地开门出来看。我和姚又平都觉着有公理可讲，便紧跟了那司机走去，不肯放过。

走到那汽车边下，见车子里坐着的那位主儿，正是姚又平文字曾把他形容过的，圆圆的胖脸，戴了一副玳瑁边圆眼镜，嘴唇上蓄一撮小胡子，而且嘴角上正衔着半截雪茄。我心里想着，又平看到这种人，一定是火上加油，必定要和他交涉一番的。然而我所猜想的是适得其反。

当那人把身子向前一伸的时候，又平却立刻取下帽子来，对那人一鞠躬，笑着叫一声"老爷"。那人道："哦！刚才是你说话，这个老头可恶得很，把车子停在胡同中间，挡住了人行路。我有个约会，立刻要去，没工夫在这里纠缠，托你和我办一办吧。真是这老头子跌伤了的话，你拿我的名义，和附近的警察岗位交代一声就是。"姚又平垂手站着，连连地说了几声"是"。那汽车夫见主人翁把事情已交代清楚，也并不问姚又平是否答应，开着车子就走了。

我站在路边，倒是一怔，姚又平回转头来，见那老贩子已经爬了起来，正在扶起他的木板车子，便迎向前道："老头儿，你也不好，你这辆车子摆在路中间，又是胡同拐弯的所在，你叫人家汽车来了，雪深路滑，怎么来得及让你？"

那老头子扶正了车子，又把煮白薯的那口大铁锅端了起来，苦笑着道："总算好，吃饭的家伙全没有跌坏。我们这穷苦人撞上了坐汽车的，一千个对，一万个对，算起来总还是个不对。那还有什么话说？"我倒有点忍不住，便向前道："老人家，你跌伤

231

哪里没有？"老人苦笑道："我跌伤了又怎么样，还不是活该？"

就在说到这个时候，胡同口上跑来两只大恶狗，把打撒在地面上的煮白薯，一顿乱抢。那老贩子先还吆喝了两声，随后他也不轰那狗了，两手操着腰带，呆了脸子光瞧着。我道："老人家，你这一锅薯，要卖多少钱？"他笑道："你瞧，人倒了霉，狗都欺侮人，今天再回去想法子吧。反正跌不死，也饿不死。一锅白薯，倒不值什么，两块钱吧。"我便在身上掏出两块钱来，向他笑道："咱们交个朋友，这钱我借给你垫今天的伙食。"那老头子且不接我的钱，向我身上看看，虽觉得我不是周身破烂，可是比那坐汽车的人就差得远了，将手掌在前衣服上摩擦着，向我望了笑道："又不是你先生把我撞倒的。"我觉得这也太够不上夸耀，把钱塞在他手上，立刻走开。

姚又平随着我身后走来笑道："我本来打算给他两块钱的，你已给了他，我就不必再给了。站在我们走路人的立场上，那总觉得坐汽车的人是不对的，其实雪地这样滑，车子可不好开。"我笑道："这事也值不得我们再去提它，我们快去吃涮锅子吧，我们站在风雪里面这样的久，也该感到有些冷吧。"

他自也不愿再提这事，随了我跑到街上羊肉馆子里去。还是爿相当有名的老馆子，天气冷了，闹哄哄地拥挤了许多顾客。我们走上楼，四周一望，恰好靠楼栏的玻璃窗边，空着一张桌子，我和姚又平过去坐下。他见玻璃窗上蒙满了水蒸气，就将一个食指在上面画着。我也隔了玻璃窗看街上的雪景。

正好又是一辆汽车飞跑过来，把楼下一辆空的人力车，撞着滚到马路中心去。那汽车果然又停了，开了车门，先跳下来一条狼狗。狗脖子上的皮带，带了一位穿鹿皮短大衣、头戴獭皮帽子的少年下来。他并不理会那撞翻了的人力车，另一只手套了根鞭子，向这馆子里走了来。

我笑道："我们今天尽遇着这一类深可遗憾的事。"姚又平对于我这个提议，似乎感到有些尴尬，便笑道："这里生意太好，我们来了这样久，伙计还没有来看座儿。"于是对着楼座里面，高声喊着伙计。伙计过来一番张罗，自把我的话混过去。我也只好不谈，便笑道："今日天气很冷，我请你喝二两酒。"他笑道："这回你不要客气，我实在有点事请求你。应该让我会东。"我道："你先说出来是什么事，我才肯扰你。"

姚又平回头看了一看别的座位，这才拖方凳子，和我挤着桌子角，将头伸到我身边来，低声道："我想请你替我写一封信，说明我求学的苦境，要被求的人和我找个挂名差事。"我道："你不是说，已经求好了你令亲吗？"又平笑道："这个人头脑有点冬烘，喜欢人家闹之乎者也。我虽当面求他，可是我拙于言辞，不能说得婉转，如再写一封《古文观止》式的信去，那就百发百中。当然你弄这一手是内行。"我听了这话，便有点犹豫。又平笑道："你看看他那副样子，十足官僚，倒是一手好文学。"我道："我哪认识令亲？"又平道："刚才坐在汽车上和我说话的，那不就是？"我不由得望了他道："你叫我替你写信，去求这种人？"

他还不曾答言，突然一条大狼狗走了过来，两脚搭在方凳子上，把头伸到桌子上来。看看我们这桌上还没有端来羊肉，它又落下凳子去，奔向隔席这个座位。这里正有一老两少围了火锅，吃得兴致淋漓，这条狗将头伸到桌子面上。老头子如何看得惯，将竹筷子敲了桌沿，向狗大喝了一声。这老头子对于这条狼狗，虽或有点失礼，可是就他一方面说，也可以说是正当防卫。不料有人就以他这一喝为不对，唰的一声，一条皮鞭子打在这桌

233

上，呛嘟嘟好几只碗碟，被这鞭梢子打破，正是那位头戴獭皮帽、身穿鹿皮大衣的少年，凶狠狠地到桌子面前，手握了鞭子，大声喝道："老贼！你为什么喝我的狗？"

老头子真没有料到这种意外，酱油醋溅了满身满脸，正望了这位少年，要质问他。谁知道他更是厉害，已经破口大骂了。那两个年轻的，也穿了长袍马褂，似乎也是社会上所谓体面人。其中一个站了起来，向他问道："你这人怎么这样不讲理？你的狗……"那牵狗少年不等他说完，在裤子腰后面袋里向外一掏，掏出一支手枪来。他将枪口对准了这人的脸，横了眼喝道："什么东西？你多嘴，再说，我就毙了你。"那人眼光正对了这个枪口，又看到这少年气焰十分凶恶，忍了不敢作声。

所幸这里伙计懂事，立刻跑过来，满脸是笑的，向那少年请了一个安。他笑道："大爷，你瞧我了，菜都和你要好了，请你喝酒去。"那少年不把手枪对着那人的脸了，却还指了这桌子，喝道："叫他们和我滚开，我要这个座位。我不要雅座，我爱瞧个热闹。"

那三个人当了这满楼的座客，受了这种侮辱，脸都变苍白了。可是后面又来了几个挂盒子炮的马弁，更加了一番威风，其中一个，白净面皮，似乎更能办事的样子，伸手抓了座中一人的衣领口，拖开了座位，喝道："你狗头上长了眼睛，也应该看一点事，这是倪总长大少爷。"说毕，啪的一声，问那人脸上一掌。

满楼的人听到倪总长大少爷这句话，微微地哄了一声，这声音里表示着，原来就是他。那个受侮辱的老头子，也立刻拱拱手道："好好，我们让座就是。"说着，三人连大衣帽子全不及拿，就闪开了。我向姚又平看了一眼，他也对我回看了一眼。这时，全楼一二百位吃客，全面面相觑，连咳嗽也没有一声。自然我们并非三头六臂的哪吒，不敢空着手和盒子炮去讲理。无奈是这位倪大少爷，就坐着成了我们的近邻。我们固然不便说什么，就是手脚放重一点，也怕得罪了他。

这一顿饭，大概不下于刘邦去赴项羽的鸿门宴，勉勉强强低头把饭吃完了，我首先站起身来，对伙计道："我们柜上会账吧。"伙计正巴不得我们这样地做，立刻鞠着躬连说"是，是"。我在柜上会账，姚又平追了上来，向我低声笑道："我本来想抢着来会东，无奈那小子横着眼看了我们，而且故意伸长了一条腿，拦着我的出路。我怕抢着走，会碰了他那儿，那岂不是太岁头上动土？这样，所以让你抢先会了东。我说我请你吃饭的，这未免口惠而实不至了。"我笑道："老姚，我们是朋友哇。"我只说了这句，也没有当着饭店账房再向下说，就走出店来。

我们对了火锅子，吃了这顿羊肉涮锅子，脸红红的，身上大汗直淋，由脖子上直流到脊梁上来，皮袍子上再加上大衣，热得人肩膀沉甸甸的。虽然这是北方的严寒冬天，我们还不受到一些子冷的威胁，反是觉得汗出得太多了，身上有些芒刺在背。这时走出了羊肉馆子，到了这冷的世界里，舒出了一口热气，头脑清醒过来了。

向大街两头一看，大雪茫茫，在半空里飞舞。向近处看，那些房屋店铺，还是若隐若现的，在白的烟雾里，模糊一些朦胧的影子。向远处看，那简直是天地都成为一种白色。自然所有在这白色云雾里的人物，都寒冷着成为瑟缩的模样。马路上大雪铺着，马拖着铁皮车轮在上面滑过，发出清脆的声音。马鼻子呼出来的气，像两道白烟。人力车夫，周身洒着雪花，也是在鼻子眼和口里吐出白气。尤其是那跑得快的车夫，额头上流了汗珠子，雪花飞在头上，歪曲着一丝一缕的细烟。

北京城里街头本来宽，雪铺在地上屋上，两旁人家各紧闭了店门，每段马路都仿佛成了一片广场。三四辆人力车，车篷上盖满了雪在这广场上，悠然拉过去。所剩的是两旁权权丫丫的枯树和凸立在寒空、挂满了长线的电线柱。那电线在白色的世界里拦空布了网，越是线条清朗。

我抖了一抖大衣领子，笑道："在今天世界上尽多怕冷的人，可是我却成了怕热。到了这雪地里来站着，仿佛轻了一身累。我们这一会子工夫，看了很多的不平等，可是反躬自问，我们又何尝不是和劳苦大众站在反面？"姚又平笑道："你处处倒表现了正义感。"我道："表现正义感吗？老兄台，你这不会让那真有正义感的人笑掉了大牙吗？"

姚又平懂了我的意思，站着雪地里四周看了一看，把这话锋避开去，因笑道："这样大的雪，无地方可去。我特意约你在羊肉馆子里谈谈，不想遇到了那个高衙内式的恶少一句话没说。那件托你的事，可不可以俯允？"我道："我们友谊不错，我愿意和你说实话。你这种向朱门托钵的行为，我有点反对。"姚又平站着苦笑了一笑，因点点头道："你这也是良言，不过……"

他沉吟着，话还不曾说出来，身后一阵脚步响，回头看时，正是那穿鹿皮大衣的恶少，手上拿了鞭子，追将过来。我想，难道他还要和我们为难？势逼此处，那也只有和他拼上一拼了。我便斜侧了身子，两手插在大衣袋里，看他怎么样。他直奔了我们两人而来，倒不曾横瞪了眼睛，将手上的鞭子，远指了姚又平道："你姓姚吗？"姚又平被他逼着，也不能表示好感，便正着脸色点点头道："我姓姚。"

那少年笑道："没什么，我和你交个朋友。我知道你是铁翼队里的篮球名手。我现在私下组织了个篮球队，打算把北京篮球健将都网罗了。我好几次看你赛球，那远投你真有一手，十次有八次能中篮。"说着，又把鞭梢子指了姚又平的脸。在他可说是善意的，便是他那番骄傲的样子，也让人受不了，我倒要看看又平用什么话去拒绝他的邀请。

又平听了他那番话，早是带了七分笑容，便向他点点头道："你阁下贵姓？"他道："吓！你这人脑筋太简单。刚才在馆子里，我那马弁，不是告诉了你们，我是倪大少爷。我父亲是北京第一位红阁员，你应该知道。"姚又平点点头笑道："台甫怎样称呼？"他道："我找的那班球员，他们都称呼我倪五爷，你也叫我倪五爷就是了，也没有什么人敢叫我的号。"

我在一边听到，大为姚又平难受。他这样说话，不是找人交朋友，简直是叫人来受他的侮辱。他是不曾和我说话，他若和我说话，我至少是拂袖而去了。可是又平并没有什么感觉，却向那人笑道："五爷组织的球队，现在有多少球员了？"他这一声"五爷"，叫得我通身肉麻，我不过是他的朋友，我无权干涉他这样做。便叫道："又平，再见了，我先回去。"说着，我不待他回答我，我立刻走开了。

我在风雪中，穿过了几条冷静胡同，一口气奔回家中，走进我那破书房，却见胡诗雄端了椅子，靠近煤炉烤火。我道："怎么样，会开完了？"他笑道："爱好文艺的人，究竟不是那样热心，会没有开成，改期了。我顺路到徐先生家里坐谈了一会儿。我在胡同里走着，作成了一首诗，当时写给徐先生看，请他改。徐先生大为高兴，说我可算是泰戈尔的再传弟子。"说到这里他把头连晃了两下。

我脱下了大衣，也拖把椅子，坐在煤炉边，向他笑道："哪个徐先生？"诗雄哟了一声，瞪眼望了我道："你难道不晓得，我和徐志摩先生十分要好？自然在大学名教授里面，还有其他姓徐的，可是和我最说得来的，还是志摩先生。"我笑道："这泰戈尔再传弟子一句话，怎样说法？"诗雄道："志摩先生的诗，是学泰戈尔的，我又学志摩先生，岂不是再传弟子？这并非我师生互相标榜。老张，我把今天所作的诗念给你听，你虽是作旧诗的人，你也不能不心服口服。"我笑道："心服口服，我对于你的诗，早就如此了。看你这个架势，这首诗一定不错，我这里先洗耳恭听。"

诗雄站在我面前，左手拿了那张五十磅的蜡光横格子纸，右手半举着，比了姿势，笑念道："皓洁遮盖了，一切罪恶，屋上树上地上，都换上了银色的绒衣，风在半空经过，像快利的剪刀，在人面上且刮且飞。一条弯曲的胡同，冷静得像在夜半，两旁的屋宇，萎缩得那样低、那样低！墙头上的枯草，有些颤巍巍。是那墙角落里，有一张芦席，上面铺着雪，下面露出蓝色的破衣。啊！这里躺着一个人呢，他没有气息，也不知道这世界上的是非。怪不得每日那狂风中的惨呼：'修好的太太老爷。'今天不听到了，咦！"他念到这个"咦"字，将手高举起，嗓音拖得很长，瞪了大眼望着我，这分明是海派戏子拉长了嗓子，尽等台底下那个满堂好。

我不能不给他捧一捧场，于是鼓了掌道："好极！好极！这用我们斗方名士的大长语来批评，是羚羊挂角，无迹可寻。你在哪里看到了这一个路倒，发生了这正义感。"诗雄道："我并没有看到这么一个雪中死人，不过想当然耳。"我道："你要这一类的资料，我大可供给，但小诗不够，必写成长诗，才能发挥尽致。"

诗雄摇摇头道："我不作长诗！"他很干脆地答复了我这一句话，我倒有些愕然，问道："为什么不作长诗呢？"他从从容容把那张五十磅洋纸折叠好了，揣到怀里去，因坐下答道："徐志摩先生不作长诗，所以我也不作长诗。"我道："原来如此。徐先生之所以不作长诗，是不是因为泰戈尔也不作长诗呢？"诗雄顿了一顿，笑道："这个我没有问徐先生，大概如此吧？"

我道："这话且丢开，你二次光顾，必有所谓。"他道："你这里有《宋诗别裁》没有？借一部我看看。"我道："这种书，你贵校图书馆里，不有的是吗？"他道："我们老朋友，谁知道谁，我也不妨实告。现在我正和人打着笔墨官司，讨论宋诗。我若到图书馆里去翻书，显得我肚子里没有存货。"我道："但不知你讨论哪几个人的诗？"他道："我是讨论谢康乐、鲍明远两人的诗。"我笑道："我兄错矣。此两公的诗，不在《宋诗别裁》之内。"他道："宋代这两位大诗人，《别裁》里还没有他的诗吗？"我道："《宋诗别裁》选的是赵宋诗人之诗。"诗雄道："难道这两位不是宋人？我也查过人名大辞典，绝无错误。"我笑道："你当然历史比我熟。宋代不止一朝。"他举手搔着头发，沉吟了一会儿。

我笑道："似乎南北朝的时候，南朝有个宋代。开国的皇帝，是刘裕。小孩子念的《三字经》上，有这么一句书，'宋齐继'。不过我手边没有人名大辞典，我也不敢说我一定对。这里是出我之口，入君之耳，做老朋友的，有这么一点责任。"他哦了一声，不由得红了脸，便缓缓地坐了下来，因强笑道："也许是我弄错了。我就没注意到这个六朝宋代去。"

我笑道："你该请请我了。你和人家打笔墨官司，要把主人翁的朝代也给弄错，你说得怎么有理由，你也赢不了人家。"诗雄只好笑着向我拱拱手，因道："怪不得呢，我在《唐宋诗醇》那部书上，拼命地翻，也没有翻到这两人的诗，我还以为是编书的人漏了这两个。那么，这两个人的诗要在什么书上找？"我道：

"那就多了！图书馆里诗集部里可以找到专集，历史名人编的古诗钞里面必定都有，一折八扣书的《十八家诗钞》也有。但是哪部书里有详细注解，我腹俭得很，一时不能举例。"

诗雄拱拱手笑道："你骂人不带脏字。当了我的面，你自己说是腹俭，不过你挖苦我我也值得，免得我在刊物上公然失败。"他一服软，我倒老大难为情，抓了他的手，连连摇撼了几下，笑道："对不起，对不起，我也不过是和老朋友开开玩笑。其实我应当郑重出之的，不该俏皮你。"

诗雄笑道："没关系，没关系，我也应当受一点刺激，以后也可下点读死书的工夫。不过这也不能怪我，自'五四'以后，一年我没有正经上过一天的课。一来是罢课日子太多，二来是鼓不起上课这点勇气，反正不上课我也可以毕业。说到这里还闹了个笑话，有一天我打起十二分的精神，跑到课堂上去。不料空洞洞的，全课堂并无第二人，不见有上课景象。跑出课堂来，向人一打听，原来是星期天。你看，我会把什么日子都忘了。"他说了这一篇话，把话锋转移开了，我当然也就不必追着再问什么。

他坐了一会儿，抬起手臂来看了一看手表，便去衣架上取大衣。我道："又在下猛雪，你何必走？在我这里偎炉烤火，谈谈天不好吗？"诗雄道："今天下午四点钟开会，我是干事之一，不能不到。"我道："你们这样忙于开会，和社会上可能发生一点影响？如其不然的话，这也是牺牲光阴的一件事。"诗雄道："口说无凭，你如有这个兴趣，可以去参观一次。"我道："我既非会员，又非学生，怎样可以去参观？"诗雄道："你难道不是一个新闻记者吗？"我被他这句话鼓动了，便笑道："那也好，我顺便去瞧瞧各位名人。"于是我也穿上大衣，和他一路出门。

今天他们开会的地点，倒离我寒舍不远。二十分钟后，我们已经到了会场了。这是法学院一个小教室，天色不十分黑，那屋子里已经电灯通明。隔了月亮门，这边是个小院落，并排有若干厢房，窗户纸通亮，乃是教授的休息室。拉开风门，里面一阵热气向脸上扑了过来，正是屋子正中生好了煤炉子，火气生得呼呼作响。屋梁下垂了几盏电灯，照得屋里如同白昼。在教育费三四个月未发的今日，这第一个印象，让我有点出乎意料。

沿屋子四周，陈设了七八张半新旧的大小沙发。许多二十多岁的小伙子，学了教授们那个架势，架起腿，半仰着坐在那里。学校里校役，对于这些大学生的伺候，有甚于伺候教授，在每人面前，都斟上一杯滚热的香片茶。那茶杯有的放在椅扶手上，有的放在茶几上，热气向上升，与茶几上几盆梅花相辉映，反映着这里很清闲，所欠缺的只是各人口里没衔上一只烟斗。

诗雄将我引进来了，大家见是位生客，不知我是何校代表，便都起身迎上前来。诗雄笑道："这位张先生，是上海《大声报》驻京记者，每次发表通信，鼓吹文化运动，各位都看见了。今日我在路上遇到他，听说我们开会，他想来旁听一次。我和他虽是好朋友，这事也不能做主，特意引来征求大家同意。"说着，一一和我引见。

第一位是会长了。他戴了玳瑁边圆框眼镜，梳着西式分发，灰色爱国布皮袍子上，罩了半旧的青哔叽马褂，马褂纽扣中间，斜夹了自来水笔。他和我握着手，自称唐天柱。啊！这个名字是很熟的。报上每逢什么民众开会，必定有他到场，而且还有演说。本星期在报上青年学子们有一篇宣言发表，正是他领衔，于是我微弯了腰，连说"久仰"。

其次介绍的是副会长和几股干事。那文书股干事袁大鹏，白净瓜子脸儿，眼罩金丝托力克眼镜，身穿半旧蓝湖绉皮袍，外罩干净无皱纹的蓝布大褂，细条个儿，不过二十岁，透着是个调皮角色。他和我握着手笑道："张先生到这里来，我们是很欢迎的。我们的行动，正要……"说到这里。他换了一句英语"To be made known in the newspaper"。这句话他虽吐音不十分清楚，算我半猜半懂了，便笑道："兄弟就为了找消息来的，贵会如有消息要发表，那算我来着了。"

我们这样谈着，不过那位正会长唐天柱先生，在脸上现出一种犹豫不甚赞同的样子。我立刻站了起来，向他声明着道："若是会长觉得未便招待新闻记者，我就告退。便是国会，有开秘密会议的时候，也随便让旁听的人退席，这没有关系。"

那位副会长罗治平，是个白胖子，穿件灰布袍子，笼了袖子坐着，倒带些忠厚相，便啊呀一声，笑着站起来，因向我点头道："这是张先生的误会。因为我们这里，从前预备了旁听席，并没有人家，于今就没有这种准备了。其次呢，我们开会的仪式都是平民式的，若是由新闻记者笔尖下加以形容，那大概是很有些不堪。"我笑道："那绝无此理。当新闻记者的，也有他的技巧，他绝不能为了一次随便写文字，打断了以后的消息来源。干脆说一句吧，无论站在公私哪一方面，我都只有和各位帮忙的。"

说到这里，恰好那外面院子里叮叮当当摇起了一阵铃子，正是到了开会的时间。会长便拉着诗雄匆忙地说了几句，他和一些干事们纷纷出门而去。诗雄和我独后，悄悄地向我笑道："会场上少不得总有点辩论的，凡事都请你和会长帮点忙。"我这才明了会长所以犹豫的原因，便笑道："你打了招呼，我自然就明白。这样说，你是站在会长一方的了。"诗雄道："我无所谓，我对于这会，并没有什么野心，你回头在会场上看就明白了，你随我来。"说着，牵了我衣襟一下。

我随在他后面，走进那小教室。里面热烘烘的，屋角上那铁炉子正烧着大量的红煤。讲台上那张长方桌，上面蒙了雪白的新白布，两只白瓷盆子供着红梅花，踞着左右桌子角。会员们在课堂座位上，纷纷就席，每人面前，都放着一套文具和一大套文件，颇像个会议的样子。我被胡诗雄引导着，坐在右端屋角孤零的一个座位上，面对了会场的会员，似乎是新设的一个新闻记者席，这总算客气极了。

这时，大家入座，那位会长先生从从容容走上讲台去，拿桌上一个铃子，直挺板住面孔，站在讲台中间，叮叮当当，将铃摇了一阵，依然放在桌上，对全会场的人看了一看，然后回转头来，也向我看了一看，这才面对了台下道："现在开会。"铃子摇过之后，全会场寂然，一点点什么声音没有。

会长道："今天这会有两件大事，一件是预选出席上海大会代表，另一件是讨论大会宣言，我们应当提出什么意见。这两件事我们先办哪样？回头请大家决定。现在请文书股袁干事，报告各种文件。"那袁大鹏听了此话，手里捧了一叠文件，站将起来，走向讲台。那会长便慢慢地走下台来，坐到第一排椅子上去。

袁大鹏将一叠文书放在桌上，一面翻着，一面向讲台下看去，口里报告了道："第一件是张干事李代表请假。第二件是……"他手里乱翻着，口里轻轻地又来了两句英语，我仅听到他说了两句"对不起"。他翻了一阵，终于是把要找的那张稿件清理出来了，他两手捧了念道："平民夜校来信一件，要求本会承认他们为大会一个单位。第三件羊尾巴胡同住户伍子干来信一件，说他曾在中学读书，现在因贫辍学，要求本会承认他是个学生。"类似这样的文件，他一直报告过了十七件，方才下台。

会长唐天柱又走上讲台去，举了两手，向大家行了个注目礼，然后道："本席在各位未讨论之前，有几句话要发表，先请副会长来主持议席。"于是罗治平副会长上台去，唐天柱退在议席上，他站在第二排椅子中间，先报了一声席次号数，二十四号。我明白了，这是学的国会开会的那一套国会里人多，恐怕书记不相识，无法记录。这小屋子里才统共二三十人，我第一次见面，就记住了他是唐天柱，倒觉他报号一举，令人不解。

他道："本席所说的是我们的志趣问题，也就是派代表到上海去，先要认清的一点。自'五四运动'以来，我们的奋斗的精神，已震动了全球。可是，我们是谋人民得到解放，是谋社会得到改造。我们的目的，不但不是谋做官发财，而且要打倒一切以升官发财来投机的分子。我们这些做文化运动的人，报上常有名字宣布，他要做官、要发财，除非改名换姓。设若他仍用现在做文化运动的名字去做官，去和我们现在所认为的恶势力妥协，不但我们可以反对他，社会上也会加以唾弃！"说完，全场噼噼啪啪一阵鼓掌。

他说到这里，嗓子提高了一点，因道："现在是民国九年，我保证，到了民国十九年、民国二十九年，我们依然为'解放与改造'而奋斗。设若到了民国十九年、民国二十九年，我们这一群里，大之有做总长做次长的，小之有做局长做科长的，除非他们另用其他技巧与才具得来，那是另一问题。若是借了五四运动奋斗者的名义去做升官发财的敲门砖，只有我们都死了才罢休。有一个人在，我们必当鸣鼓而攻之！"全场人一阵大鼓掌。我被他的话刺激了感情，也跟着鼓掌起来。

唐天柱见大家鼓掌，他益发精神抖擞。昂了头道："那为什么？因为'五四运动'，是最纯洁的文化运动、最神圣的革命行为，它在历史上闪烁千古不可磨灭的价值。若是只造就些大学生

244

去做政客官僚，不但侮辱了无数热血青年的心迹，也在历史上给予后人一种疑虑。本席说这番话，并非无的放矢。听到一点风声，江浙方面，所谓某某两大帅，很想当我们在上海开会的时候，要来加以引诱。甚至我们在津浦车上，他就要来联络。这一点，我们必须先为声明，绝对不睬他们。本席今年二十二岁，到民国三十年，也不过四十多岁，大概还没有死。我愿意到那个时候，在会场开会的人，大家常常还见面，看看我们这自负站在时代思潮前面的人物，到那个时候，还在干什么？我们今日是不是挂羊头卖狗肉？将来是不是还为一个时代思潮前驱者？有道是路遥知马力，那就可以完全发现出真面目来了。今天开会，有新闻记者席，我先开了这张支票，我个人绝不借了今日会长的资格，做那无聊无耻行为的敲门砖！"说完，有一部分人跟了鼓掌，大概是会长的同党。

他又道："我说过了这番话，可以表明我的态度。本席对于出席上海大会的代表竞争，并不放弃。"说完，他坐下去。那个副会长罗治平，两个指头将他鼻梁上架的一副玳瑁眼镜向上撑了一撑，向台下点头笑道："本席也有话说，请会长主持议席。"他说毕下来了，唐天柱走上台去，立刻会场上一阵骚动，好几个人站起来抢着要发言。唐天柱两手同摇着道："请坐请坐，大家都有发言的机会。"

一个操着衡山山脉口音的青年，站在议席中间，争红了脸道："会长，本席要求先发言。"唐天柱对他看了一看，因道："可以的，但是请以十五分钟为限。"交代完了，这位先生，也不待旁人坐下，像放了爆竹似的，立刻发表起演说来，虽然我的耳音极有训练，但是对于他的言论，依然不甚了解，只有解放、改造、奋斗、牺牲一连串的新名词，仿佛可以捉摸，但是他并不顾及人家懂与否，左手按了桌沿，右手举了个拳头，高过额顶。说到最紧要处，说什么力竭声嘶，简直头角上青筋，根根直冒。台上这位会长，自然是只有瞪了眼望着他。便是在台下的这些会员，有的伏了案上看文件，有的拿了铅笔画桌子，有的彼此相望微笑一笑。我看了，倒替那位发言先生难受。

正是在这样透着宾主无聊的当儿，忽然风门一拉，有两样此时正摩登而引人注意的东西闪出来，便是两方最大的红毛绳围巾。这东西，正有两位小姐，将来披在身上。她们一色地穿了灰布皮袄、青绸裙子，挽着一个发丝髻。这将一来，全场的人，并不用得喊口令，都站了起来，唐会长也在讲台上哈哈腰儿。一位小姐站住脚，啊了一声道："开了会了，我们来迟了。"唐天柱立刻点点头道："不迟不迟，你二位来得路远，我们也是刚刚开会。"

这样一来，大家都来应酬这两位女宾，无论那位发言的先生用了多大的力量来做那慷慨激昂的姿态，但绝没有人理会他的言语。他仿佛也感到只管说话，不招待来宾，是一种失态的事，便悄悄地坐了下去，虽是他那段精彩言论尚未说完，却也不顾了。

正会长站在主持议席的讲台上，究竟不便走下台来。倒是那位副会长罗治平见义勇为，立刻迎着两位小姐笑道："坐第一排呢，坐第三排呢？"其中一位年长些的小姐笑道："还是照固定的位子坐吧。"说着，罗治平引了她们大转弯地走议席前方绕过去，正经过我面前，一阵极浓厚的脂粉香气袭入了我的鼻端。

在民国九年的今日，男女社交还是初步公开。有许多苦闷青年跑到华贵的电影院里，特意去享受这种粉香，现时在会场上就有这种香气，那大可以调剂会场上叫嚣枯燥的空气了。她们坐到会场正中的一排椅子上去，经过的所在，有几位青年很谦逊地站起来，带了严肃的笑意。便是刚才那位高举着拳头、像个武夫的发言人，也放出满脸的笑容，站起来点了点头。

直待她两人落座了，那哈着腰站在讲台上的会长，才正了面孔道："现在继续开会，还有哪位发言？"罗治平道："张小姐、李小姐刚到，不知道我们开会的经过，是不是可请会长追补报告两句？"那会长先是点头哦了一声，后来一回头看到有我这个旁听人，便轻轻说了一声不必！在这两位女宾来过之后，不知什么缘故，会场上倒寂寞了两三分钟，大家全静静地坐着睁眼望了那会长。

唐天柱这才向大家点了个头道："若是各位没有什么意见可发表的话，我以为可以投票了。不过兄弟附带发表一点意思，似乎我们应当有一位女代表出席。"这话说出来以后，这两位小姐，首先笑了一笑，但是立刻感觉到这一笑有毛病，把头低下去了。刚才那位发言的先生，又站起来了。他很简单的两句话，倒是可以听得明白，他说："推选女代表的票子，应该用记名投票法，这样，可以看出尊重女权的是些什么人。"站在讲台上的唐会长对于这个主张似乎有点同感，也跟着微笑了一笑。

我正想着，青年们的脑子是纯洁的，首先完全是正义感，到了知道什么是私欲了，他也会用点手腕。任何眼面前的人，恐怕也不会例外些，一般的半边脑子里是洋楼汽车，半边脑子里是好看的女人。

这个念头没有完，忽然院子里一阵杂乱声，乌压压地拥进来一群人，正是北洋政府的标准警察。他们自"五四"以来，有了特殊的训练，进门之后，两个捉住会场里一个。我虽是事外之人，急忙之中，无是非可辩。一个警察夹住我的左手，一个警察夹住我的右手，两人将我向上一抬，拖了我就走。在我前面，已经有十几位大学生在人肉夹板里夹出去了。我既不能抵抗，也无须抵抗，就由着他们将我夹了走。

经过街巷的时候，也有人站在路边看。北京人士，总是那么悠闲的，垂了冬衣的长袖，静静地看着。有些人还彼此说着风凉话，"又在闹学生"，这个"闹"字，连我事外人听了，都十分刺耳，我倒不知道当时诸青年做什么感想。

不多一会儿，我们就到了区分所里，先是把这些人统统关在一间拘留室里，后来便是区长传各人进去，分别谈话。传到第二名，便是我了。使我十分惊讶的，这位区长竟是很客气，他在办公室里的公事案边，站起来和我点了点头，还伸手和我握了一握，笑道："对不起，我们弟兄误会了，我们已知道阁下不是开会的学生。"

我看他黑胖的脸儿，嘴上蓄了两撇八字须。身穿灰哗叽皮袍，外套青呢马褂，头戴小瓜皮帽，顶着个小红帽结子。口里操着纯粹的京话，活表现他是一位北洋政府下一个小官僚的典型人物。我笑道："既是贵区长明白了真情，大概兄弟可以被释放？"他笑道："不成问题，不成问题，就是这些学生，我们留他们过夜，一天明也让他们回去。请坐请坐，我还有几句话和阁下谈谈。"

我坐在旁边一把椅子上，他也掉过公事桌子边的椅子，对照了我。刚刚坐下，却又回转头来向窗子外叫了一声"来呀"，随着进来了个勤务。区长皱了眉道："客来了，倒茶。"随了这话，有听差进来，送着茶杯向前。我笑道："区长倒是无须和兄弟客气。你有事，我在这里，免不了耽误你的公事。我可以回去了吗？"区长笑道："可以可以，叫弟兄们给张先生雇辆车。"

我想，打铁趁热，就是这时候走吧，于是站了起来，做个要走的样子。区长站起来，和我握了一握手，笑道："兄弟有点要求，今天这件事，请张先生不必发表新闻。这些青年，放了书不念，整天开会，高谈国家大事，我们干涉他们，也是为他们父兄做主。"我笑着说了一声"是"。

他又道："国家大事，让他们这样的毛头小子来办，说什么打倒帝国主义，恐怕转过来，让帝国主义打倒。兄弟说句不知进退的话，他们这样闹得起劲，就由于新闻界太肯和他捧场。张先生，我敢说，你要是把他们捧着来主持国家大事，你们当新闻记者的，比现在还要受干涉得厉害。这话怎么说呢？他们遇事讲个只有他们聪明，他们能做，别人全不成。上自大总统，下至站岗的巡警，都归他包办……"

我想，我何必老听他骂学生，便抢着笑道："区长放心。新闻记者，也有新闻记者的道德。区长既是说不能发表，兄弟绝不发表，更不能因为贵区兄弟误会了，将我带去，我就借此泄私愤。"区长见我把话说得透彻，又握着我的手摇撼了几下，笑道："那好极了，有工夫可来赐教。"听这音，是许可我走了，我还等什么？于是告辞出了警署。

在大街上走着，忽然身后有人低声道："老张，你出来了？"街灯底下，我看到胡诗雄将大衣领子扶起围住了脸，站在人家屋檐下，因道："匆忙之中，我没有理会到你，你怎么漏网出来的？"胡诗雄道："你看北洋军阀的这些走狗，多么可恶。我们在学校里开会碍着他们什么事？偏是他鼻子尖嗅着我们藏身的所在，将来有一天……"

我们一面踏着雪地走路，一面说话。我回头看看，并没有什么人，便笑道："你的话就止于此，不必向下说了，让我猜一猜，你有一天怎样？"胡诗雄笑道："好！让你猜一猜。"我道："有一天你在会场上，一定要宣布这北洋军阀小走狗的罪状？”他哼着表示了不对。我道：“有一天你若被捕了，你得向他们抗议？”他又哈哈笑了。我笑道：“有一天，你要自杀，这日子过不下去了？”

胡诗雄道：“不能那么消极。有一天我踏上了政治的路线，第一步我就整顿全国的警察。”我道：“可是你们在会场里说过，你们的文化运动，并不是做官的敲门砖。”他笑道：“老张，寒街深夜，这里并无外人，我对你实说了吧。不但将来，现在就有我们的大批同志，向政界里拼命地钻。我虽不知道民国二十年、三十年将来是个什么局面，可是我敢预言，‘五四运动’时代的学生代表，那日子必定有大批地做上了特任官与简任官。今日之喊打倒腐败官僚者，那时……”墙角警察岗棚子里有人哈哈大笑道：“你们可漏了！”我被那笑声惊醒。睁眼看时，床头边悬着民国三十年的日历。

第八十梦

回到了南京

耳边下听到人声像潮涌一般，我睁眼看来，被拥挤在轮船的船舷上。栏杆开了两个缺口搭着跳板，人像一股巨浪，在这缺口里吐出。栏杆那边趸船上，人是像这边一般地拥挤不过，他们手上，各各拿了一面小旗子，迎风招展。若在这人浪里，发现他们一个旧相识，旗子齐齐地举了起来，啊哈一声地欢迎着，我便是这样被欢迎的一个。糊里糊涂在人浪里穿过趸船，上了码头。

啊！南京下关江边码头呀！久远了的首都！虽然沿江一带的楼房，都变成了低矮的草棚，巍峨的狮子山、绵延如带的挹江门城墙，都是依然如故的景象，一看就是南京。我所踏着的地面，是旧海军码头。迎面一座彩布青松大牌坊，上面红字大书特书："欢迎抗战入川同胞凯旋！"

那牌楼下拥挤着不能上趸船的人，像两道人墙，夹立在路边，都伸长了颈子，睁着眼睛，看看这登岸的一群里，是否有他们的熟人？如果是发现了一个，就拥出来拉着手。尤其是操着南京口音的人，他们迎着他们所要见的人，老远地在人头上，伸出手来乱招，口里喊着人名字。我看到一位南京老太太，由人丛里撞跌出来，一手拉住一个青年，脸上在笑，眼里流着泪，口里喊着"乖乖儿子"。总之，这江边码头上成千成万的人，每个人都有一个情绪紧张的面孔。唯其是这样，我也有点如醉如痴了。

路边上有欢迎他们的大汽车，形状如当年的公共汽车差不

251

多，但略矮小些。据说，这是敌人退出南京时候留下来的礼品。自然，用这车子欢迎我们入城，是含有一种意义的。车子里自然是同船来的人，有两位穿着西服的市民代表，脸上充满了笑容，连连向回来的人道着辛苦。但他们也不承认是留在南京的。他说，本来是住在上海。后来因为国际形势发生新变化，在上海租界上失去了原来的意义，就退入了内地。自从得着光复首都的消息以后，他们就赶回南京来。总之，他们那意思，以为虽不曾深入后方，但是他们并不曾与敌伪合作，而辗转前方与敌周旋的那番艰苦情形，也许比远入后方的人还要伟大些。好在我们一路行来，大家都存下了这么一个志念，绝不讪笑在沦陷区城里的人。我因之没有把他的话听下去，且向窗子外看着。

车子还是经过下关入城的咽喉挹江门。城门虽是洞开着，城门洞外，还遗留下不少的沙包。那条中山北路，还是人家稀少。有的是旧房子剩下一堆残砖败瓦，或整个不见，有的又是新建筑的小屋子。倒是两边的路树都长得高大了，尤其是杨柳和洋槐，都铺张了一大块树荫，正是"树犹如此，人何以堪"了。

这时车上人又讨论着同船时常讨论的住房问题，而大家十有八九是暂借住亲友家里再做打算。本来南京的房子，经过一次长时的浩劫，已经拆卸破坏得不像样子，很少可住的。敌人溃退时，又放了一把猛火，越发是房子减少了。说话时，车子过了华侨路，到达市中心区。本已接近繁华场合了，可是由三牌楼直到这里，越向南新烧的房子越多。这里一些高大的楼房，是敌人盘踞过的，全是四周秃立着砖墙，中间是空的。低矮些的房屋，那简直便是一堆瓦砾，里面插上几根焦煳的木料。若不是中间那个广场，绕着圆马路，我已看不出所到的地方是新街口，因为这里是敌人烧毁着最厉害的一段，满眼全是瓦砾和断墙残壁，便是马路边上的树，也被烧焦了一半。

车子过了这里，在一个有松枝牌坊的所在停了。少不得这里又拥挤了许多人欢迎，各找着各的亲友，分别去投宿。我被一个朋友介绍到他亲戚家里住着。他的家住在汉中门内一条冷静的巷子里，是个令人极不注意的所在。往日敌人入南京，没有抢劫到这里去，现在敌人溃退，是由东南方逃去，也不及烧这城西角的民房，所以我所投的这位主人家，竟是浩劫中的幸运之儿。自然，被介绍到这里来寄住的，不止我一个，主人家的屋子，几乎是每一间里都住下了来宾了。

我让主人让在楼上一间小屋子里，隔壁正是新回来的两位抗战志士。在我进屋不曾落座之时，便听到一个人在那里形容敌机轰炸后方的残暴行为。他说到他有多次的遇险，但始终是英勇对付着的。

他曾这样说："敌机轰炸得久了，我们的防空设备也格外进步。我们屋子后面就是石壁，在那里新打了厚可十丈、深可十五丈的洞子。放了紧急警报，我依然在屋子里料理过琐事几分钟，然后从从容容进洞。有一次，我洞子顶上中了头彩，而且是很大的炸弹，但我们除听到一声大响之外，什么也没有感觉到。后来有几次猛风扑入，洞口上的烟雾涌进了洞子，我们料想着洞外不远中了弹。我也不问敌机去远了没有，就跳出洞外，四处张望着。见斜对面有个水桶粗细的炸弹正在冒烟，想必是燃烧弹，我提起路边上预备着的两个沙袋，就扔了过去。因为我相距得很近，沙袋打得很中，正把沙袋撒在那炸弹冒烟的所在。这么一来，我就引起兴趣来了，继续拿了沙袋，向上面扑了去。我差不多把炸弹火焰都扑完了，防空救护队才赶到。你们没有到过大后方的人，不要以为大后方就没有危险。"

另一个人道："空袭那究竟不是天天的事，我们在前方的人，是整天听着炮响。但炮响尽管炮响，我们照样做自己应做的事，哪个去理它？有一天，我在家里向你们后方写信，突然一个炮弹穿过了屋顶，接着就是十几炮。我总以为像平常敌人天天放礼炮一样，并不介意，继续地向下写信。等到把信写完，机关枪也响了起来，这才打听出，敌人有一支流窜部队，已经窜到我们村镇附近。但我们一点也不惊慌，立刻联合了保甲长，先撤退老弱妇孺，再……"

　　先前那个人不愿向下听了，拦着道："这有什么稀奇？你们那里听到炮响，总还离着火线几十里路呢。在现在立体战争的时候，根本没有前后方之分。我们在后方，真是做到有钱出钱、有力出力。我们每月都有出钱的机会，有一次劳军献金，我把买米的钱都献出去了。"

　　那一个还说："我们就听到你们在后方做生意发大财，一弄几十万。发财的人，献几个钱给国家，那还不是应当的？不抗战，你们这些财何处发起来？"我听到隔壁人士这一顿辩论，这算回南京来第一个接受的新影响。

　　我正听着出神，忽然有个在灵谷寺种菜园的老乡，高高兴兴跑进房来，拱了粗糙的拳头笑道："恭喜恭喜，多年不见，你还是这样。"这人叫李老实，在尖团的皱纹上，丛生了一把苍白脸胡子，寿星眉长出脸来一寸多，就现着这人有些名实相符。我笑道："也不一样了吧？在四川几年，头发白了一半了，前后害过两场重病、打过十几场摆子，咳嗽毛病，于今未好。"李老实笑道："自然是辛苦几年了。不过这么样回来，可以享福几年了。"我道："享福？这福从何享起？"

　　李老实挨近在一张椅子上坐了，低声笑道："张先生，你何必瞒我？我听说到四川去的人，当一名打扫夫，一个月都拿整百块薪水。像你先生，一个月还不拿几万吗？难道你回来，没有把在重庆挣的钞带回来？我并不向你借钱。"我笑道："你说打扫夫每月拿整百块钱薪水，那是真的。可是，像我们这种人，比打扫夫差不多。我告诉你，打扫夫拿了那些钱，还是你曾经见过的打扫夫，并没有穿起西装，至于我呢，但我生平是个不肯哭穷的人，我穿什么衣服到四川去的，我还是穿什么回来，并未曾做新的。"

李老实笑道："我今天特意来欢迎你，有点好心奉上。新住宅区北平路那地方我有四五亩田，好几个人打听，我都没有松口。当年张先生在南京，我们相处得很好，这一点人情，我一定奉送给你。你先一齐买了去，自己用不了许多，你分几方给亲戚朋友，人家还不是抢着跑吗？于今有钱，太平无事可以拿出来了。"

我想，这位李老实认不了一百个扁担大的字，拾了一根鸡毛当令箭，不知他听了什么大人先生的咳嗽喷嚏，便以为我是个了不得的衣锦还乡人物，若要和他申辩我在四川还是个穷措大，他未必肯信，倒不如顺了他的口气说下去，倒还算接受了他的人情，便含糊地答应着道："我今天还是初到南京，一件切要办的事都没有办，简直地说，今日的一餐晚饭和洗个澡的目前急需，我都没有着落，我怎么会有时间谈上买地皮的话？"

李老实听我这话，并不以为我顶撞了他，还是笑嘻嘻的，同时，在身上摸出一包纸烟来，先敬我一支。我看着首先便是一惊，因为他拿来的，正是久违了的大前门牌子。在大后方，吸大前门纸烟的人，并非绝对没有，但不是李老实这种人随便可以在身上掏出来的。我还根据了我的乡下人习惯性，笑道："你吸这样好的烟?"他笑道:"这样什么好烟,很普通的牌子。"我道:"南京市上,这样的很多吗?"

李老实不懂我的语意何在,问道:"纸烟店里都有,像从前一样,张先生为什么问这样的话?"我想了一想,是了,在我由四川来的人看法,与他在南京人的看法,有很多不同,这句问话,他又是一个不可了解,便笑道:"我以为现在交通刚刚恢复,怕洋货还不容易由上海运进来。"李老实笑道:"张先生要买什么洋货,我去替你买。我有一位亲戚,正要开一爿洋货店,货还没有到齐,已经先在做生意了,大概要用的洋货总有。"我笑道:"洋货凯旋,比我们抗战义民来得快。"

李老实又不懂我的意思,他想了一想,答复我一句话道:"洋货他自己并不会走路。这么……"我拍了桌沿笑道:"妙,妙,人家说你老实,这可不是老实人说得出来的。"李老实笑道:"张先生也说我对了,你怎么说是洋货来得快呢?"我道:"你这话又说远了。我初到南京,什么都想去看看。我们出去走走,有话走着商量。听说奇芳阁还在开着,到那里去吃碗茶去,好吗?"李老实连说"好好"。

我同主人翁暂告了辞,和李老实由小巷子里穿出中正路。看时,两边房屋,零落地被摧毁了。不曾颓倒的白粉墙上,左一片黑墨,右一片黑墨,淡墨的地方,还露出敌伪留下的标语。可是就在这里,便有笔在墙上写的新标语,如"杀尽倭奴,欢迎义民还都"等,最大的几个字,还是"本街某号某户某某人敬制"。

我忽然想起了一件事,因问李老实道:"汪精卫在南京的时候,你也认识几个小汉奸吗?"李老实红着脸,身子向后退着,哎哟了一声。我笑道:"那没关系呀。你还是种你的菜,你又没做汉奸。譬如你要卖菜给人,这熟主顾里面,就不能没有在汪贼

256

手下做事的。说你认得他，也没有在你身上涂了黑漆。我正想问问你们，日本人要逃跑的时候，他们什么感想？"

李老实道："做大官的人急得不得了，日本人又不许他们跑，总是说南京不要紧。就是要紧，也可以带了他们上东洋去。他们也知道这事靠不住，都托了家人在乡下找房子，而且是越穷越僻静的地方越好。我们在城边上种菜的人，很有些人受过他们重托，所以我知道。我想，这种人碎尸万段确实应该，哪个替他们想法子，让他们逃命？后来日本人走了，他们也就不晓得逃到哪里去了。"

我道："那么，当小汉奸的人呢？"李老实道："越干小事的，心里越安稳。我们料着作恶不大，大家总可以原谅的。就是受点小折磨，眼见中央回到了南京，那也是一件痛快事。譬如这几个月里，南京也常放警报。在南京城里的人，除了那些怕死的大汉奸，没有一个人不快活。呜呜警报一响，千千万万人，全由心里喊出来：我们的飞机来了！不但没有人躲，在街上看不到，有人还偷偷地爬到屋顶上去看。警报越放得多，大家心里越高兴。日本鬼子气得要命，想不放警报。但是不放警报，他们在城内的侨民又要埋怨。譬如太平路一带做生意的鬼子，他们就最害怕，有了警报，附近有防空壕也不躲，跑到城南老百姓的地方来，他料着中国飞机不炸中国人。"

我笑道："这倒是真话。在南京的日本人不放警报害怕。放了警报，又是告诉沦陷在城里的中国人，你们的飞机来了。"说到这里，我们很高兴，不知不觉穿过了健康路。

这里还是与以前一样，夹着中间一条水泥面的马路。不过十家铺子，倒有八家改了东洋建筑。那墙上贴的广告牌，大学眼药、仁丹、中将汤等等，还是花红栗绿的，未曾摘下。健康路转角，向贡院街去的横街口上，有两个五彩灯架招牌，树立在电线杆子上，一个上面大字写着"东亚舞厅"。另一个格外大，有一丈长、两尺宽，上面五个大字，旁边还注着日文，是"松竹轩妓院"。我不觉呀了一声，心想，这简直是对神圣首都一种侮辱！

李老实虽不大识字，他看到了我对那牌子惊奇了一下，自然知道我意所在，便笑道："张先生看到这姑娘堂子的招牌，奇怪起来啊，这见得日本鬼子是个畜类，汉奸也不要脸。因为在南京的日本鬼子，他明说非找婊子不可，没有婊子，他们就乱来。汉奸就在夫子庙一带，办了许多堂子，还怕日本鬼子找不到，在大街口树起大招牌来，让他们好认识。堂子已没有了，倒不知道这牌子怎么还在？"

说着话我们到了旧市政府。外面那道围墙还依然如故，可是大门外那个木楼，就成了一堆焦土，由此向里面看去，大大小小几堆瓦砾，杂在花木里面。这地方是敌人驻过兵的，他如何肯留下痕迹？相反的，离这里不到五十步的一个清唱社，门口依旧竖着彩牌楼，墙上红纸金字的歌女芳名招牌，并不曾有一张破的，似乎在敌伪退走的前夜，还有大批的人渣在这里寻找麻烦。

好在就在这清唱社门口，拦街已横挂着一幅白布标语，上面大书特书："庆祝最后胜利共同建设新国家。"这就把这条街上各店铺私人贴的标语，映带得更有意思。第一是什么阁清唱社，正有几个工人在扎新牌坊大门旁边，一块木牌糊了白纸，用红绿彩笔写了布告。

我觉得这异样地刺激视神经，便站着脚看下去。只见上面大意写着："陈某某女士、俞某某女士，随府入川，站在艺人岗位上，宣传抗战，始终不懈，实堪钦佩。现已随同凯旋人士同回首都。本社情谊商恳，已蒙允许，不日在本社登台献艺。久违女士技艺者，当无不深为欣慰也。"

李老实站在我后面，十字几不认得，也看了一番，因笑问道："是四川回来的歌女，又到夫子庙来唱戏？"我笑道："那比学生出洋回来还要体面些吧？"李老实且不答我的话，将手指着一个理发馆玻璃窗上，新用纸糊的广告，笑问道："这上面好几个地面，到底是哪里搬到哪里的？"我看时，上面写着："重庆南京理发馆，由重庆迁移南京营业，即日开幕。"我笑道："那不比对门一家的布告还清楚一点吗？"

原来对门是一家南京菜馆，正在修饰着门面，也是将白布用红绿彩笔写了布告，悬在门壁边，第一行便是"重庆首都南京味川菜馆"。李老实望着，不由得伸手搔了一搔头发。我笑道："你不懂吗？这也就和你欢迎我回来一样。我们是抗战入川过的，这句话最响亮。可是话又说回来了，你有地皮要兜着向凯旋回都的人去卖，那是对的，不过像我这种人应当除外。就是这一位角色，也许都可以买得起你的货。"

我说时，正走着经过一家落子馆。那门口也挂起了布的横披，上面大书："建国杂耍场，不日开幕"，门边另有两块广告牌子上面写着："相声大王刘哈哈，率同全体杂耍艺员，于抗战初期，由京迁汉，由汉迁渝，继续宣传抗战救国，争取最后胜利。在渝献艺时，誉满西南。现随凯旋人士回都，新编建国技艺多种，与全体男女艺员，在本社继续献艺。此为我杂耍艺员抗战史上最大光荣人物，想各界人士当以先睹风采为快也。"

李老实道："刘哈哈，我晓得他，他也回京了。"我笑道："他不但回来了，他还是光荣地回来了。你应该拜访拜访这路人。"李老实道："他要买地皮吗？"我笑道："并不是他要买地皮，不过我譬方说，像他这种人都可以买得起地皮呢。"

说着话，奇芳阁已经在望，虽然这是下午，并非吃茶的时候，可是来吃茶的人，却还不少。门口台阶上，依然也摊了许多报。有两个老报贩子蹲在地上。我先笑着向他点头道："你们还在这里卖报？"一个老头子道："受了两年的气，没法子，现在好了。"我随手拿起来两份报纸，都是隔日上海出版的。我道："怎么卖上海的陈报呢？"老头子道："南京现在还只有两家报出版，他们印得又不多，不到十点钟就卖完了。就是上海报，早两天也搁不住。南京人好久不看到骂日本鬼子的报了，不看消息，只看两句骂日本的话也十分快活，你先生不买份看看？我保证你满意。"

李老实笑道："人家在重庆报馆才来的，一直到现在，人家没有停止过骂日本鬼子，像我们吗？现在算是开荤了。"那报贩子听说是重庆来的新闻记者，却由台阶上站立起来向我望着，因笑道："你们重庆来的报还只有一家出版，实在不够销，你先生这多年辛苦了。"我觉得老百姓把我们在重庆的人实在看得过高了，也只好微笑了一笑，算答复了他。

走进茶馆子去，已不是从前的奇芳阁，第一是墙上壁上，有许多新的图案。其实这图案也没有什么新奇，就是几块黑墨。原来这黑下面墨下面，便是敌伪给老板留下的麻烦，不是纸印的标语，便是搪瓷的标语，时间来得匆促，老板来不及张张剥下，只好把些黑墨涂了。同时，又在那涂黑墨的所在，另贴了加大的标语。除了"拥护"字样之外，便是"杀尽倭奴方罢手"。

上得楼梯去，迎面一张标语，还是五彩夺目的，是极新鲜的一张画：一面青白国旗下面，一个戴青天白日帽章的武装兵士，脚踏了一个戴红太阳帽章的倭兵。本来上面有印刷的标语是"杀尽倭奴"，那旁边倒有不少铅笔写的字，每行都写的是"你也有今日"。自然是茶客写的，这倒让我想着在南京的百姓，虽沦陷在魔窟里，其实并未丝毫减少抗战的观念。

我正在打量着，找一个适当的地方坐下，好来观察一切。可是有一位说南京话的老人，拱手迎着李老实道："到处找你，不想在这遇着。"李老实半昂着头，表示得意的样子，笑指了我道："这是重庆来的张先生，我们是亲戚。"那老头儿哟啊了一声，向我拱拱手道："是凯旋回来的，欢迎欢迎！我们一块儿坐着吃茶，好吗？我就是一个人。"他说时，支了两只手将我们让着。我也正想找个老人谈谈南京情形，便如约同在临窗一张桌子上坐下。

茶房送上茶壶茶碗来，那老头替我斟着茶，第一句话便是"到过三牌楼没有"？我道："那里也没有什么特别之处，过两天或者去看看。"老头子道："那里是鬼子驻兵的地方。日本鬼子在南京的时候，装得神出鬼没，每条街口和巷子口上，都钉了木牌子，上写"禁止通行"。他们走后，我们去一看，以先鬼子说什么那里有钢骨水泥的炮台了，有地道通到紫金山了，有天字第一号的高射炮了，那全是些鬼话，一点影子也没有，现在那里又变成很平常的地方了。不过平常虽然平常，究竟还是交通要道。我路上有一片地在那里，阁下……"

我听他兜了一个大圈子说话，见面也是谈地皮生意，因笑道："实不相瞒，我们这吃笔墨饭的人，战前是怎么样，战后还是怎么样。假如我要买地皮的话，第一桩买卖，就该摊着这位李老板做了。"

那老头子笑道："吃饭穿衣住房子，人生三件大事，这总是要办的。这几天，少说点，就是这奇芳阁楼上，哪一天没有几十桩谈房子地皮买卖的？这并不要紧，要置房地，还是立刻动手的好，等到人都回了南京了，那就另外是一桩行情。南京这大地方，自然不愁买不到地皮，可是要买地点适中的，就不容易了。"

李老实将茶碗向桌子中心一推，伸着头低声道："谈到房子，你路上有现成的吗？"这老头子被这一问加增了三分神气。手摸胡须，身子向后仰了去，因翻了眼皮，做个沉吟的样子，然后点头道："房子是有一幢，地点也不错，不过价钱可就大了。本来，现在砖瓦木料，没有一件不成问题，瓦木工匠，也要谈交情，才和老板做工，盖房子实在不是易事，房子为什么不贵起来呢？"

我道："这也是实话，不过，我要告诉南京置产人一句话，许多人鉴于战前花几万万元在南京盖些房子，至少是牺牲了万架以上的飞机或者两三条两万吨以上的主力舰。此外如柏油路、宫殿的钢骨水泥衙门，那种费用，移来做国防经费，是多么好。现在抗战结束了，建国方才开始，重工业的建设，正需要大量的钱，有钱也犯不上去造个花花世界的南京。一般人看法，战前以修马路盖洋楼繁荣南京市的计划，是不大妥当的，这次恐怕不许像以前那样做了。"

那老头子静静地听着我的话，然后把胡子一抹道："这话也不尽然吧？南京是个首都，人口一定很多，无论怎样省俭，房子总是要住的。"我道："房子自然是要住的，不过人民遭了这一次炮火的洗礼，多少晓得一点什么叫平等自由。从前几十个人住一幢房子和一人住几十间房子，那种对比的事，以后绝不会有，也绝不许有。"老头子道："绝不许有？哪个来不许呢？"

我看这位老人家穿着晃荡的长衣，卷起长袖子，还不失却那十八世纪的典型。嘴上的黑胡须，八字分梳着，摸了胡子的手指，还带了几分长的手指甲。我想，这和他谈平等自由，透着有点格格不入。但我生平是个直肠子人又不忍有话不说，因想了一想笑道："我们现在是强国之民了。国家是中华民国，主义是三

262

民主义，一切都有一个民字，难道这做民的人，还不应当明白自己是主人翁？老百姓大家说不许，那就不许。"

这老头子听了我的话，似乎掉入糨糊缸里，越搅越糊涂，将桌上的纸烟拿起来，衔在嘴角里，擦了根火柴偏头吸着。眼睛微微闭了，似乎想着出神。李老实道："这些国家大事，我们谈它做什么？除了出买的，老先生路上，还有出租的房子没有？"这句话却提起了老头子的精神，他笑道："俗言道得好，钱可神通。真是肯多花几个小费的话，房子也未尝找不到。"我道："果然有房子，当然找房子的人可以出点佣金，但不知房子在什么地方？"

老头子将手连摸胡子两下，微笑了一笑，这期间总有两三分钟的工夫，也没有宣布房子在哪里。但是他也不肯绝不答复，却笑着向隔席茶桌上一指道："那位刘老板他有办法。"

我回头看时，那桌上独坐着一个人，面前放了一把宜兴紫泥茶壶。夫子庙并不改掉老规矩，凡是老顾客，有一把固定的茶壶。由这茶壶看去，可以知道他是一位老顾客了，他圆圆的脸，秃着一颗大脑袋，一笑，腮肉下面现出两条斜纹来。身上穿件四口袋的灰绸短夹袄，在小口袋里拖出一条金表链子。李老实似乎也认得他，便站起来向他点了点头，他也站起来点了点头。

李老实便走过去，坐在桌子旁边，向他笑问道："刘老板路上有房子吗？"他把头昂起来，先笑了一笑，然后摇了摇头道："房子谈何容易？难啰！"李老实道："若是有的话……"他倒不答应有没有，翻了眼向李老实道："你也要租房子，打算做二房东？"李老实遥遥地向我指着道："那位重庆回来的张先生要找房子。"

刘老板操着满口南京腔道："真是个大萝卜，替他们发什么愁？人没有来，电报早就来了呢。有些人由上海跑回南京来，早

263

已代那在四川的亲戚朋友，把房子安顿得一妥二帖。这几天，新住宅区，昼夜有瓦木工匠在修理房子，那房子修理好了，是让我们住吗？"我听那大声言语，倒有些受宠若惊，只好向李老实招了招手，仍旧回座，这话似乎不便再说下去了。

李老实随着我的招手走了过来，低声向我笑道："你不要看他口气说得那样强硬。他实在有房子，他不这样做作，不显得他那房子值钱。"我皱了眉道："自从有了回南京的行动以后，房子房子，时时刻刻谈着房子，我有点腻了。我们另外谈一件事好不好？"

李老实听到顶头给他个大钉子碰了，他实在不能再提到房子的事了，因抬手搔了搔头发，笑道："那么，我们移一个地方去坐坐吧。这里过了吃点心的时候，喝空心茶，也把肚子洗空了。我们到豆腐涝店里去吃两块葱油饼，来碗酒糟汤圆，好吗？"我笑道："正是许久没有尝到夫子庙风味，应该拜访拜访。"

其实论到豆腐涝，也不见得是让人念念不忘的东西。不过在重庆的时候，想到在夫子庙消遣了半夜，到了十二点钟以后了，豆腐涝店里灯光雪亮，射到马路上来，葱油香味，在夜空里盘旋着。正当肚子饿得咕噜作响，引着两三个气味相投的朋友，带了一点听戏看电影的余兴走了进去。这一种情调，由南京去重庆的朋友，回想到了，却也悠然神往。

那个老头子倒富于趣味，将手一摸胡子，笑道："最好是那个时候，油漆雪白的公共汽车，马达呼呼作响，要开不开，游客正好回家。稻香村糕饼店里还大开着门，电灯大亮，你去买些点心要带回家去，好送给太太吃。柜台旁边，遇到一位花枝招展的歌女，在那里买鸭肫肝吃。虽是不和你说话，你站着相隔不远，闻到那一阵胭脂花粉香，你忘记了回家，回头看时，那一辆公共汽车已经开走了。而且那部汽车，还是最后一班。回家路正远得很，你就觉得有点尴尬了。在重庆的时候，你们回想到过这种滋味没有？"

我哈哈大笑道："这样看起来，你老先生倒是有经验的人了。不过这一类的经验，还是在城北住公馆的人丰富些。"李老实对于这些话，不感到什么兴趣，便站了起来代会过了茶账，匆匆地就向楼下走去。我自无须留恋，跟着他也向前去。那个隔席的胖子，看到我们不买他的账，直追到楼梯口上，把李老实找了回去，对着他的耳朵边，叽咕了几句。

李老实笑了一阵，然后引我走出奇芳阁来，笑道："他最后向我问一句话，问这位张先生是代表哪个机关的。假如是重庆搬回来的机关要找房子，那倒可以想法子。"我道："这是不是以为机关租房子，他就可以大大地敲一下竹杠？"李老实道："不！他倒是一番好意，他以为把房子租给机关，也就为国家尽了忠。"我笑道："他们也知道为国尽忠？"李老实笑道："张先生你不要说这话。我们失陷在南京的人，是没有法子，并非是不爱国。你不要以为这些东西的主人翁才是爱国的。"说时，他伸手一指面前停摆着的汽车。

我们去吃豆腐涝，本当向西拐，不知不觉走错了路，却是向东拐。他所指的这汽车，却是六华春、太平洋两个大酒馆子门口。这两家馆子，不但依然是从前那个铺面，而且油漆一新，汽车在大门外两旁分列着。有的汽车夫，新从车子上走下来，挺起了胸脯子，口角上斜衔了一支香烟，大开着步子穿过马路去。

我对这两家馆子看了，颇有点出神，心里就转着念头，这也许是个兴趣问题。我们在南京的时候，这里顾客盈门。我们离开南京，在重庆听到传说，夫子庙这几家馆子，不但不受什么影响，也许比以前的生意还要好些。于今我们回到南京来了，这两家馆子又是这样热闹。顾客虽换来换去，热闹总是一样，这不可以研究一下吗？这两家馆子如此，其余馆子的情形也不会例外。假如我是六华春的茶房，我又始终不曾走开，那么在十年来，我在这不同的顾客身份上，也可以看出这是一种什么社会。

我心里只管这样想着，当然也就向那里看去。忽然有人叫着我的名字，问："什么时候回来的?"我隔了马路看时，是我们一位老同行，不过现在不是同行，他是一位老爷。因为朋友背后都称他局长，我也就叫他"薛局长"。走过马路握了他的手笑道："自从南京警报器一响，你就到欧洲去了。真是不幸得很，听到你在罗马第二天，墨翁就承认了伪满，于是你就离开了这靴形国。这多年你在哪里当华侨？不是欧洲吧？英德法比，一度大轰炸，也不亚于在南京的时候。"

薛局长正色道："我早就要回国的，因为要替国家宣传，我到美国去了。"我笑道："那么，你要回来办一家大报了。贵社价值百万元的轮转机，现在还安然无恙吧?"他苦笑了一笑，答道："你明知故问，那是为抗战而牺牲了。"我道："那实在可惜。像我这措大，办了一张小报，两三架平版机只值几千块钱，也舍不得把它丢了。终于是用木船搬到汉口，再由汉口搬到了重庆，难道你的政治力量……"

薛局长一把挽了我的手，就向六华春里面拉了去，笑道："过去的事，提它做什么！我们总算回了南京，什么东西全可以再来。今天这里有个熟人请客，我们喝两盅去。"我道："我还有个穷朋友在马路那边等着我呢。"说着，我回头一看，李老实已经不见了，高声叫了两句"李老板"，也不见人答应。这可无法，只随了薛局长走进酒馆去。

我倒不觉来得怎样荒唐，走进一座大厅，里面有三桌酒席，有不少的熟人，自然也就有了几位新闻记者。其中有位侯先生抬头看见我，迎上前来，握着我的手笑道："你也回南京来了。"我笑着还没有答复他的话时，他又笑道："我说了，我们在南京的朋友，一天多似一天。喂！张兄，我给你介绍一位朋友。这位朋友，你不可不认识。"说着，他向对着本席上的一位女宾，招了两招手。

我看那人的打扮，显然是一位歌女。在我们这样哀乐中年的人，而又在抗战期间经过一度长期的洗练，纵然对夫子庙这地方还有所留恋，却是另一种看法。不料一番阔别，这番刚踏进这秦淮河畔，还是这老套。我经过扬子江两岸，火药和血腥气还未消呢，我有点惭愧了。

我正考量着这个问题，那位被介绍的歌女，已是离开席，向我面前走过来。侯先生介绍着，遥远伸着手，在空中摇晃要向那小姐拍肩膀的样子，笑了向我道："这位柳小姐，是由上海新来的。当汉奸在南京闹得乌烟瘴气的时候，许多人要她来，她绝不将就。不是为了交通困难，她早到重庆去了。你不要以为大后方不需要唱戏的小姐们，而她这一点志气，是大可钦佩的。"

那柳小姐到了我面前，本要待我说些什么，不想侯先生说了这么一大套的夸奖话，叫她跟着向下说不好，静候着人家捧场也不好，微微地低了头，把脸皮红着。我笑道："要为国家出力，不一定要到重庆去，在上海住着，一样可以有所为。柳小姐哪里献艺?"说着话，我被侯先生拉着在席上坐下，他说他是代表主人翁的。那柳小姐只和我隔了一个座位，她向我笑道："我正和重庆来的一批小姐们对门唱，当然是比不上，还请重庆来的先生们帮忙。"我道："重庆也不出产皮黄戏呀。"

侯先生斟了一大杯黄酒送到我面前，然后拍了我的肩膀道："重庆来的人，是抗战过的，那就大为不同呀。以往谈什么京派海派，于今不同了，新添了个渝派，等于出洋镀过金的博士一般，你不知道吗？老朋友，你就是镀金者之一，可喜可贺，为你浮一大白。"

我笑道："那我就不敢当。我在重庆那样久，一点没有贡献。第一是抹桌子的工夫太多，少参与各种集会，少在共同列名的印刷品上写着名字，连我多年的老朋友都忘了我是新闻记者。这时候你要我受这一大杯酒，我岂不是受之有愧？"

在座对面有一位嘴上蓄着小胡子、穿西装的同行纪先生，伸出手来摇了两摇，然后正着脸色道："暂不要开玩笑，我有一句正经话要提一声。我们上海一班同业，自从八一三以后，就想到内地去，始终没有走成。现在他们一个战地视察团，由大江南北起，一直视察到黄河流域的上游，然后由那里折回襄河两岸，由公路到广西视察昆仑关，还要到云南边境去看看。这实在是个壮举，我决定去。"

有位花白长胡子的人，靠他坐着的，手摸了胡须微笑道："就是我，未尝不想试试这一壮举，好在走到旧战壕里去坐着吸纸烟，哼两句西皮二黄，也全没关系。反正头顶上没有飞机，对面也没有炮弹。"那位纪先生，撅了小胡子，不觉得把脸涨红了，向大家道："战后视察战场，这也是常有的事。"

侯先生回过脸来，向柳小姐笑道："现在到重庆去的直航飞机，倒不怎样挤。这样说，你也可以去一趟，以了凤愿。"柳小姐倒没有怎样考虑，随嘴答道："以前首都在重庆，所以大家向那里赶。现在大家都回了南京，还老远跑去做什么？"侯先生笑道："你说的大家，连我也包括在内吗？"柳小姐抿嘴微笑着。

他上手另坐了一位歌女，圆圆的脸儿，长睫毛里一对大眼珠，脸上便带了三分豪爽的样子，便插嘴道："侯先生，你以为这句话占便宜，其实当歌女的人，总是靠爱上夫子庙的人捧场。纵然他不过是到歌场上去，花一块钱泡一碗茶的茶客，也是我们所须倚靠的。因为我们要人花钱，也要人捧捧场面。老实说，我们是生意经，要说不分男女老少应当爱国，这话我们也知道，知道是知道，挣钱还是挣钱，那究竟不是一件事。若说我们到昆明重庆桂林去，为了是爱国，倒不如说我们是为了卖药赶集，那还漂亮些。我不大认得字，但也就常常听到人说过，什么'商女不知亡国恨，隔江犹唱后庭花'。秦淮河上的女人，在上千年以前，就是这块材料，于今陡然会好起来了吗？好起来了，她就不肯搽胭脂抹粉来陪各位吃酒。"她一大串地说着，不觉把脸涨红了。

在桌上的人，好几个鼓了掌，我也笑道："并剪哀梨，痛快之至！不过这位小姐的话，好像是有感而发。"她笑道："小姐这称呼不敢当，我叫陶飞红，外号张飞。当歌女的，无非是过歌女一套生活，把名称再提高些，无非是赶热闹卖脸子的人，狂些什么？各位今天回到南京的，好像对我们有些另眼相看。自然，我们应当稍微自重些，可以不要贪天之功以为己力，以为中国成了强国，我们当歌女的也出过力。其实口头上表功一番，好让一块钱一碗的茶卖到两块。那希望也可怜得很，谈不上前途。"

我听她说到"贪天之功以为己力"这八个字，就觉得这个歌女的书还是念得不少，真是五步之内，必有芳草，不过像她这样口没遮拦，在这三桌席上，恐怕就有些人听不入耳，应当照应照应她，免她吃亏，便故意把这话锋扯开来，因笑道："当年我们在夫子庙听歌的时候，是两三角一碗的茶，于今涨到一块钱了吗？"侯先生笑道："你怎么提从前的话。再前去三十年，夫子庙茶馆里的茶，还只卖三个制钱一碗呢。"我道："那么奇芳阁的茶，现在卖多少钱一碗了？"侯先生笑道："你又何必单问茶价？一切是这么一个标准。不过人还是这样一个人，不见得长了多少价值。"

他说到这里，倒有心要占女人一点便宜，回转头来向陶飞红道："你说我这话对吗？"她笑着点点头道："战事一结束，人的肉长肥了，骨就变轻了，分量还是差不多，怎么涨得价钱起来？女人还是要当歌女给人玩，士大夫阶级，也……"她笑着摇了两摇头道："我们还是唱两句'苏三离了洪洞县'吧，弄什么之乎者也？"

我听了她这话，冷眼看看她的态度，觉得她坐在这酒绿灯火的地方，另外有一种啼笑皆非的神气。虽然这里三桌席上，有许多歌女陪酒，不减当年秦淮盛事，究竟时代不同了，她那种皮里阳秋的话，绝对没有人介意。也许是我的神经过敏，颇觉她的话，有点令人受不了，便借故告辞。

走出酒馆只见满街灯火，穿西服的朋友，三五成群，嘻嘻哈哈走着，花枝招展的歌女，坐在自备包车上如飞地被拉着过来过去。这仿佛我回到了战前的夫子庙，我伸手在身上摸摸，并没有哪里有一道创痕，也许我过去几年，做的是一场噩梦，并没有这回事。

不过我抬头看时，有两三处红蓝的霓虹灯市招照耀着，又证明了的确有那回事。因为面前最大的一方霓虹灯市招，有四个大字，是"民主茶厅"。第二块市招，稍微远些，是"建国理发堂"。第三块市招，立得更遥远，是活动的灯光，夜空里，陆续地闪出字来，第一个字是"廉"，第二个字是"洁"，第三四个字是"花柳"，第五六个字是"病院"。我想民主、建国、廉洁这些名词，分明是战前不常用的，于今茶厅理发馆都知道用来做霓虹灯招牌，不是经过炮火的洗礼，人民思想进步，曷克臻此？

正在出神呢，忽听得身后有人轻轻叫了一声"张先生"。我回头看时，正是那歌女飞红，便笑道："陶小姐，出来了？刚才那番快论，真是豪爽之至。以往也常跑夫子庙，却没有遇见过你这种人。我冒昧一点，我想哪天约陶小姐谈谈。可以吗？"飞红笑道："这是你特别客气。你高兴见我，在夫子庙任何馆子里填张条子，我不就来了吗？"我笑道："不是这意思，我愿站在做朋友的立场上，和你谈几句话。"

她站着低头想了一想，笑道："好的，好的。何必另约日期，马上就可以。"我道："但怕陶小姐应酬忙。"她道："你愿和我交朋友，我就耽误几处条子也不要紧。我们可以到咖啡馆去坐坐。"说着，她就转身走进身后一片咖啡馆。只见满街灯火，是我请她谈话的，我虽觉得早不当旧调重弹了，可是未便违约，只好随了她走进门去。那咖啡座上，灯火通明，人热烘烘的，我越发难为情，立刻和她走进了一个单间坐着。

我一看这里，却也非比当年的咖啡座，门帘子将白布变为绿呢的了，窗户上掩上了绿绸窗帷。虽然中间还有一张小桌，这似乎是专为吃点心用的，而非为喝咖啡用的。旁边除了两张坐的沙发而外，另有一张长可四尺的睡沙发。绿绒的椅面，放着锦缎的软垫。沙发面前放了矮几，正是让喝咖啡的人将杯碟放在上面，可以卧谈。墙壁上半截，即是粉红的屋正中垂下来的电灯，是紫色的罩子，映着满屋都是醉人的颜色。桌上玻璃花瓶，插着一束鲜花，红的白的，配了绿油油的叶子，香气扑人。

我站了还不曾坐下呢，飞红笑着向我道："这样的房子，一个男子和女人坐在这里谈心，你想还有什么正大光明的事谈出来吗?"我笑道:"既然如此,陶小姐何以约我这个一面之交的人到这里来谈话?"飞红笑道:"唯其是一面之交,我才约你来谈,若是熟人……"她虽然直爽,说到这里,也透着有点难为情,拖长着字音,没有把话说下去。

恰好是茶房跟进来,问:"要些什么?"飞红告诉他要两杯咖啡,然后让着我对面坐了。她笑道:"我竟是代张先生做主了。"我想着,在大后方的人,也许感到咖啡缺乏,我道:"那倒不,只要有钱,在大后方,什么东西都可以买到。这一点,德国比不上,便是英国对我们也有愧色。"飞红笑道:"好,我现在可以向张先生领教许多大后方情形了。"我笑道:"不然!我正要向陶小姐请教。"她笑道:"请教我?我一个当歌女的……"

我摇摇手笑道:"不要谈这一套。我之请教你,那是有原因的。我想,在秦淮河的人,难得跳出这没有灵魂的圈子,把冷眼去看人。由我很客观地看陶小姐,颇是合这个标准,所以我想问你最近一些所知的事情。"她笑道:"你说是个有灵魂的人,我倒是承认的,张先生打听这类事情要登新闻?"

我道:"不!这也不是登新闻的材料。我有点疑心,要搜罗战时一些故事,由可歌可泣到醉生梦死一类的材料都要。将来写出杂记来,至迟哪怕到我身后发表,也可以给天壤留点公道,给后人留点教训。现在这工作依然在进行,所以我想在富有兴亡诗意的秦淮河下,找点材料来。"

飞红算是领悟了我的意思,微笑着点了两点头。正好茶房送了咖啡在茶几上,她扶起茶匙在手,搅着咖啡,矗起了睫毛,看看咖啡上浮起来的汽烟出神。我且不打搅她,等她去想出要对我说的话。在这静默的时候,我感到一点不安,红灯光醉人的颜色和女人身上的脂粉香气,迫使得我催促她一句,笑道:"不必想

272

什么整个的故事，你说你应酬场上新发生的感触那就很好。"

她点点头道："有了，还是说我们本行吧。有一位歌女，原来在南京是很红的，许多人在她身上花钱都失败了。后来她在大后方兜了个圈子，年纪虽大些了，但她是个天生尤物，还有许多人追求她。结果，她却嫁了个商人。"我笑道："这就是老大嫁作商人妇了。"

飞红笑道："你好像为她惋惜吧？那错了！她发了很大的财，至少手上有一百万元，从此以后，要大享其福了。不过美中不足的是这位商人胸无点墨，原来是在南京卖烧饼带开老虎灶的。只因为这位歌女的养母，当年在南京，常到这家老虎灶上去冲开水，和这位商人认得。到了后方，见他西装革履，甚至于汽车进出，又有了这来往。连这歌女也和他有说有笑。一个卖热水的人，对那红歌女，只好望望罢了，没想到谈起交情来。他受宠若惊，就献金五万元。"我道："这人颇也爱国。"

飞红笑道："他非向国家献金，是向歌女献金。这歌女才知道他实在有钱，半由自愿，半由养母做主，就嫁了他，于今正在托人在南京四处买地皮呢。你们文人，提起笔来，什么都说得头头是道，就不如人家一个卖热水的，在后方抗战回来，人财两得。我这点故事，你拿去渲染一下，也不下于卖油郎独占花魁吧？"

我道："他是怎样发了财的？"飞红道："那由于他一个把兄职业太好，是个汽车司机。这司机专由海口子贩货到后方去，一个人忙不转来，就叫这个卖热水的帮忙。不到一年，他手上有了二三十万，脱离了那司机，改做水上的生意。把四川的山货，用木船装下去，回头又由木船装棉花上来，再过一年，家产就过百万了。"

我笑着了摇摇头道:"这近乎神话。"飞红道:"神话不神话,不必研究,反正其人尚在。当然,这里面也有点机缘凑合。是他跑海口的时候,和一个在江口子上的跑外认识。他在海口上帮过那人的忙,所以那人在江口上免不了报答他一下,遇事给他一点便宜行事,所以人家发十倍的财,他也可以沾一半分光。"

我想了一想,因道:"他发上了百万财,还是沾人家一半分光?"她笑道:"这个原因,我们在敌后的人哪里会晓得?"我笑道:"那么陶小姐的意思,以为我应该晓得。"飞红笑道:"你不晓得,我又有什么法子呢?"我道:"后方的故事,还要我到此时此地来问你,这新闻记者,真是越做越回去了。再谈一个此地之事吧。"

飞红又喝着咖啡,想了一想,笑着摇着头:"一部二十四史,从哪里说起?你必得给我一个题目。"我也不免伸手搔搔头发,想不出一个题目来;忽听得外面一阵欢笑声,便道:"有了。这些咖啡座上来的西装朋友,又是一副纸醉金迷的样子。他们新到,有什么桃色新闻没有?"

飞红笑道:"这也可以理想得到的事,何必问他?我倒想起了一件事,就是我们这无灵魂之群的里面,也有有灵魂的,而这件事也很有趣。当伪组织在这里的时候,那些日本顾问最是了不得。他们一样逛夫子庙、抽鸦片烟,无论怎样腐烂了的嗜好,都试上一试,就是一层,不肯花钱。若是有那些汉奸出钱,玩得比中国人还起劲。最好是汉奸垫钱玩的时候,多少他能从中弄两文,就可以心满意足。世界上若比赛贪污,恐怕没有比日本人更胜一筹的了。"

我笑着摇摇头道:"骂日本人我们是第一等,用不着再来对你的。"飞红笑道:"你莫忙,趣事在后面。一个日本顾问和一个歌女有来往，一切开销都是汉奸的。日本人当他代付款的时候，他说：'你有钱代我送歌女，不如把这钱直接送给我，我还领情多了。'那人只好把钱送给他，而歌女那里，他还是照顾的，汉奸又照付了一份。这歌女见他无耻，写了一封匿名信骂他，信上有杀尽倭奴的话。那日本顾问，认得这歌女笔迹，要拿信为证，办这歌女反日的大罪。后来那歌女托许多人讲情，他才开出价钱来了，一个倭字，要赔偿一千元的侮辱费。"我笑道："这颇妙。"

飞红笑道："颇妙吗？妙的还在后呢！这封信共有十九个倭字，假使每个字赔偿一千元的话，共要一万九千元。这无论一个当歌女的出不起这么多钱，便是让那伪组织里的汉奸代出，他也觉得肉痛。再三和那日本顾问说情，才答应打个两折，每字两百元，无论如何不能少。算起来共是三千八百元。这钱倒不问是哪个出，那日本人要赚整数四千元，还差着两百元，有点美中不足，就自己信上添写了一句'杀尽倭奴'，共凑成二十个字，于是拿出信来，照倭字点数，共要四千元。这个调停两方的汉奸，却也说句天理良心话，他说文句旁边所添的一句'杀尽倭奴'与原文笔迹不符，与日本人所写的汉字倒有些相像。这个字的侮辱费两百元，不能代出。后来日本人说了实话，是他添的，他是要凑成四千元。凭他日本大国民自骂了一句倭奴，也值两百元。这么一说，连那歌女也觉得这日本人软得无法对付，只好共出了四千元。"

我笑道："这实在够得上写入《一见哈哈笑》，后来这歌女和日本人无事吗？"陶飞红道："日本人得了四千元，一切都忘记了，照样叫那歌女的条子。歌女等他得意忘形的时候，便对他笑道：'你日本人要起钱来，连"杀尽倭奴"也肯写出来。'他说：'那算什么？不贪污的人，在日本做不了藏相。'藏相就是财政部长。近卫不为要钱，也不做首相，假使有人给他钱，比做首相还要多，他一样可以不干。可是在日本就没有人出得起买动首相的钱，所以他把首相做下去。你不要看日本什么都统制了，人都穷得没有饭吃。其实阔人吃的东西，都是用飞机运到东京去的。他们不贪污，哪来这些航空的奢侈品？要贪污就大家贪污，大家快活，我又何必做那傻瓜呢？"

我笑道："这个日本人小人而不讳言是小人，浑蛋得还有点眉目。除了出卖灵魂的群人里，也不易这样看透日本人。"陶飞红见我夸奖她的报告，十分得意，继续地供给了我许多故事。我听着有趣，忘记她是夜中生活的忙人，尽管由她说下去。

忽然有个穿西装的人掀门帘子闯进来，站在电灯底下，对了我们瞪着双眼直视。我闻到他酒气熏人，便也发现了他两眼是红的。这是一个醉人，自也无须理他，可是他倒不介意，歪斜着走到飞红面前团了舌尖笑道："陶小姐，你倒快活，约了朋友在这里喝咖啡，我们的韩小姐哪里去了？我已经在中央饭店里开好了房间，找不到她的影子。你要晓得，明天早上七点钟，我还有早会。现在是十一点钟，这晚上还有几个钟点？"飞红也红了脸冷笑道："你这些话，对我来说干什么？你还不算十分醉，你还认得清人啦。"

西装朋友在口袋里一掏，掏出一卷钞票，向飞红笑道："我们商量商量。韩小姐不来，你就代表一下吧。明天早上，这些都是你的，我们来一个大 Kiss。"说着，把头伸到飞红面前来。飞红两手将他一推，瞪了眼道："你尊重些。"他身子晃荡两下，哇的一声，鱼肚海参鸡鱼鸭肉未曾消化的一股人粪，标枪一般由口里向飞红身上吐着。

飞红实在不能忍耐了，啪的一声，向他脸上打了一个耳光。

骂道："你在哪里造孽，弄来些造孽钱，吃喝得肚子里装不下去，倒屙出来。你不喝酒，是醉生梦死，你喝了酒，却是醉死梦生。你有钱，你可没有了灵魂，你是中国人？你是中国的僵尸！你痴心妄想！我虽然是歌女，我也有点觉悟。不想你穿得这样漂亮，像个人物的样子，醉时比歌女还下流。歌女做不出的样子，你也做得出来。你还想明早七点钟起来，又戴了一副假面具去骗人。今晚上在秦淮河上醉生梦死，明天早上，又要到哪里去侮辱一块圣地？你就在这里躺下吧……"

这一顿痛骂，我觉飞红惹了一点乱子，知道这位西装朋友是什么人？在我焦急的时候，心房乱跳，身上出着汗，突然惊觉过来，睁着眼看时，桌上油灯，其光如豆，两个耗子哧溜地跑走了。远处鸡声咯咯地叫，由窗户里向外看，天大亮了。

尾　声

　　《八十一梦》的残稿，整理补贴，所剩者，不过以上的了。到现在还有人问我，为什么这篇稿子叫《八十一梦》，因为发表的并没有八十一梦，觉得名实不符了。我想，这位先生未免"明足以察秋毫之末而不见舆薪"。天下名不符实的事多了，何必对这篇小说特为注意？而且我所作的，本是八十一梦，写的也是八十一梦，不幸被耗子咬残了，不能全部拿出来。我写下这个名字，多少还含着一点惋惜意味，聊以纪念我的心血。这样，人家才知道我所梦者还不止此。那么，不能与世人相见的梦中故事还多着呢。也许得着别人代我惋惜一下吧！

　　又有人说了，这倒也言之成理，你索性不用八十一梦这三个数目字，用残缺等字来形容一下，不也可以吗？我说：这当然可以。不过我也另有一点意思，八十一是九的一个积数，假如人生不能得到十全的事，得着九乘九的一个得数，也算个小结果，这正也足以自豪了。本来在中国社会上，老早就把八十一这个数目，当了一个不能再扩充结果的形容词。所以有这么一句话："九九八十一，穷人没饭吃。"人生大事，莫过于吃饭，更莫过于穷人吃饭。九九八十一，既可以做穷人吃饭的形容词，正也可以做我那梦境中的形容词。读者若以为这话过于含混，那也就只好由他去了。

　　或有人说：律法，九九八十一为一宫，你难道表示这是你唱的宫调？我说：中国小说，向来不登大雅。章回小说，更为文坛

278

所不屑道，果如此说，我也未免太自夸了，非也，非也！不过当我这些残梦的故事，在报上发表的时候，有些认得我的人常在背后指着我说，这人终日地在做梦。这一句话，虽是事实，也许有点讽刺的意味。在前一说呢，我不否认，在后一说呢，我觉得讽刺我，倒有可考虑。大家仔细想想，谁不在做梦？谁是清清楚楚地站在梦外？若大家都不否认身在梦中，我便落入梦圈子里，这也不是一件可资讽刺的事吧？

至于就文字论，我是一向诚恳接受批评的，在别个卖文的朋友认为的大事，我倒不会介意的。何况这根本是梦话，充其量不过是梦中说梦，梦话就以梦话看了，何必当真呢？中国的稗官家言，用梦来作书的，那就多了。人人皆知的《红楼梦》自不必说，像演义里的《布夷梦》《兰花梦》《海上繁华梦》《青楼梦》，院本里的《蝴蝶梦》《南柯梦》……太多太多，一时记不清，写不完，但我这《八十一梦》，却和以上的不同。人家有意义，有章法，有结构，但我写的，却是断烂朝报式的一篇糊涂账。不敢高攀古人，也不必去攀古人，我是现代人，我做的是现代人所能做的梦。

也有人送我一顶高帽子，说我是《二十年目睹之怪现状》《官场现形记》一类的作风。夫我佛山人与南亭亭长，古之伤心人也。他们之那样写法，除了那个时代的反映而外，也许有点取瑟而歌之意，可是我人微言轻，绝不做此想，纵有此意，也是白费劲。做长沙痛哭之人多矣，那文章华国的责任，会临到了我？记得这小说开场的日子我抓过一首歪诗，于今还作一首歪诗来结束它吧：

梦是人生自在乡，王侯蝼蚁好排场。
醒来又着新烦恼，转恨黄粱梦易香。

图书在版编目(CIP)数据

八十一梦 / 张恨水著. — 北京：中国文史出版
社，2018.3
（民国通俗小说典藏文库·张恨水卷）
ISBN 978-7-5034-9887-9

Ⅰ. ①八… Ⅱ. ①张… Ⅲ. ①长篇小说-中国-现代
Ⅳ. ①I246.5

中国版本图书馆 CIP 数据核字（2017）第 316201 号

责任编辑：卢祥秋
整　理：澎　湃

出版发行：**中国文史出版社**
网　　址：http://www.chinawenshi.net
社　　址：北京市西城区太平桥大街 23 号　邮编：100811
电　　话：010-66173572　66168268　66192736（发行部）
传　　真：010-66192703
印　　装：廊坊市海涛印刷有限公司
经　　销：全国新华书店
开　　本：720×1020　1/16
印　　张：18.75　　字数：227 千字
版　　次：2018 年 3 月第 1 版
印　　次：2018 年 3 月第 1 次印刷
定　　价：55.00 元